용은 없다

이시백 장편소설

용은 없다

삶창

차
례

용은 없다 · 7

작가의 말 · 344

1.

하늘에서 미꾸라지들이 떨어질 때, 몽룡은 낮잠을 즐기고 있었다.

아비가 그물을 걷으러 강에 나간 틈을 타 잠깐 눈을 붙였던 그는 후드득거리는 빗소리에 벌떡 몸을 일으켰다. 벌써 두어 달째 이어지는 가뭄이었다. 반가운 마음에 마당으로 튀어나온 그는 이내 실망했다. 구름 한 점 없이 맑은 하늘에서는 성근 빗방울들이 듬성듬성 떨어지고 있었다. 삶아 먹을 듯 해가 이글거리는 하늘에서 떨어지는 저걸 비라고 반겨야 할지 판단이 서질 않았다.

"네미, 호랑이가 늦장가라도 가나 보네."

공연히 단잠만 설쳤다고 투덜거리던 그의 눈에 무언가 마당에서 부산하게 움직이는 게 들어왔다. 지렁이라기에는 턱없이 굵고, 뱀이라고 하기에는 뭉툭하니 짧았다. 선잠 깬 눈을 비비며 살펴보던 그는 그것이 손가락만 한 크기의 미꾸라지라는 걸 알게 되었다.

한두 마리가 아니었다. 지나가는 비에 거죽만 슬쩍 적신 안마당에는 셀 수 없이 많은 미꾸라지들이 흙으로 뒤발을 한 채 도처에서 꿈틀거리고 있었다. 대충 헤아려보아도 수백 마리가 넘을 미꾸라지들이었다. 이게 뭔 일이래. 몽룡은 집 주변을 둘러싸고 있는 텃밭들을 신기한 눈으로 둘러보았다. 거기에는 이따금 바람이 불 때마다 마른 잎줄기만 버석거리는 옥수수와, 한발에 제대로 밑이 들지 않은 늦감자가 잎사귀를 축 늘어뜨리고 있을 뿐이었다.

기이한 일이 아닐 수 없었다. 도대체 한두 마리도 아닌 미꾸라지가 어떻게 떼를 지어 마당에 누워 있단 말인가. 물 냄새라도 맡을 만한 곳은, 잰걸음으로도 한참 걸어 내려가야 다다를 개울이 유일했다. 잠깐 뿌린 빗물을 타고 기어오기에는 턱없이 먼 거리였다.

몽룡은 언제 비를 쏟았느냐는 듯이 화창해진 하늘을 노려보았다. 비를 타고 오른 물고기가 하늘에서 떨어진다던 아비의 말이 뒤미처 생각났다.

마당에서 꿈틀거리는 미꾸라지들을 들여다보던 그는 미꾸라지들이 일제히 한 방향으로 기어가고 있다는 걸 알았다. 줄을 지어 움직이는 미꾸라지들의 대열을 지켜보던 그는 호기심에 이끌려 그 뒤를 쫓기 시작했다. 꼬리를 이어 기어가는 미꾸라지들은 그가 걸음을 멈추면 제자리에서 멈추어 기다렸다.

얼마쯤 따라갔을까. 개울이 나타났다. 미꾸라지들은 한 치의 망설임도 없이 뛰어들었다. 그리고 새카맣게 떼를 지어 개울을 거슬러 오르기 시작했다. 수많은 미꾸라지들이 허연 물거품을 일으키며 물을 거슬러 오르는 모습은 장관이었다. 몽룡은 자신도 모르게 개울로 들어서서 그 뒤를 따라갔다.

개울은 폭이 좁아지면서 깊은 산속으로 이어졌다. 싸리나무들로 빽빽이 덮인 개울은 빛 한 올 스며들지 못할 만큼 어두웠다. 검푸른 그림자가 어른거리는 개울을 한참 거슬러 오르자, 옆구리에 물레방아가 걸린 산막이 나타났다. 도무지 방향을 가늠하지 못해 주변을 살피는데 갑자기 하늘이 먹물을 풀어놓은 듯 어두워지며 폭우를 퍼붓기 시작했다. 요란한 소리를 내며 쏟아지는 빗줄기는 밤알만큼 굵어지면서 삽시간에 온몸을 적셨다. 떼 지어 개울을 거슬러 오르던 미꾸라지들은 돌연히 종적을 감추고, 훌쩍 물이 불어난 개울에서 몽룡은 서둘러 몸을 피해야 했다. 도무지 그곳이 어디인지 가늠되지 않았다.

갑작스레 쏟아지는 비를 피해 몽룡은 급한 대로 산막으로 들어섰다. 그을음 냄새가 매캐한 산막 주변엔 구워낸 숯들이 비에 젖고 있었다. 몇 차례 주인을 불러보았지만 대답이 없었다. 두툼한 굴피로 너와를 얹은 산막은 빗줄기가 거세지며 추녀 사이로 빗물이 스며들었다. 목덜미에 떨어지는 빗방울을 피해 봉당 안으로 들어서는데, 거적문이 왈칵 젖혀지며 부엌에서 누군가 얼굴을 내밀었다. 그게 묘령의 여인이었으면 좋았겠지만, 몽룡의 앞에 등장한 건 숯검정을 묻힌 얼굴에, 쑥대머리를 하여 얼핏 선머슴처럼 뵈는 처자였다. 내외란 걸 가릴 틈도 없이, 대뜸 누구냐고 뚝배기로 개 때리듯 들이박는 서슬에 몽룡은 주춤거리며 물러서고 말았다. 하늘을 가리키며 비를 피해 가자고 사정하자, 시커먼 얼굴에 유난히 흰 눈을 희번덕거리던 처자는 가타부타 말도 없이 이내 부엌으로 쑥 들어가 버린다. 두메 산중에서 외간 사람이라곤 상종도 못 한 채, 멧돼지를 쫓으며 노루와 어울려 살아온 터수임 직했다. 몽룡은 그저 혀만 차고 툇마루에 슬그머니 걸터앉았다.

숯 짐을 지고 장에 간 아비를 기다리던 처녀는 난데없이 나타난 낯선 남정네가 영 거슬렸다. 기골이 장대한 데다가 통방울 같은 눈을 뒤룩거리는 사내가 제게 달려들면 꼼짝없이 당할 판이었다. 그녀는 윗방에 처박아두었던 까뀌를 챙겨 들고는, 밖에서 비에 젖은 개 떨듯이 하고 있는 사내의 거동을 그냥 지켜보았다. 어느 결에 날은 저물고, 빗줄기는 더욱 거세졌다. 울밑에 심은 아주까리 잎사귀가 너덜너덜해지도록 주먹만 한 빗방울이 줄곧 내리퍼붓는데, 당장 세상을 집어삼킬 기세였다.

밤이 되어도 아비는 돌아오지 않고, 추녀 밑으로 들이치는 비에 흠뻑 젖은 남정네의 질그릇 부딪듯 이를 맞부딪치는 소리가 방 안까지 들려왔다. 처녀는 여닫이문을 왈칵 열어젖히고, 툇마루에 앉아 떨고 있는 남정네의 엉덩이를 발로 툭툭 차 방 안으로 들어오게 했다. 잉걸불을 수북이 담은 화로의 열기에 사내의 몸에서 무시루떡 찌듯 김이 무럭무럭 솟구쳤다. 비에 젖은 몸에서 풍기는 체취가 손바닥만 한 토방을 미지근히 채웠다. 불어난 물로 밤새 절거덕거리며 돌아가는 물방아 소리를 들으며 두 사람은 앉은 채로 밤을 꼬박 새웠다. 이것도 인연인가 싶어 몽룡이 통성명을 하니 숯을 굽는 아비와 단둘이 살고 있다는 숯검정 처녀는 입이 찢어지게 하품을 하며 제 이름이 아지이며, 성은 송가라고 마지못해 일러주었다. 아침이 되어도 하늘은 시커멓게 어두웠고 비는 여전히 거세게 퍼부어댔다.

하루도 거르지 않고 퍼붓던 비는 달포를 넘기고서야 겨우 멈추었다. 개울은 강이 되고, 밭은 온통 물에 잠겨 껑충한 수수들만 간신히 모가지를 내밀고 있었다. 물을 머금었던 산들이 도처에서 큰 소리를 내며 무너지고, 허술하게 지은 산막도 너와가 바람에 날아가는 통에 여기저기 비가 샜다. 힘이 좋은 몽룡이 비스듬히 기운 기둥을 바로 세우고, 갈을 베어다 지붕을 덮었지만 산막은 이내 풀썩 주저앉고 말았다. 비가 긋고 하늘이 멀게지자 그는 아지를 데리고 산을 내려갔다.

산 아래의 사정은 둘러볼 것도 없었다. 눈길이 닿는 곳마다 누런 강물뿐이었다. 어디가 어디인지 가늠할 수가 없을 정도로 모든 게 물에 잠겨 있었다. 장이 서던 강가에는 아직도 물이 빠지지 않은 채 흰옷 입은 시신들이 여기저기 떠다니고 있었다.

후대의 기록에 의하면, 당시 강우량을 측정하던 읍사무소 뒷마당의 독을 사분의 삼쯤 채운 걸로 되어 있지만, 그 독이 주막집 둘째 아들이 술에 취해 집어 던진 돌멩이에 실금이 가 있었던 게 뒤늦게 밝혀져 실제 강우량은 그 몇 곱이 넘었을 것이라고 했다. 어느 향토사학자가 콩기름 먹인 한지에 적어둔 기록에 따르면, 밤낮으로 쏟아진 비는 삼십칠 일 하고도 반나절이 더 이어졌다고 한다.◆ 미처 물이 삼키지 못한 산자락에는 거지 행색을 한 사람들이 듬성듬성 웅크리고 앉아 하염없이 강물만 지켜보고 있었다. 솥단지와 이불 한 채만 들여놓고 지내는 움막들을 온종일 뒤진 끝에 몽룡은 안면이 있던 마을 노인을 겨우 찾았다.

"모두 떠내려갔어."

아비들의 행방을 묻는 몽룡과 아지에게, 노인은 손을 내저으며 그 말만 되풀이했다. 능이버섯을 따러 산에 오른 덕에 목숨을 부지했다는 노인은 근동 다섯 개 마을이 모두 물에 잠겼으며 죽은 사람이 부지기수라고 했다.

열흘쯤 지나 강물이 빠지면서 마을이 나타났다. 온통 토사에 덮여 온전한 것이라곤 찾아볼 수가 없었다. 신작로의 미루나무에는 시신들이 여기저기 걸려 있었다. 디딜 때마다 발이 푹푹 빠지는 마을을 떠나 산으로 되돌아간 몽룡은 무너진 산막부터 추슬렀다. 흙더미에 묻힌 곳간을 헤쳐 젖은 곡식들을 볕에 말려 죽을 쑤고, 싹이 돋은 옥수수 알갱이를 골라 밭에 뿌렸

◆ 이때 내린 폭우는 특이하게도 행정구역상 3개 면 지역에만 집중적으로 내려, 기상학자들 사이에서도 그 정확한 원인을 알지 못했다. 다만 국립기상관측소의 기후연람에는 '원인 미상의 기상이변에 따른 국지성 호우'라고 짧게 기록되어 있다. 참고로 덧붙이자면 그때의 홍수와 사태로 면민 108명이 사망하고 49명이 실종되었지만 당시에는 재해가 빈발하여 국가적으로 특별히 관심을 기울이거나, 크게 부각할 만한 일이 되지 못했다.

다. 산 사람은 어떻게든 먹고살아야 했다.

사흘이 넘게 읍내 장바닥을 헤매고 다니던 아지가 퉁퉁 불은 제 아비의 시신을 지게에 얹고 돌아왔다. 숯을 지고 장에 나갔던 그녀의 아비는 개울을 건너다가 변을 당한 모양이었다. 물이 빠지면서 드러난 시신의 어깨에는 빈 지게가 걸머져 있었다고 한다. 물에 잠겼던 아비의 시신을 수습한 아지가 가장 먼저 한 일은 잠방이 안의 주머니를 뒤져 숯 판 돈을 챙긴 것이었다.

아지는 제 아비의 시신을 숯가마에 넣었다. 그 앞에서 두 번 절을 올린 뒤 덜 젖은 나무들을 추려 시신과 함께 숯을 굽기 시작했다. 곁에서 지켜보던 몽룡이 기가 막혀 뫼를 안 쓰느냐고 물었다. 그녀가 퉁명스레 숯가마를 손으로 가리켰다. 정나미가 떨어져 진저리를 치는 그를 힐끔 돌아다본 그녀가 지나가는 말처럼 중얼거렸다.

"나무나 사람이나 죽으면 다 숯이 되는 거요."

할 말을 잃고 하는 양만 지켜보던 그에게 그녀가 물었다.

"이제 나를 어쩔 거요?"

난데없는 물음에 그는 그녀의 얼굴만 멀거니 바라보았다.

"피차 허전한 처지니 함께 삽시다."

얼굴에 온통 숯검정을 칠한 처자의 뜬금없는 말에 몽룡은 어이가 없었다. 그러거나 말거나 그녀는 제 부친의 시신을 얹고

왔던 지게를 던져주었다.

"산에 가서 부러진 나무나 져오오."

아지라고 어찌 슬픔이 없겠는가. 그녀는 전에 없이 욕심을 내던 아비가 아슬아슬하기만 했었다. 마당 가득히 숯을 쌓아놓고도 가마의 불을 쉬지 않고, 닷새거리로 장에 숯을 내던 아비였다. 그날도 꿈자리가 사나워, 집에서 쉬라고 말리는데도 부득부득 지게를 걸머지고 길을 나섰다. 그녀는 아비가 남긴 마지막 말이 귓전을 맴돌았다.

"언제까지 혼자 살련?"

그즈음 들어 부쩍 딸의 혼례를 서두르던 아비였다.

"이 산중에 누가 있어 시집을 가우?"

볼멘소리로 두덜거리면 아비는 노루를 들이대며 장담을 했다.

"노루를 보렴. 아무리 깊은 산중에 숨어 살아도 때가 되면 다 짝을 짓고, 새끼를 낳지 않던. 연이 되면 제 발로 찾아오게 되어 있느니."

"내가 노루유?"

결국 아비는 쓰지도 못할 숯을 지고 나가, 그 지게에 실려 돌아왔다. 그리고 아비의 말대로 한 남정네가 퍼붓는 빗속에 그녀를 찾아왔다.

아지는 아비의 시신으로 구운 숯을 팔아 양곡을 샀다. 그리고 엉겹결에 그녀에게 붙들린 몽룡은 쓰러진 나무들을 베어다 숯을 굽고 장에 내다 팔았다. 그의 얼굴에도 어느새 시커멓게 숯검정이 묻었다. 아침이면 덜 젖은 나무들을 주워 밥을 짓고, 온전한 나무들을 베어다가 서까래를 엮어 방을 달아 지었다. 힘이 장사였던 그가 애쓴 끝에 오래지 않아 무너진 산막은 버젓한 집이 되었다.

새로 짠 마루에 앉아, 비가 쓸고 간 산 아래 풍경을 내려다보던 몽룡은 새삼 자신의 처지가 한심스러웠다. 졸지에 아비를 잃고 거처마저 떠내려 보낸 신세가 기가 막혔다. 그러면서도 이게 모두 하늘의 뜻이라고 믿었다. 미꾸라지를 만나 큰물에서 목숨을 건진 것만 해도 감지덕지할 일이었다.

하늘에서 떨어진 미꾸라지가 길을 일러주는 건 흔치 않지만 전혀 불가한 일은 아니었다. 무더운 여름이면 팔뚝만 한 가물치가 느티나무 등걸에 기어 올라가 낮잠을 자고, 수염이 한 자나 되는 잉어들이 산 너머 저수지로 마을을 다니던 시절이었다.◆

◆ 믿어지지 않는 사람은 윤기(尹愭)의 『무명자집(無名子集)』 11책에 「한거필담(閒居筆談)」을 뒤져보라. "촉(蜀) 땅에 납어(魶魚)가 있는데 나무를 잘 오르고 아이 울음소리를 낸다"라는 『운부군옥(韻府群玉)』의 한 구절과, "영남에 예어(鯢魚)가 있는데 발이 네 개여서 늘 나무 위를 기어오르고, 점어(鮎魚)도 대나무 가지에 오를 수 있으며 입으로 댓잎을 문다"라는 중국 명대(明代)의 『오잡조(五雜組)』 중 한 구절을 인용하고 있다.

아비가 일러준 바에 따르면 그는 용(龍)의 자손이었다.

강기슭에 터를 잡고, 물고기를 잡아온 아비의 선대에 관해서는 이렇다 할 내력을 들은 바가 없었다. 한 가지 기이한 일이라면 아비가 꾸었다는 꿈 이야기였다.

어느 날, 아비 황우가 강으로 그물을 걷으러 나갔다가 기이한 물고기를 잡았다. 어려서부터 그물질로 살아온 그였지만 난생처음 보는 물고기였다. 넉 자가 넘는 크기에 온몸이 금빛 비늘로 덮인 물고기는, 주둥이 언저리에 점잖게 수염을 달고 있었다. 황우는 그게 오래 묵은 메기거나 잉어라고 생각했다. 이따금 장마가 져서 강바닥이 뒤집히고 나면 아이만 한 잉어나 메기가 그물에 걸리곤 했다.

그런데 가만히 들여다보니, 대접을 엎어놓은 듯 큼지막한 눈을 부라리는 그것의 몸에는 네 개의 다리가 있었고, 생쥐만 한 귀가 달려 있었다. 그물에서 버둥거리는 그걸 행여 놓칠까 싶어 손으로 움켜쥐는 순간, 갑자기 뇌성벽력이 치며, 숯불로 지지는 듯 뜨거운 기운이 손끝을 파고들었다. 그는 비명을 내지르고 말았다. 그건 금빛 비늘을 번득이는 용이었다.

온몸이 땀에 젖어 깨어난 황우는 그게 꿈이라는 사실에 안도의 숨을 길게 내쉬었다. 그리고 자신이 말로만 듣던 용꿈을 꾸었다는 걸 알게 되었다. 곁에서 자고 있던 아내의 산고가 시작된 것도 그 직후였다. 그날, 아내는 태몽에 걸맞게 이목구비가 뚜렷하고, 울음소리도 힘찬 아들을 낳았다. 쉰을 넘기도록 자식을 얻지 못하다가 늘그막에 아들을 얻은 황우는 모든 게 꿈만 같았다. 그러나 그 기쁨도 오래가지 않았다. 늦은 나이에 난산을 한 아내는 병을 얻어 시름시름 앓다가 아이가 백일도 되기 전에 세상을 떠나고 말았다.

아비는 아들의 이름을 몽룡(夢龍)이라고 지었다. 그가 유일하게 읽은 이야기책에 등장하는 이름이었을 뿐만 아니라, 용꿈을 꾸고 얻은 아들이라는 뜻을 담고 있었다. 몽룡은 과연 어려서부터 비범했다. 부리부리한 눈을 치켜뜨고 태어난 아이는 하루가 지나기도 전에 보를 밀어내고 배밀이를 하는데, 머리를 곧추세우고 몸을 좌우로 뒤틀며 방바닥을 기는 모습이 흡사 한 마리의 용을 닮았었다. 어느 날 젖을 물린 채 깜박 잠이 들었던 어미는 곁에 뉜 아이가 없어진 걸 알고 놀라서 밖으로 뛰어나갔다. 놀랍게도 아이는 마당에 입을 박고 흙을 먹고 있었다. 한입 가득 흙을 삼킨 아이는 몸을 흔들며 한껏 용을 쓰더니 벌떡일어나 걷기 시작했다.

기이한 일은 그것만이 아니었다. 어미를 잃은 아이를 혼자남겨둘 수가 없어 아비는 고기를 잡으러 나갈 때마다 배에 태우고 다녔다. 어느 날, 그물을 걷는 사이에 뱃고물에 앉아 있던 아이가 풍덩 소리를 내며 강에 뛰어들었다. 아비가 어쩔 줄을 몰라 허둥거리는데, 아이는 물속으로 자맥질을 하더니 이내 입에 큼지막한 누치 한 마리를 물고 나왔다. 그건 영락없이 물에서 논다는 수룡(水龍)의 모습이었다.

흙을 먹고 물에서 놀며 아이는 하루가 다르게 자랐다. 다섯 살이 되기도 전에 마당에 둔 돌절구를 안아 들더니 열 살이 되던 해에는 발정이 나 날뛰는 황소를 번쩍 들어 올려 제 아비와 이웃들을 기함하게 했다. 열다섯 살이 되던 해에는 씨름판에 나가 황소 한 마리를 상으로 끌고 와, 장사가 났다며 근동에 그 이름을 떨쳤다.

숯막을 웬만큼 고쳐 짓고 나자, 몽룡은 행여 아비의 시신이라도 찾을까 싶어 강가를 돌아다녀 보았다. 집은 흔적도 없이 사라지고, 아비의 오랜 지기인 어부 강 씨를 만나게 되었다. 그날 퍼부은 비로 산이 무너지며 범람한 강물에 읍내 전체가 돌아볼 틈도 없이 잠겼다고 했다. 아비 황우는 그물을 선지러 나갔다가 변을 당했고, 자신은 강물에 휩쓸렸다가 떠내려온 돼지를 부둥켜안고 포구 어름에서 구사일생으로 살아 돌아왔다고 했다.

미꾸라지 덕에 목숨을 구했다는 몽룡의 말을 들은 강 씨는 고개를 끄덕이며, 모든 게 하늘의 뜻이라고 일러주었다. 촌에서 장사가 나면 나라에서 잡아들여 어깻죽지의 힘줄을 끊는다는 말을 들은 아비 황우가, 조만간 자식을 산중의 숯막으로 보내려 했다는 말을 전해주었다. 예부터 상민의 집안에서 장사가 태어나면, 장차 반란을 꾀할 역적이 된다 하여 관에서 잡아들여 도끼로 어깻죽지의 힘줄을 끊어 영 힘을 못 쓰게 만드는 습속이 있었다.

2.

마을마다 때가 되어도 밥을 지을 쌀이 없던 처지이니, 부지런히 숯을 구워도 사려는 이가 없었다. 먹고살기가 막막해진 아지와 몽룡은 송피를 벗겨 우려낸 가루에 겨를 섞고, 산채와 버섯을 찬으로 삼아 연명했다. 거친 송피 가루는 창자에 들러붙어 용변을 볼 때마다 똥구멍을 찢었다. 찢어지게 가난하다는 말이 여기에서 비롯되었다.

그러던 어느 날이었다. 측간에서 한창 똥구멍이 찢어지던 아지는 구렁이가 기둥을 타고 슬그머니 내려오는 걸 보았다. 팔뚝만큼 굵은 몸뚱이며, 입가에 매단 수염이 예사롭게 보이지 않았다. 마당으로 내려온 구렁이는 집을 한번 돌아본 뒤, 천천히 몸을 움직여 울타리 바자 사이로 빠져나갈 참이었다. 측간에 앉아 이를 지켜보던 그녀는 제 몸의 어디가 찢어지거나 말거나 달려 나와 구렁이의 앞을 가로막았다. 그러고는 가슴께에 두 손을 모아 올리고 구렁이를 향해 공손히 절을 올렸다.

"구렁이님, 구렁이님, 어디로 가십니까?"

난데없이 나타나 가는 길을 가로막는 그녀의 출현에 구렁이는 심히 난감한 얼굴로 고개를 돌리며 헛기침을 했다.

"떠나지 마소서. 무슨 일이 있더라도 끼니를 챙겨드리겠습니다."

비록 얼굴에 숯검정을 묻히고 살아왔지만 영민하던 아지는 그것이 제집을 지켜주던 업구렁이임을 알았다. 살림이 워낙 궁곤하여 갈아 먹을 보리쌀 한 톨을 찾을 수 없게 되자 쥐들이 발을 끊고, 쥐를 잡아먹고 살던 구렁이도 더이상 배를 주릴 수가 없어 떠나려던 판이었다. 얼마나 간절히 빌었던지 구렁이는 헛기침을 두어 번 하고서 마지못해 몸을 되돌려 다시 기둥을 타고 지붕으로 올라갔다.

아지는 그날부터 산으로 들로 돌아다니며 개구리를 잡아들였다. 바랭이풀에 개구리 코를 꿰어 주렁주렁 매달고 돌아와 구렁이에게 주었다. 하루도 거르지 않고, 삼시 세끼를 살진 개구리를 잡아다 구렁이를 먹였다. 겨울이 되어 개구리들이 땅속으로 들어가자, 아지는 추녀 밑에 깃든 새들을 움켜잡고, 그도 모자라면 제 밥을 그릇째 가져다 바쳤다. 구렁이를 섬기는 그녀의 정성은 날이 가고, 달이 가고, 해가 바뀌어도 한결같았다.

어느 날, 장에 나갔던 몽룡이 숯 판 돈을 주막에서 술값으로 치르고 빈손으로 돌아왔다. 아침이 되어 바가지로 빈 독만 헛되이 긁어대던 아지는 덜 익은 도토리를 으깨 고운 진흙을 섞어 우물가에서 허정허정 씻고 있자니 저절로 신세 한탄이 흘러나왔다.

똥구멍이 찢어지게 가난한 내 신세가 가련하다.
언제고 고구마처럼 누런 똥을 누어보리오.

한참을 울고 있는데, 우물에서 푸른 연기가 자욱이 솟구치며 커다란 구렁이가 기어 나왔다.
"내가 그동안 네 정성을 지켜보니, 갸륵하기가 짝이 없다. 네 정성을 기특하게 여겨 상을 내릴 것이다."
그녀가 개구리를 잡아다 먹여온 그 구렁이는 원래 하늘에서 상제를 태우고 다니던 용마였다. 어느 날 천궁에서 벌어진 잔치에 가다가 등에 태운 상제를 떨어뜨리는 사고를 일으켰다. 곁을 따르던 가릉빈가(迦陵頻伽)◆의 몸매에 눈이 팔려 다리를 헛디딘 걸 알게 된 상제가 노하여 용마를 하계로 내쳤던 것이다. 인간 세상으로 쫓겨온 용마는 땅을 기며, 웅덩이에 갇혀 미물로 지내다가 이제 약정된 천 년이 가까워져 아지의 우물에 머물며 승천을 기다리는 중이었다.

구렁이는 아지에게 수저 두 벌을 내밀었다.

"어느 것을 원하느냐?"

그녀는 겸손하게 나무 숟가락을 가리켰다. 헛기침을 한 번 한 구렁이는 나무 숟가락을 그녀에게 건네주며 이렇게 일렀다.

"이 숟가락으로 우물가의 바위를 긁으면 쌀을 얻을 것이다."

그녀는 절을 하고 급히 방으로 돌아와, 술에 곯아떨어진 서방을 깨워 자신이 겪은 이야기를 전했다. 술이 덜 깬 몽룡은 마지못해 그녀를 따라 우물가로 갔다. 미심쩍은 얼굴로 우물가에 놓여 있던 바위를 나무 숟가락으로 긁자, 눈부시게 흰 쌀이 바가지에 가득 차도록 쏟아졌다. 그날부터 두 사람은 끼니마다 쌀밥을 배가 부르도록 지어 먹게 되었고, 똥구멍이 찢어지지

◆ 새의 몸에 사람의 머리를 하고 극락정토에 살고 있는 인면조. 범어로 카라빈카라고 한다. 자태가 지극히 아름답고 목소리가 고와 극락조라 불린다.

않게 되었다.

    나무 숟가락 덕에 잘 먹고 잘살게 된 아지는 더욱 정성을 다해 구렁이를 섬겼다.

    그런데 나무 숟가락은 두 식구가 먹을 쌀을 모자라지도, 남지도 않게 내주었다. 등이 따습고, 배가 부르게 된 몽룡은 세상의 모든 이야기가 그러하듯이, 나무 숟가락을 택한 아내의 대책 없는 무지와 미련함과 주변머리 없음을 원망했다. 놋숟가락이라면 힘을 주어 긁을 수도 있고, 쉽게 닳지도 않아 쌀을 가마니로 얻으며 만년묵이로 써먹을 것이라며 제 처를 들볶기 시작했다. 날이면 날마다 이어지는 서방의 성화와 행패를 견디다 못한 아지는 염치 불고하고 구렁이를 찾아갈 수밖에 없었다. 장이라도 보러 가는지, 눈부시게 흰 두루마기를 차려입고 수염을 멋들어지게 늘어뜨린 채 등장한 구렁이는 놋숟가락으로 바꿔달라는 그녀의 간청에 마뜩잖은 얼굴로 헛기침을 세 번이나 하고서 바꿔주었다.

    과연 놋숟가락은 몇 곱이나 많은 쌀을 내주었다. 바위를 긁을 때마다 두 사람이 먹고도 남을 쌀이 쏟아져 나왔다. 남는 쌀들을 모아 새 옷을 지어 입고, 고기반찬도 물리도록 사 먹을 수 있게 되었다. 그러고도 남는 쌀들이 곳간에 쌓이면서 몽룡은 숯 대신에 쌀가마니를 지고 장터를 드나들었다.

어느 날, 장에 쌀을 팔러 가던 몽룡이 주막에 들러 막걸리로 목을 축이는데, 마침 봉놋방에서 도박판이 벌어지고 있었다. 어깨너머로 구경하는 그를 보고 도박꾼들은 혀를 찼다. 가만히 앉아 있어도 땀이 비 오듯 쏟아지는 삼복더위에 무거운 쌀가마니를 장까지 지고 다니는 바보가 있다며 빈정거렸다. 몽룡은 장시세 이상으로 쳐주겠다는 말과, 자신이 결코 바보가 아니라는 사실을 입증하기 위해 잠깐 그 도박판에 끼어들기로 했다. 그 뒤에 일어난 일에 대해서는 굳이 말할 필요가 없을 것이다.

그날부터 몽룡은 도박꾼이 되었다. 곳간에 쌓아둔 쌀가마니들을 도박판에 밀어놓는 것으로도 모자라 그는 눈이 마주칠 때마다 아지를 들볶아댔다. 하루에 한 번씩 찾아가던 우물가를 시도 때도 없이 다녀오라고 윽박질렀다. 얼마지 않아 우물로 가는 길은 차돌을 다듬어놓은 것처럼 반들반들 길이 들어 여름이 되어도 풀 한 포기를 찾을 수가 없게 되었다. 그건 오래전부터 정해진 길이었고, 하늘이 마련해놓은 이야기의 들머리였다.

도박에 미친 몽룡은 시도 때도 없이 집을 비웠다. 세상의 도박꾼들은 그러해야 할 의무가 있었다. 밑천이 거덜이 나야 손톱 밑에 새까만 때를 묻힌 채 돌아왔지만, 집에 머무는 시간도 한나절을 넘기지 않았다. 장롱이나 뒤주 속에 아지가 꿍쳐둔 돈을 꺼내 들고는 뒤도 돌아보지 않고 달려 나갔다. 이불 채 속이나 보시기 밑에 은밀히 감춰둔 돈을 제 눈으로 봤던 것처럼 찾아내고는 몽룡은 흡족한 얼굴로 이리 주절댔다.

"내 코로 말할 것 같으면, 바람에 묻어오는 십 리 밖의 엽전 냄새도 맡는 재주가 있단 말이야. 달래 용의 코란 말이 있겠어."

훗날에 '용코로 걸렸다'는 말이 여기에서 비롯되었다.

그런데, 언제부터인가 몽룡이 집을 비우는 밤이면 누군가 아지의 방을 찾아들기 시작했다. 그녀가 곤히 잠이 들고 나면 바람 소리가 휘익 나면서 방문을 밀고 들어와, 슬며시 곁에 누웠다가 동이 틀 무렵에 사라지곤 했다. 그런 일이 있고 나서 그녀는 태기를 느끼게 되었다. 아지는 영리하고 담이 큰 여자였다. 찬 바람처럼 한기를 느끼게 하는 사내의 정체가 궁금해진 그녀는 낮에 큼지막한 거미 한 마리를 잡아두었다. 그날 밤도 잠이 든 척 누워 있으려니, 키가 훤칠한 사내가 어김없이 곁에 와 누웠다. 그녀는 동이 트기 무섭게 방을 빠져나가려는 사내의 발목에 은밀히 거미줄을 동여매두었다. 그리고 날이 밝자 거미를 앞세우고 그 뒤를 따라갔다. 거미 꽁무니에서 풀린 줄은 집의 뒤꼍을 돌아 마당을 건너 우물로 이어졌다. 거미줄을 붙들고 한참을 흔들어대자, 놀랍게도 우물 속에서 구렁이가 난감한 얼굴로 나타났다. 제 배를 가리키며 아지가 추궁을 하자, 구렁이는 세상의 모든 난봉꾼이 그러하듯이 뻔뻔스럽게 오리발을 내밀었다. 네 배 속의 아이가 내 아이라는 법이 어디 있느냐.

태고로부터 오래 묵은 구렁이의 발은 오리의 그것을 닮았으며, 여기에서 '오리발을 내민다'는 말이 유래되었다.

아무리 독수공방 처지로 지내는 도박꾼의 마누라라 해도 엄연히 지아비가 있는 여자를 건들고 발뺌을 하는 구렁이가 괘씸했지만, 그녀는 조용히 물러났다. 그러고는 관미산 자락에 있는 암자로 달려가 구렁이 발목에 동여맨 거미줄을 범종의 꼭대기에 매달았다. 한때는 승려 수십 명이 기거할 정도로 컸던 암자는 홍수로 신도들의 대부분이 비렁뱅이가 되어 졸지에 형편이 궁색하게 되었다. 승속들은 각자도생하려 뿔뿔이 흩어지고, 지금은 운신 못 하는 늙은 중이 혼자 남아 조석으로 맥없이 범종이나 치고 있었다. 그런데 범종에 동여맨 거미줄을 따라, 종소리가 우물 속으로 파고들기 시작하자 구렁이는 끝내 견디지를 못했다.

예부터 전해오는 이야기에 화경포뢰(華鯨蒲牢)라 하여, 용이 되려는 구렁이는 바닷속의 고래를 가장 무서워하는데, 종을 치는 나무공이가 경어(鯨魚)라 불리는 고래 모양을 하고 있었기

때문이다.♦

  비명을 지르며 튀어나온 구렁이가 아지에게 이실직고를 했다. 하늘의 깊은 뜻이 있어, 밤마다 은밀히 운우지정을 쌓아 장차 범상치 않은 아이를 얻을 것이니, 경거망동하지 말고 — 풀어 말하자면, 동네방네 떠들고 다니지 말라는 뜻이다 — 정성을 다하여 기르라고 일러주었다. 아지는 하늘이고 운우지정이고 같잖은 말은 걷어치우고, 장차 태어날 아이가 먹고살 방도를 책임지라고 따졌다. 아이가 태어나면 어떻게든 제 먹을 밥그릇은 챙겨 들고나오는 법이라고 구렁이가 볼멘소리로 중얼거렸다. 그걸 말이라고 지껄이느냐며 그녀가 당장 암자로 내달릴 기세를 보이자 구렁이가 사색이 되어 만류했다. 그에 대해선 어련히 준비를 해두지 않았겠느냐며 혀를 찼다. 무엇을 어디에 준비해두었느냐고 따져 묻자, 구렁이는 자세한 내용은 천기누설이라 밝힐 수 없지만, 눈물의 개울과 땀의 산을 넘고, 피의 바다를 건너 얻게 되리라 일러주었다. 도박에 미쳐 밖으로만 나도는 서방에 질린 아지가 그저 태어날 자식은 진득하게

♦ 중국 명대(明代)의 『오잡조(五雜組)』와 『진주선(眞珠船)』, 진인석(陳仁錫)의 『잠확류서(潛確類書)』에 의하면, 용의 셋째 아들인 포뢰(蒲牢)는 심약하여 고래를 보면 놀라 큰 소리로 운다고 하였다. 이에 불가에서는 종을 치는 나무 공이에 고래를 새기고, 고래를 보면 무서워 울부짖는 포뢰(蒲牢)를 종뉴에 새겨 넣어 종이 웅장하게 울게 하였다.

집 안에 들어앉아 있기를 바랐다. 구렁이가 그 속내를 알고 혀를 찼다.

"사내가 요강단지도 아니고, 집 안에만 들여놓으면 무엇에 쓰려는고."

"낮이면 밭에 나가 땀 흘려 일하고, 저물면 낭랑한 목소리로 글줄이나 읽고 지내면 좋겠소."

그 말을 들은 용이 미간을 찌푸리며 코웃음을 쳤다.

"예부터 서권이나 읽었다는 것들이 입발림으로 주경야독이라고 짖까불어대지만, 내가 여태까지 지켜보니, 해 있는 동안 땀 흘려 밭을 간 것들치고 저녁상 물리고 나서도 곯아떨어지지 않고 글을 읽었다는 소리를 듣지 못했고, 밤새 아까운 기름을 태워가며 엽전 한 푼 거리도 안 되는 글줄이나 읽는 서생 나부랭이치고, 밭에 엎드려 구슬땀을 흘리는 것도 아직 보지 못했다."

"듣지 못했으면 이번에 들어보고, 보지 못했으면 이참에 눈 크게 뜨고 지켜보면 될 것이우다."

종주먹을 들이대는 그녀의 기세에 눌려 구렁이가 약조를 아니할 수 없었다.

"땀과 글은 한 그릇에 담을 수가 없는 것이나, 그리 간절히 바라니 원하는 모두를 얻게 되리다. 나중에 원망이나 하지 마라."

"한 그릇이고, 두 그릇이고 약속이나 잘 지키시우."

미심쩍은 얼굴로 째려보는 그녀에게 구렁이는 한숨을 길게 내쉬며, 한 가지 당부를 잊지 않았다. 해가 있는 한낮에 난데없이 벼락이 치며 비가 퍼붓게 되면, 무슨 일이 있더라도 밖으로 나오지 말고, 방 안에서 이불을 뒤집어쓰고 엎드려 있으라고 몇 번이나 다짐을 주었던 것이다.

구렁이가 준 다짐을 가슴에 새겨두고 지내던 아지는 하루가 멀다 하고 속을 썩이는 서방 때문에 그걸 깜박 잊어버렸다. 모처럼 한가로이 낮잠을 자던 그녀는 지붕을 두드리는 빗소리를 들었다. 쪽창을 통해 밖을 내다보니 맑은 하늘에 난데없는 장대비가 퍼부었다. 숯가마 위에 널어놓은 무말랭이와 시래기 걱정에 그녀가 화급히 마당으로 달려나갔다. 그 순간, 광목을 생으로 찢는 듯한 천둥소리가 지축을 울리고, 대추나무 사이로 삭도 같은 번개가 번쩍이며 푸른 송곳니를 드러내더니, 백단향이 사위에 진동하며 구름을 갑옷처럼 두른 황룡 한 마리가 하늘로 꿈틀거리며 솟구치는 게 눈에 들어왔다.

얼이 반쯤 나간 아지가 홀린 듯이 그걸 바라보고 있자니, 하늘로 오르던 용이 갑자기 비명을 지르며 몸을 뒤틀었다. 자신의 씨를 복중에 지닌 여자가 마당에 서서 지켜보고 있기 때문에 일어난 일이었다. 그건 별스러운 일이 아니었다. 인축을 막론하고, 세상의 모든 난봉꾼이 달아나다 태중인 여자와 마주치면 상례적으로 보이는 일종의 경련성 반응이었다. 천 년이나 땅을 기며 기다려온 용이 하늘로 승천하려면, 발목에 어떤 인연의 가닥도 매여서는 아니 되었다.

여인의 복중에서 풀려나와 용의 발목으로 이어진 거미줄은 아무리 기를 쓰고 용틀임을 쳐도 끊어낼 수가 없었다. 기진맥진한 용이 입에서 붉은 피를 토하며, 하늘을 찢듯 단말마의 울음을 내지르고는 땅으로 곤두박질쳤다. 그 모습이 하도 정신 사납고 참담하여 '용천지랄'◆이라는 말이 여기에서 비롯되었다.

하늘에서 떨어진 용은 어찌 되는가. 옛 문헌◆◆에 따르자면, 승천에 실패한 용은 물에서도 아주 보잘것없는 미꾸라지로 다시 시작해야 했다. 옹색한 웅덩이에 갇혀 메기의 우악스러운 아가리와 황새의 날카로운 부리를 피해야 하며, 겨우내 개흙에 엎드려 꽝꽝 얼어야 하고, 허기진 사람들의 손에 잡히지 않도

◆ 이날의 일로 하늘에 오르던 이무기가 용을 쓰다가 땅으로 떨어지는 모습을 가리키던 '용천지랄(龍天地剌)'의 뜻이 후대에 이르러서는 '마구 법석을 떨거나 꼴사납게 날뛰는 모습을 욕하여 이르는 말'로 변의되어 쓰이고 있다.

◆◆ 허수각 송씨 문중에 전해오는 작자와 연대 미상의 문집 『규원박물지(閨院博物誌)』의 「잡설」편.

록 온몸에 비릿하고 미끄러운 점액을 발라야 했다. 비가 쏟아지면 그 한을 풀지 못해 하늘로 기어오르다가 길가에 떨어져, 지나가던 아이들이 뱉는 침을 맞으며 수모를 겪어야 했다고 전해진다. 고되고, 한 치 앞을 내다볼 수 없는 삶이었지만, 미꾸라지가 된 용의 가슴속에는 여전히 하늘의 호명이 새겨져 있었다. 그건 욕망이란 무게를 지니고는 오를 수 없는 하늘의 높이를 깨우치는 고행의 세월이며, 자고로 진중히 다뤄야 할 물건을 제대로 간수하지 못한 수컷들의 피할 수 없는 전락의 순간이기도 했다.

아지는 어찌 되었을까. 세상의 모든 금기에는 그에 상응한 벌책이 따르는 법이다. 구렁이가 미꾸라지가 되거나 말거나, 도박판에만 쭈그리고 앉아 무릎을 삭히던 몽룡이야말로 그녀에게 내려진 형벌이었다. 판돈이 떨어질 때마다 들볶는 서방의 성화에 시달려 하루에도 수십 번씩 우물을 오가느라 길바닥은 수레가 지난 것처럼 골이 파였다. 그러던 어느 날, 힘을 주어 바위를 긁는데, 놋숟가락이 뚝 소리를 내며 동강이 나고 말았다. 예정된 일이지만, 허리가 부러진 놋숟가락으로는 아무리 힘을 주어 후벼 파도 쌀은커녕 날아가던 새가 떨어뜨림 직한 보리 알갱이 한 톨 나오지 않았다.

곳간이 텅텅 비는 것은 그리 오래 걸리지 않았다. 놋숟가락이 부러지고, 쌀독은 이내 바닥을 드러냈다. 독의 밑바닥에 남은 겨를 바가지에 퍼 담아 들고 우물가에 주저앉아 아지는 통곡했다. 얼마를 울었을까. 우물가의 바위 아래 떨어진 숟가락 도막이 눈에 띄었다. 부러진 숟가락의 윗부분은 몽룡이 챙겨가고, 팽개쳐둔 손잡이 부분이었다. 행여나 하는 마음에 그녀는 그걸 집어 들고 바위에 문지르기 시작했다. 몇 날 며칠을 문질러도 쌀은 쏟아지지 않았다. 그러는 사이에 부러진 숟가락 도막은 바위에 닳아 점점 가늘어졌다. 그래도 그녀는 포기하지 않았다. 숟가락은 바위에 닳아버려 더 문지를 수가 없을 정도로 가느다랗게 되었다. 그녀는 그걸 갈고 다듬어 바늘을 만들었다.

아지는 그 바늘로 남의 옷을 짓는 일을 시작했다. 신기하게도 그녀가 지은 옷들은 바느질 자국을 남기지 않았다. 아무리 거친 천이라도 바늘이 지나가면 구김이 펴지고, 맵시를 살려냈다. 얼마 지나지 않아 그녀의 바느질 솜씨가 입으로 전해져 일감들이 밀려들었다.

삯바느질로 생계를 꾸려나가는 동안 그녀의 배는 차곡차곡 달을 채우며 불러갔다. 열 달을 채우면 어미 몸속에 있던 아이가 세상 밖으로 나오는 게 인간 세상의 이치다. 과연 구렁이가 점지해준 대로 아지는 열 달 만에 아이를 낳았다. 문제는 하나가 아니고 둘이라는 사실이었다.

먼저 첫째 아들이 태어났다. 한숨을 돌릴 틈도 주지 않고, 뒤미처 둘째가 세상 밖으로 머리를 내밀었다. 혼자서 산고를 치르던 아지는 첫째의 탯줄을 이빨로 끊고, 앞치마에 둘둘 말아 옆에 밀어놓고는 둘째를 받아냈다.

　도박에 미쳐 달포가 지나서야 돌아온 아비란 작자는 — 물론 정신적인 의미의 아비이지만 — 포대기에 담긴 둘이나 되는 자식을 보곤 혀를 찼다.

　"도야지 새끼두 아니구 뭐가 이리 많대?"

　건성으로 아이들을 들여다보고는 내처 도박판으로 달려가려는 몽룡을 아지가 붙들고, 자식의 이름을 지으라고 소리를 쳤다. 그저 머릿속에 화투짝만 맴도는 몽룡은 첫째에게 광땡, 둘째에겐 장땡이라는 이름을 지었다. 도박이라면 넌더리를 내던 아지는 제 자식들의 이름을 화투짝과 관련짓고 싶은 마음이 추호도 없었다. 서방의 신발을 돼지우리 속에 감추고 갈아입을 옷들을 섶 가리 속에 숨긴 채, 사흘 동안 깨물고 싸운 끝에 첫째에겐 금룡, 둘째에겐 은룡이라는 이름을 얻게 되었다. 용의 점지로 얻은 자식들이라는 이야기를 목이 쉬도록 주지시킨 결과였다. 물론 밤마다 이불 속으로 기어들어 오던 얼음처럼 차가운 사내에 대해서는 일언반구도 하지 않았다. 당신이라면 하겠는가.

무슨 놈의 '용'이 낄 데나 안 낄 데나 자주 나와 정신이 사나
워도 할 수 없다. 용의 혈통을 이어가는 가문의 소생들에게 용
이라는 문자를 빼고 어떻게 명명할 수 있겠는가. 첫째가 금이
라면 둘째는 은이었다. 도박판을 전전하던 그 아비가 생각하
기를, 이등은 아쉽기만 더할 뿐 얻을 바가 못 되었다. 숟가락을
부러뜨린 뒤로 가뜩이나 궁색해진 살림에 군입이 둘이나 늘어
난 게 영 마뜩잖았다. 그저 될 만한 패에 몰아 붓는 게 도박판의
이치였다. 하나라도 제대로 길러 긁는 대로 금싸라기를 쏟아내
기를 바랄 뿐이었다.

아비의 생각이야 어찌 되었든, 먼저 세상에 나온 금룡이 형
이고, 은룡은 아우여야 했다. 그게 인간 세상에서 형제를 정하
는 낙장불입◆의 원칙이다.

두 아이의 생김새는 분간을 못 할 정도로 완벽하게 닮아 있
었다. 가까이 지내는 이웃이나 친척은 물론이고, 부모조차 쌍
둥이를 구분하지 못할 정도였다. 아지도 먹성 좋은 금룡에게는
젖을 두 번씩이나 물리고, 조용한 은룡은 온종일 굶기는 일이

◆ 落張不入. 온갖 사술과 변종이 교차하는 도박계에서 도박인들이 공히 지켜야 할 규약을 '전국
두뇌스포츠협회'에서 제정한 바 있다. 이는 '도박윤리강령' 3조 1항, 회원 준수 의무 편에 등장
하는 항목으로 '한번 선택하여 화투판에 던져진 화투 패는 다시 집어 들어 바꿀 수 없다'는 규
칙을 뜻한다.

잦았다. 그렇게 어미도 구별을 못 할 정도로 닮은 생김새와 달리, 형제의 타고난 성격이나 하는 짓은 판이했다. 그악스럽게 울어대고, 먹어대는 금룡에 비해 은룡은 조용하고, 칭얼거리는 소리마저 낸 적이 없었다. 하나는 없으나 마나 하고, 다른 하나는 있으나 마나 했다.

　그리고 방물장수가 그들을 찾아왔다. 밤새 내린 눈이 온종일 퍼붓던 날이었다. 자욱한 눈발 속에서 무언가 움직이는 게 어렴풋이 아지의 눈에 얼비쳤다. 흐느적거리며 움직이는 모양새가 누군가 이 눈길에 소를 타고 오는 듯했다. 사립문 앞에 당도한 것은 소가 아니라, 산만한 덩치의 사내 등에 업힌 처녀였다. 눈 속에 길을 잘못 들은 방물장수는 그들이 부녀지간이라고 했다. 자색이 고운 처녀는 태어날 때부터 청맹과니였다 하는데, 그녀를 업고 다닌다는 아비는 척 보기에도 사람 구실을 못 하는 반푼이로 뵈었다. 산이라도 메다꽂을 만큼 우람한 덩치에 걸맞지 않게 반쯤 풀린 눈이며, 쉴 새 없이 턱 밑으로 흘리는 침이 온전치 못함을 말해주고 있었다. 청맹과니라는 게 믿기지 않을 만큼 처녀는 행색이 단정하고, 제 아비를 챙기는 품새가 여간 야무진 게 아니었다. 명색이 방물장수라는 처녀가 펼쳐놓은 보따리에는 바늘 쌈지와 마고자에 매달 단추 나부랭이가 달랑 들어 있을 뿐이었다.

저녁이 되어도 밥 짓는 기척이 없는 중에 아이 우는 소리만 낭자한 걸 듣고 방물장수가 혀를 찼다. 도박판을 떠도는 남편이 한 해가 넘도록 소식이 끊겨 문설주에 매어둔 씨곡까지 털어먹고 굶고 지낸 지 사흘이 될 무렵이었다. 먹는 게 없으니 젖마저 나지 않아 아이들이 어미의 빈 젖꼭지만 빨다가 목이 쉬도록 울어댔다. 둘째는 울 힘마저 없어 죽은 듯 축 늘어져 있었다.

방물장수 처녀는 아비에게 보따리에서 쌀 몇 줌을 내어주라 일렀다. 아지가 죽을 끓여 아이들부터 품에 안아 들고 먹이자, 처녀가 혀를 찼다.

"이 불쌍한 것들을 어쩌노?"

아지는 눈이 보이지 않는 처녀가 쌍둥이 자식을 알아채는 게 신기하기도 했지만 혀를 차는 그녀의 기색에 마음이 쓰였다.

"뭔 말이오?"

처녀는 말없이 콩을 가져오라 이르더니, 반으로 쪼개어 아지에게 내밀었다.

"이걸 어디에다 쓰려오?"

원래는 한 몸으로 태어날 아이가 둘로 나뉘어 태어났으니, 쪼개진 콩을 묻어도 싹을 틔우지 못하는 것처럼 아이들도 얼마 못 가 썩고 말 것이라 일렀다. 따뜻한 밥까지 지어 먹였더니 불

길한 소리를 늘어놓는 수작에 아지는 불끈 성이 났지만, 한 그
릇에 담을 수 없다던 구렁이의 난처한 표정이 생각나 덜컹 가
슴이 내려앉았다.

"하나를 버려야 살 것이오."

난데없는 소리에 아지는 할 말을 잃었다.

"둘을 다 잃어야 정신을 차리려오? 하나 먹일 형편도 안 되는
주제에…."

몇 해 전에 큰비가 쓸고 나간 뒤끝인지라 마을마다 굶어 죽
는 사람들이 적지 않을 때였다. 서방마저 도박에 미쳐 행방을
모르고, 당장 끼니를 이어나갈 길이 막막한 처지였다. 이러다
가 생때같은 자식들을 모두 굶겨 죽일 판이었다. 아지는 그래
도 멀쩡한 자식을 포기할 수 없었다.

"버리는 게 아니라 한 몸에 담는 것이오. 살아남은 첫째가 둘
째 몫까지 하며 금덩이 위에서 번쩍거리며 살 것이오."

하도 사정이 딱하여 일러주는 말이니 잘 헤아려 들으라며 처
녀는 비방을 일러주었다. 사흘 후면 검둥개가 와서 세상의 인
연이 다한 아이들을 물어갈 것이니, 어미는 아이 하나에게 개
똥을 바르고, 검은 포대기를 씌워 꼼짝도 말고 방에 숨어 있으
라 일렀다. 그리고 아이 하나는 윗방에 뉘어놓으라 하였다. 주
저하는 어미를 밀치고, 처녀는 제 모자란 아비를 시켜 작은 아

이를 윗방에 데려다 눕히게 했다. 불기가 닿지 않아 냉골인 윗방에서 젖도 물리지 않은 아이가 어찌 될 것인가. 몸부림치는 아지를 우악스러운 아비가 억지로 붙들어 앉히고, 처녀는 붉은 달을 그린 부적 한 장을 적어 드나드는 방문을 봉하였다. 사흘이 지날 무렵, 시커먼 그림자 하나가 윗방으로 얼비치더니 간간이 들리던 아이의 울음소리가 멈추었다. 숨소리라도 내면 품 안의 아이까지 데려간다는 말에 아지는 검은 포대기를 뒤쓴 채 이를 악물고 터져 나오는 울음을 참아야 했다.

윗방에 뉘어둔 아이는 숨을 거두었고, 청맹과니 처녀가 시키는 대로 그 아비가 지게에 얹어 산중에 묻고 돌아왔다. 어미는 빗장이 걸린 방 안에 갇혀 짐승처럼 울부짖었다.

방물장수 부녀가 떠나고, 며칠을 눈물로 지새던 아지는 어느 날 산중에 묻었던 자식이 돌아와 방 안에 누워 있는 걸 발견했다. 기쁜 나머지 털썩 자리에 주저앉은 아지는 서둘러 윗도리를 풀어 아이의 입에 젖꼭지를 물렸다. 쩍쩍 소리를 내며 젖을 빠는 아이를 내려다보며 비로소 안도의 한숨을 내쉬었다. 하늘이 가엾이 여겨 살려 보낸 것인지, 아비인 구렁이가 애쓴 덕인지 모르겠지만 그녀는 모든 게 꿈만 같았다. 그날 이후로 그녀는 행여 검둥개가 알고 찾아올까 싶어 누구에게도 이런 내막을 말하지 않고, 아이를 방 안에 숨겨 길렀다.

무시로 집을 비우고 도박판을 돌던 몽룡은 그런 사정을 알
턱이 없었다. 알았다 해도 별로 관심이 없었을 것이다. 제 자식
이 하나인지 둘인지도 모르고 지내던 아비였다. 아니, 하나라
면 좋겠다고 생각할 위인이었다. 더 집어 들고 나갈 재화가 남
지 않을 무렵에야 집에 눌러앉게 된 몽룡은 눈앞의 자식이 금
룡인지 은룡인지도 분간치 못한 채 무심히 지냈다. 아비의 무
관심을 지적할 때마다 그가 내어놓는 말은 늘 같았다.

"그놈이 그놈이지, 뭐."

그런 몽룡이 자식에 대해 관심을 갖게 된 건 밀가루 때문이
었다.

구호품으로 식구 수대로 나눠주는 밀가루를 타러 면사무소
에 갔던 그는 두 사람 몫밖에 타지 못했다. 제 자식들의 몫을 타
지 못하고서야, 비로소 사람이 태어나면 관청에 등록을 해야
하는 법이 있다는 걸 알게 되었다. 출생신고라는 걸 해야 밀가
루 배급도 받고, 학교도 가고, 군대도 가고, 장차 취직도 할 수
있다는 것이었다. 화투 없이는 못 살아도 법 없이는 잘 살아왔
던 그는 자식의 출생신고를 늦게 하는 바람에 과태료를 내야
했다. 당시의 과태료는 자그마치 쌀 한 가마니 값이나 되었다.
쌀이 한 가마니면 도박판에서 한나절을 좋이 놀 수 있다는 사
실에 그는 경악했다. 그런 쌀 한 가마니를 불면 혹 날아갈 듯한

서류 한 장과 바꾼 것에 가슴앓이를 하던 그가 윗방에 들어앉은 은룡을 위해 또 한 가마니를 더 넘겨줄 생각은 추호도 없었다. 아비도 분간을 못 할 만큼 그놈이 그놈인 자식이니, 출생신고란 것도 하나만 해두면 될 일이었다.

그렇게 은룡은 세상에 없는 존재로 자랐다. 그에게도 은룡이라는 이름이 있긴 했지만, 늘 그 안에서 지내는 공간의 명칭으로 불렸다. '윗방'이라 불리게 된 은룡은 출생신고며, 주민등록번호나 호적처럼 사람이 물감을 찍어 쓴 어떤 문서에도 기록되지 않았다. 그는 서류상으로는 이 세상에 태어난 적도 없고, 살고 있지도 않았다. 그런 존재답게 그는 조용했고, 윗방에서 온종일 입을 다물고 지냈다. 여섯 살이 넘도록 입을 열지 않는 자식에게 말을 가르치려고 아지는 무던히도 애를 썼다. 앞에 앉혀놓고 그 또래라면 벌써 익히고도 남았을 간단한 음절의 단어들을 가르쳐도 보고, 거울을 보여주며 혀와 입을 움직여보게도 시켰지만 아무 소용이 없었다. 은룡은 마지못해 어미가 시키는 대로 헛입만 벙긋거릴 뿐 어떤 소리도 목에서 내어놓지를 못했다. 아비라는 작자는 집 안을 온통 시끄럽게 만드는 자식이 하나라는 사실을 다행스럽게 여겼다.

"온종일 방 안에 들어앉아 지내는 놈이 말이 무슨 소용이겠어."

아비의 말대로 은룡은 온종일 윗방에 들어앉아 지냈다. 말을 못 하는 것보다 아지는 그게 더 마음이 아팠다. 무심한 아비는 그런 아이를 윗방에 있는 소금 항아리쯤으로 여기라고 했지만, 그녀는 틈이 날 때마다 은룡을 품에 안고 이런저런 이야기를 들려주었다. 무어라 대꾸를 하지는 않았지만, 그녀는 아이가 자신의 이야기를 귀담아듣고 있다는 걸 알았다. 아이의 눈을 보면 알 수 있었다. 깊고도 고요한 눈은 이야기의 대목마다 잔잔히 출렁이기도 하고, 때로는 광채를 발하며 반짝이기도 했다. 아이는 눈으로 말하고 있었다.

말을 하지 않아도 은룡은 자랐다. 그가 온종일 집 안에만 들어앉아 있는 것은 아니었다. 밤이 되면 벗어놓은 형의 옷을 걸치고, 소리없이 세상을 돌아다녔다. 누구를 만나거나, 장터에 나가 빵을 사 먹는 일도 없었다. 달빛이 푸르스름하게 비치는 산길을 걷거나, 별들이 자박자박 잔돌처럼 내려앉은 개울가에 앉아 있었다.

생김새는 도장 찍은 듯이 닮았지만, 하는 짓은 천양지차인 자식들을 지켜보며 아지는 뒤늦은 후회를 했다. 낮이면 밭에 나가 땀 흘려 일하고, 밤이면 등을 밝혀 책 읽기를 청했던 자신의 소원이 두 자식으로 돌려받을 줄은 미처 몰랐다. 땀과 글을 한 그릇에 담을 수 없다던 구렁이의 말이 뒤늦게 가슴을 짓눌렀다.

과연 맏아들인 금룡은 날이 밝기 무섭게 밖으로 나돌며 잠시도 땀이 마를 틈이 없었다. 땀만 흘리는 게 아니라 하루가 멀다 하고 온갖 말썽을 부렸다. 공중변소에 돌을 던져 여자아이들의 엉덩이를 똥물로 후줄근히 적시고, 고양이 꼬리에 불을 붙여 산불을 내고, 회초리를 해 오라는 이장에게 옻나무를 꺾어다 주어 온몸에 옻이 오르게 했다. 그 치다꺼리를 하느라 그녀는 집에 들어앉은 은룡을 들여다볼 틈이 없었다.

은룡의 존재는 그렇게 조용히 잊혔다. 가족이나 이웃들은 하나나 다름없이 똑 닮은 형제를 굳이 따로 기억할 만한 이유를 찾지 못했다. 그러거나 말거나, 은룡은 세상의 어떤 서류의 도움도 없이 존재했다. 정부의 어떤 기관이나, 학교나, 은행이나 '4-H 구락부'의 어떤 문서에도 기재되지 않은 채 살아갔다. 그는 누군가의 입에도 오르내리지 않은 연대기이며, 스스로가 이어가는 이야기였다. 그에 비해 금룡은 사람이 기록할 수 있는 모든 문서를 모아둔, 관공서와 경찰서와 학교와 세무서와 보건소와 자율방범대와 끝없이 부딪치고 싸우며, 제 존재의 목소리를 외쳐댔다. 하나는 있으나 마나 했고, 하나는 없으나 마나

43

했지만 세월은 두 아이를 차별하지 않고 공평하게 길렀다. 그리고 그에 걸맞게 마련해둔 재주들이 따로 있었다.

어느 날, 마을을 지나던 시주승이 아지의 집 앞에서 걸음을 멈추었다. 꾀죄죄한 승복에 홀쭉한 바랑을 짊어진 중이 사바의 여염집에 들러 목탁을 두드리며 시주를 구하는 일이야 하루에도 서너 번씩 있던 시절인지라 별스러울 것은 없었다. 대개는 바구미가 바글거리는 보리쌀 한 줌을 내주거나, "예배당 다녀욧!"라고 문도 안 열어주며 내치면 간단히 해결될 일이었다. 그런데 머리는 깎았으되 턱수염이 텁수룩한 시주승이 보인 행태는 여느 때와 달랐다. 사립문 앞에 걸음을 멈춘 중은 집 안으로 한 발을 들이밀었다가는 물러서고, 물러섰다간 다시 한 발을 들이밀기를 거듭하였다. 아지가 이를 기이히 여겨 사정을 묻자 시주승이 난감한 얼굴로 답을 했다.

"해와 달이 함께 있으니 참 기이한 일이오."

집 안에서 범상치 않은 기운이 느껴진다며 시주승은 묻지도 않은 자식들에 대해 말했다. 그가 꺼내놓은 신운(身運)이란 것이 그야말로 하나 마나, 들으나 마나 한 소리였다.

"얻으면 잃고, 잃으면 얻을 것이요, 더하는 것이 있으니 덜어내야 하고, 덜어냄이 있으니 더할 것이라."

안에서 화투짝을 늘어놓고 일진을 보던 몽룡이 방문을 열어 젖히고 버럭 소리부터 내질렀다.

"거, 쓸데없는 소리 들을 시간 있으면 횡하니 주막에 가서 막걸리나 한 되 받아 오오."

아지가 민망하여 방문을 억지로 닫고, 시주승을 정중히 안으로 맞아들였다.

"하던 말씀이나 더 자세히 일러주시우."

"얻고 잃는 이야기 중 어느 것부터 들으려오?"

우선 얻는 것부터 듣자고 청하였다. 다시 방문이 벌컥 열리며 몽룡이 문지방에 삐딱하게 몸을 기댄 채 구시렁거렸다.

"들으나 마나 공즉시색, 색즉시공이니 더하고 빼고 도로아미타불이라는 말 아니우. 거, 누군 땡초 노릇 안 해본 줄 아슈?"

시주승은 무례한 몽룡의 말에도 아랑곳 않고 다음 말을 이어나갔다.

"아이는 관청을 제집처럼 드나들며 평생 황금에 둘러싸여 살리다."

그 말에 귀가 번쩍 뜨인 아지는 두 손을 모아 절부터 올렸다.

"둘째는…."

그때, 터진 방앗공이에 보리알 끼듯 몽룡이 다시 참견을 하고 나섰다.

"둘째는 무슨…, 한날한시에 한 몸으로 태어난 운세인데, 하나만 보면 자연 뻥 아니우. 공연히 곱으로 쌀 됫박을 뜯어가려고…."

무안함을 참지 못한 아지가 엉덩이로 방문을 미는 바람에 몽룡은 문틀에 목이 끼어 하던 말을 더 이을 수가 없었다. 캑캑거리는 서방을 째려보며 그녀가 스님의 다음 말을 재촉했다.

"둘째는 평생 여자와 이야기에 둘러싸여 살리다."

그게 기뻐해야 할 운세인지 몰라 그녀가 머뭇거리는 동안 시주승은 말을 이어나갔다.

"셋째는 평생 아름다운 노래를 부르며 살리다."

"저 봐라. 있지도 않은 셋째까지 들먹이는 꼬락서니 좀 봐라."

방문에 끼었던 목을 연신 주무르던 몽룡이 중을 향해 삿대질을 하며 빈정거렸다. 자식이 둘뿐이라는 아지의 말에 시주승은 눈을 지그시 내리깐 채 이번 생에 셋을 얻을 것이라고 장담했다.

"그런다고 누가 쌀 됫박을 세 곱이나 줄 줄 알아?"

아지가 방문을 짓누르고 있어 얼굴을 내어놓지 못한 몽룡이 방 안에서 고래고래 소리를 질렀다.

"그렇다면 잃는 건 뭔가요?"

"첫째는 해의 운이니, 빛난 중에 저물어 붉은 손을 쥘 것이고…."

그녀의 입에서 탄식이 흘러나왔다.

"둘째는, 거참, 달은 달인데 낮에 뜬 달이라. 모습을 감춘 채 한숨 소리를 들으며 살 것이고…."

"셋째는 별의 운이라, 모두 잠든 밤에 홀로 깨어나…."

미처 말을 맺기도 전에 몽룡이 방문을 걷어차고 나와 중을 향해 발길질을 내질렀다.

"에라이, 땡초 놈아. 시주 쌀이라도 한 줌 얻어 가려면 심보라도 바르게 쓸 것이지, 결국 도로아미타불이라는 소리 아니냐."

그 서슬에 놀란 시주승이 자리에서 일어나 허겁지겁 집 밖으로 나서며 그녀에게 위로 삼아 못다 한 이야기를 전했다.

"그래도 용이 감싸고 있어 세상의 어떤 고통도 아이를 건드리지 못하고, 세상의 어떤 이야기도 아이를 끝내지 못할 것이오."

건네주는 쌀을 바랑에 담기 무섭게 화급히 집을 떠나는 시주승을 쫓아가며 그녀가 다급히 물었다.

"셋째는요?"

"셋째는 새처럼 노래 부르며 훨훨 날아…."

시주승은 몽룡이 집어 던진 신발짝에 뒤통수를 맞고 말을 제대로 마치지도 못한 채 떠났다.

돼먹지 못한 땡초 중이 지껄인 말이라고 몽룡은 일축했지만, 아지는 그날 들은 이야기들을 예사롭지 않게 여겼다. 다른 건 몰라도, 맏이인 금룡을 어떤 고통도 건드리지 못하리라는 말이 신통했다. 어려서부터 금룡은 매질을 해도 멀뚱멀뚱 쳐다보기만 해서 참을성이 강하다고만 생각했었다. 그게 좋은 일인지 아닌지는 몰라도, 평생 관청을 제집 드나들 듯이 살 것이라는 말은 그녀를 확실히 흡족하게 했다. 자고로 장부로 태어났다면 관가를 드나들며 벼슬을 하여 그 이름을 세상에 떨쳐야 하는 것이니, 제발 허리에 금테를 두른 판사라도 되소서.

어미의 바람이 어떠하였든, 하늘이 숨겨둔 뜻은 정해진 대로 돌아가고 있었다. 얻는 게 있으면 잃는 것도 있음은 도박판뿐이 아니라 고릿적부터 전해오는 하늘의 엄정한 법도이기도 했다. 믿거나 말거나, 아이들은 있으나 마나 하게, 없으나 마나 하게 자랐다. 아직 태어나지도 않은 셋째야 말할 것도 없었다.

3.

그런 차에 나라에 소동이 일어났다. 검은 색안경을 쓴 군인이 전차를 몰고 왕궁으로 들이쳤다. 그는 나라와 국민을 위해 벗기 싫은 군복을 벗고, 하고 싶지 않은 왕이 되어주겠다고 선언했다. 마지못해 왕좌에 오른 그는 정든 병영을 떠나며 다시는 자신처럼 불운한 군인이 나오지 않기를 바란다며 눈물을 흘렸다.[◆] 그는 세계 최초로 색안경을 쓴 채 우는 군인으로 『롬드발디 인명사전』에 등재되었다.

어떤 이들은 그가 사팔눈을 드러내지 않으려고 검은 색안경을 끼고 다닌다고 했다. 그는 제 나라를 지배하던 침략국의 군대에 자진해서 들어갔는데 불운하게도 그 나라가 망하게 되자 재빨리 제 나라의 군대에 슬그머니 끼어 들어가, 이쪽저쪽 눈치를 살피느라 분주히 눈알을 돌리다 사팔뜨기가 되었다고 했다. 또 다른 이의 말로는 그가 좌익 편에 선 댔다가 반란죄로 목이 잘릴 지경이 되자, 한 치 앞을 내다보지 못한 제 눈을 손가락으로 찔러 애꾸가 되었다고 했다. 그걸 지켜보던 진압대장이 그의 비장한 참회의 행동을 대견히 여겨 "요시! 잇쇼켄메이!"[◆◆]

[◆] 8월 30일 ○○보병사단(국가안보상 정확한 부대명을 부득이 공란 처리함을 양지하시라)의 연병장에서 열린 전역식에서 "다시는 이 나라에 본인과 같은 불운한 군인이 없도록 합시다"라고 말했다.

[◆◆] "좋아! 열심히 해!"라는 뜻의 일본어["よし! 一生懸命!"]로서, '一生懸命(일생현명)'은 원래 '주군의 영지를 목숨 걸고 지킨다'는 말이었다. (김웅교, 『일본적 마음』, 책읽는고양이, 2017.) 후대의 사학계에서는 이 말을 들어, 반란군에 가담한 왕과 진압대장이 한때 일본군에 함께 복무한 일체감과 동지애를 보여주는 단초라고 지적한다.

라고 외치며 그를 살려 심복으로 삼았다 한다.

어쨌든 그는 목욕을 하거나, 잠을 자거나, 심지어 요정에서 젊은 여자들과 밤을 보낼 때도 검은 색안경을 낀다고 했다. 그의 눈을 본 사람은 아무도 없었다. 불행하게 그의 눈을 보게 된 사람은 혀와 눈을 뽑히는 벌을 받았기 때문에 있어도 없는 것이나 다름없었다. 그러던 중에 이 나라에서 가장 큰 기차역의 화장실에 누군가 적어놓은 낙서가 화제가 되었다. 왕궁에 드나드는 장님 안마사에게 들었다는 그 낙서에는 왕의 왼쪽 눈은 눈알이 없이 뻥 뚫려 있다고 했다. 왕의 얼굴을 마사지하다가 알게 된 사실이며, 장님에게 손끝의 촉각은 눈과 같은 기능을 한다는 설명까지 달려 있었다. 그리고 낙서 끝에는 이 글을 열 곳의 화장실 벽에 적어두면 행운이 온다는 말이 적혀 있었다. 일부 대담한 이들이나, 행운을 찾아 전국을 돌아다니던 이들은 그 낙서를 열 곳의 화장실 벽에 옮겨 적었다. 어떤 이는 제 가족의 수만큼 수십 개를 적기도 했다. 최초의 낙서는 기차역 남성 화장실에서 시작되었다고 전해지는데, 이후의 낙서들은 여성 화장실에 더 많이 적혀 있다고 한다. 그 이유는 알 수 없지만, 얼마지 않아 그는 애꾸왕으로 불리게 되었다.

깡패들이 검은 색안경을 끼고 다니기 시작한 게 그즈음이었다. 그건 유행처럼 번져나가 시골의 장터에서 건들거리는 건달

패들마저 따라 할 정도였다. 뒤늦게 이를 알게 된 애꾸왕은 격
노하여 깡패들을 잡아들이라 했다. 깡패들은 목에 '나는 깡패입
니다'라는 팻말을 걸고 시가행진을 한 뒤에, 산을 깎고 굴을 파
는 공사장으로 끌려갔다. 그때 깡패들에게 품삯은 한 푼도 지급
되지 않았다. 끼니마다 썩은 감자 한 줌과 소금 몇 알갱이, 배
고프다고 징징거릴 때마다 보급되던 몽둥이찜이 전부였다. 굴
을 뚫다가 수많은 깡패들이 돌 더미에 깔려 죽었지만 매를 맞
아 죽은 수에 비할 바는 아니었다. 언제 죽을지 모르는 공사에
투입된 깡패들은 가족들에게 하나같이 비슷한 내용의 유언장
을 남겼다. 그 내용은 다음과 같다.

"사랑하는 나의 자손들아, 당대는 물론이고 자손만대로 결코
검은 색안경을 쓰지 말라."

이런 사실은 애꾸왕이 죽은 뒤, 세계적 패션 브랜드인 모에
뜨벨루티사(社)에서 1989년에 펴낸 『선글라스의 이면사』라는
책에 실려 있었다. 모에뜨벨루티사는 자신들이 세계의 독재국
가에서 횡행하는 인권유린에 대해 상당한 관심을 가져왔고, 이
의 개선을 위해 애꾸왕에게도 정식 항의를 했다고 주장했다.
그러나 실제로는 아시아의 개발도상국에 본격적으로 진출하
려던 모에뜨벨루티사가 생각지도 않은 검은 색안경 탄압 정책
으로 막대한 손실을 입었기 때문이라는 게 중론이다. 이런 항

의에 겁을 먹을 애꾸왕이 아니었다. 늘 검은 색안경을 끼고 지내던 그는 세상에 별로 뵈는 게 없었다.

애꾸왕은 이후로도 기회가 있을 때마다 — 주로 먹고살기 힘든 국민들의 불만이 고조되어 폭발 일보 직전에 이를 무렵 — 깡패들을 그물로 나포하여 도로를 닦고, 방조제를 쌓고, 댐을 만드는 공사를 벌였다. 이런 일이 거듭되자 깡패들은 머리를 깎고 중이 되거나, 교회를 돌아다니며 '천하 깡패를 고치신 예수님'이라는 간증을 하고 쉰 목소리로 부른 찬송 테이프를 팔아 연명했다. 이렇게 전국의 깡패들이 일시에 개과천선을 결의하고 팔뚝마다 '차카게 살자'라는 문신을 새긴 뒤 집단 은퇴를 하여 깡패 보기가 멸종한 황새보다 힘들게 되었다. 대규모 공사를 벌이던 나라에서는 일손이 부족해지자 긴급 대책을 세워야 했다. 멋진 깡패들이 주인공으로 등장하는 조폭 영화를 연속으로 상영하고, 으슥한 골목에서 패싸움을 벌이거나, 여고생 교복에 잉크를 뿌리는 소년들은 각별한 법의 보살핌을 받았다. 예전 같으면 파출소에 끌려가 볼이 퉁퉁 붓도록 매질을 당했겠지만, 이제는 될성부른 싹으로 국가 차원에서 보호하고 집중 육성해나갔다.

애꾸왕은 날마다 새로운 법을 만들어냈다. 그동안 나라의 유일한 자랑거리는 티 없이 맑은 하늘이었다. 그런데 왕이 침락국에서 꿰온 돈으로 지은 공장에서 시커먼 연기가 솟구쳤다. 이제 맑은 하늘 대신에 시커멓게 굴뚝으로 꾸역꾸역 솟아나는 검은 연기가 자랑거리가 되어야 했다. 가을 하늘이 어쩌고 하는 이들은 사상불순죄와 내란선동죄로 감옥에 갇혔다. 그렇게 붙잡혀간 이들은 공장 화구에 던져져 시커먼 연기가 온종일 내뿜긴다는 소문이 돌았다. 나라에서는 검은 연기야말로 산업의 동력이고, 국가 발전의 증거라고 선전했다. 아이들은 버스가 내뿜는 시커먼 매연을 따라다니며 입을 벌려 들이켰다.

그런가 하면 여대생들은 밤마다 요정에 나가 외국의 관광객들 곁에 앉아 기생 노릇을 했다. 문교부 장관은 그런 여성들에게 '경제 발전을 위해 헌신하는 애국자'라고 칭송하며, "자부심을 가져야 하고, 최대의 서비스를 아끼지 말아야 한다"고 격려했다. 그해의 기생관광 목표치는 105만 명에 4억 2000만 달러였다.

한마디로 남녀노소 가릴 것 없이 돈만 된다면 몸이고, 마음이고, 털이고, 가죽이고 내다 팔기 시작했다. 죽기 아니면 내다 팔기가 인생의 목표인 시절이었다. 그건 장사꾼의 시절이 만화방창함을 예고했다.

그 무렵에 낯선 장사꾼이 트럭을 몰고 마을을 찾아왔다. 트럭에는 울긋불긋한 플라스틱 바가지나 사기그릇들이 잔뜩 실려 있었다. 장사꾼은 모여든 사람들이 보는 앞에서 사기그릇을 땅바닥에 내동댕이쳤다. 놀랍게도 소의 뼛가루를 섞어 만들었다는 자기는 깨지지 않았다. 신기하고 욕심은 났지만 돈이 없어 그릇들을 만지작거리고만 있는 사람들에게 장사꾼은 사람 좋은 웃음을 지으며 외상을 주겠다고 했다.

"돈은 가을에 벼 베면 천천히 내고, 일단 써보슈. 혹시 알우? 오늘 밤중에라도 내가 세상을 뜰지."

없는 돈이 나중에 생길 턱이 없지만 몇 사람이 외상 장부에 이름을 올리고 그릇들을 샀다. 엄두를 내지 못하는 사람들에게 장사꾼은 돈 없이 물건을 사는 방도를 친절하게 일러주었다. 안방에 들어앉아 자리만 차지하고 있는 장롱이나 고리 궤짝, 시집올 때 들고 온 경대나 앉은뱅이 밥상들을 그릇과 바꾸어주겠다는 것이다. 우스갯소리라고 여겼던 사람들은 칠 벗겨진 개다리밥상을 받은 장사꾼이 산뜻한 플라스틱 대접들로 바꿔주는 걸 보고서는 다투어 집으로 내달렸다. 그러고는 잠시 후에 먼지 덮인 고물들을 싸 들고 몰려왔다. 사람들은 가볍고, 질기며, 집어 던져도 깨지지 않는 신기한 그릇들을 다리가 부러지고 경첩이 떨어져 나간 고리 궤짝과 바꿔주는 장사꾼이 머지않아 망할 것이라고 걱정했다.

장사꾼이 떠난 뒤에도 그들은 미처 말하지 않았던 귀퉁이가 부서진 장롱이나, 이가 맞지 않는 문짝을 들고 찾아와 화를 내며 무르자고 할까 봐 밤잠을 설쳤다. 한동안 마을 사람들은 낯선 이의 모습만 비쳐도 메추라기처럼 논에 엎드려 몸을 숨겼다. 한참 시간이 지난 뒤에, 그 장사꾼이 플라스틱 바가지와 바꿔간 고리 궤짝이나 장롱을 서양 사람들에게 몇 배나 이를 붙여 팔아먹었다는 이야기를 듣고는 그들의 걱정은 더욱 깊어갔다. 양코배기들이 군함을 몰고 와 엉터리 고물을 판 이들에게 총을 쏘고 포를 발사하지 않을까 싶어 몸을 떨었다.

그런 걱정은 마을을 찾아오는 장사꾼들이 늘면서 조금씩 사라졌다. 손수레를 밀고 오거나, 나귀가 끄는 마차를 몰고 오기도 했지만 대개는 오만 가지 물건들을 실은 트럭을 타고 줄지어 마을을 찾아왔다. 외상이라면 소도 잡아먹는다는 말처럼 마을 사람들은 다투어 장부에 이름을 적고 물건들을 사들였다. 나중에는 제 손으로 엮던 신발이나 멍석 같은 것들도 사 쓰게 되었다. 우리도 한번 잘살아보기로 작정한 사람들은 사랑방에 쭈그려 앉아 발가락에 짚을 걸고 손바닥을 비비며 도롱이나 짚신을 엮을 시간이 없었다. 그럴 시간이 있으면 한 푼이라도 벌어서 비닐 우의나 고무신을 사면 되었다.

모두의 걱정과 달리 그릇 장수는 읍내에 '만물상회'라는 가게를 차렸다. 그의 가게에는 신기한 물건들이 가득했다. 법랑 주전자, 플라스틱 파리채, 시간이 되면 튀어나와 우는 뻐꾸기시계…. 그의 가게에 발을 들이민 손님은 빈손으로 나가는 일이 없었다. 어디에 쓰는 물건인지, 어떻게 쓸 것인지도 모를 것들을 사 들고 나왔다.

구경 삼아 들른 이장은 주둔군 부대에서 흘러나온 최신형 커피포트라는 걸 사들고 나왔다. 아직 전기가 들어오지 않아 쓸 수가 없다는 걸 뒤늦게 안 이장이 무르려 하자 그릇 장사는 답답하다는 얼굴로 이리 말했다.

"세상에 필요 없는 물건이 어디 있어요? 사람이라면 몰라도…."

그는 머지않아 마을에 전기가 들어올 것이며, 그때가 되면 이런 최신형 제품은 돈 주고도 살 수 없게 된다고 귓속말로 일러주었다. 그러면서 그걸 쓰려면 커피를 사야 한다고 했다. 항의를 하러 왔다가 커피라는 시커먼 가루까지 사들고 간 이장은 가마솥에서 끓인 뜨거운 물을 커피포트에 담아 '시커먼 숭늉'이라는 걸 며칠째 마셔야 했다. 마셔보았지만 쓰기만 하다는 불만에 만물상회 주인은 태연히 이리 말했다.

"커피 맛을 제대로 알려면 기름진 고기를 먹고 나서 마셔야 그 향긋한 풍미를 느낄 수 있어요."

그러면서 그는 자신의 가게 한쪽에 새로 차린 푸줏간에서 쇠고기 두 근을 썰어 이장에게 내밀었다. 이장은 커피 맛을 제대로 알기 위해 쌀을 팔아 고기를 사다 먹고는, 날마다 가마솥에 물을 끓여 커피포트에 담아 시커먼 숭늉을 두어 달쯤 마셨다. 그리고 만물상회 주인을 찾아와 자랑스럽게 말했다. 자신이 커피의 맛을 알게 되었으며, 이제는 고기를 먹고 난 다음에 커피를 마시지 않으면 견디지 못한다고 털어놓았다. 그동안 자신이 커피 없이 어떻게 그 누린내 나는 고기들을 먹어왔는지 모르겠다고 한탄했다.

그렇게 사람들은 만물상회를 드나들며 커피의 맛을 제대로 알게 되고, 온갖 신기한 물건들을 사들이느라 정신이 없었지만 몽룡은 여전히 화투만 쥐고 지냈다. 놋숟가락이 부러진 뒤로 곤궁한 처지가 될수록 그는 도박판을 번질나게 드나들며 용코로 한몫 잡을 때를 기다렸다. 그런 몽룡에게 생각지도 않은 위기가 닥쳤다.

농촌 출신의 왕을 믿었던 농민들에게서 불만의 목소리가 나오기 시작했다. 전보다 더 살기 어렵게 되었다는 농투성이들의 불평에 대해 애꾸왕은 노상 사랑방에 모여 '나이롱뽕'◆이나 치는 게으름을 질타했다. 농촌이 가난하게 된 것이 나이롱뽕 때문이라는 왕의 교지에 따라 대대적인 도박 근절 운동이 벌어졌다. 사랑방에서 소일거리로 하는 나이롱뽕은 물론이고, 상가에서 밤을 새우며 화투를 치는 것도 잡아 가두게 되었다. 도박이 타고난 소질이자, 역사적 사명이었던 몽룡은 무언가 세상이 잘못 돌아가고 있다는 생각이 들기 시작했다.

해가 저물고, 부엉이 울음소리가 들려오는 겨울밤이면 따끈한 사랑방에 모여, 나이롱뽕이나 치며 주민들 간의 친목을 도모하고, 모처럼 농한기의 여유를 즐기는 게 농촌에서 맛볼 수 있는 유일한 정취였다. 그런데 농촌이 가난한 게 사랑방에 들어앉아 화투짝이나 만진 탓이라는 왕의 말에 몽룡은 기가 막혔다.

"네미, 한겨울에도 나가서 밭을 일구라는 말인가."

어찌하였든 하루걸러 면서기와 경관이 마을을 들쑤시고 돌아다니는 바람에 겨울이 되어도 화투짝을 쥐어볼 엄두를 내지 못하게 되었다.

예전 같으면 마실 온 사람들로 버글거리던 사랑방들도 시서늘해졌다. 예전의 철학박사 왕이 잘했다느니 그래도 농민의 자식인 새 왕이 낫다느니 갑론을박을 벌이기도 하고, 암탉처럼 발

◆ 다섯 장의 화투 패를 가지고 패들의 숫자나 모양 등을 맞추는 화투놀이의 일종이다. 대체로 농한기에 농민들이 이웃들과 성냥개비나 콩알을 걸고 벌인 화투놀이의 주 종목이었다.

가진 엉덩이를 이리저리 돌려대며 근동을 휘젓고 다니던 곰보네 둘째 딸이 서울로 올라가 여공이 되었는데 제법 돈을 모았다는 이야기며, 벙어리 만식이가 새벌창 큰 논의 웅덩이를 퍼서 미꾸리를 잡다가 목걸이를 건졌는데 그 목걸이가 이태 전에 씨 모를 아이를 배고 웅덩이에 빠져 죽은 명순이의 목에 매달려 있던 것이라는 이야기며, 밤마다 명순이가 나타나 장지문을 손톱으로 긁어대며 제 목걸이를 돌려달라고 흐느껴 우는 통에 만식의 얼이 반쯤 나갔다는 이야기들을 나누며 화투짝을 두드리던 사랑방이 사라진 것이다.

나이롱뽕을 금지하자, 농민들은 그 시간에 무엇을 해야 할지를 알지 못했다. 그저 자는 게 남는 것이라 믿고 일찍 자고 늦게 일어났다. 평생을 새벽 6시에 부는 군대의 기상나팔에 길들여진 애꾸왕은 늦게까지 자빠져 자는 백성들이 한심했다. 왕좌에 오른 뒤로 그는 지독한 불면증에 시달리고 있었다. 왕은 저 혼자 맞이하는 새벽이 더욱 처량하고 한심했다. 자신이 뜬눈으로 밤을 지새우는 동안 게으른 백성들이 해가 똥구멍을 치받을 때까지 자빠져 잔다는 사실에 격분했다. 그러다가도 눈만 마주치면 배가 고파 못 살겠다고 두덜거리는 이 밥버러지들을 어찌해야 할 것인가. 왕은 식충들에게 근면을 가르치기로 했다. 마을의 당산나무마다 큼지막한 스피커를 매달게 하고, 이장에게 신

새벽부터 노래를 틀어 마을 사람들의 잠을 깨우도록 명령했다. 왕이 친히 지었다는 노래의 가사는 이렇게 시작되었다. 새벽종이 울렸네. 새 아침이 밝았네. 프로파간다적인 가사와 음률은 아무리 잠귀가 어두운 주민이라 해도 잠을 깨지 아니할 수가 없었다. 새벽부터 잠을 깬 농민들은 '새벽 좆이 꼴렸네'라는 불순한 가사로 바꿔 부르며 불평을 늘어놓았다. 보고를 받은 왕은, 게으른 농민들이 불평할 틈도 없이 바쁘게 만들어주기로 했다.

농민들은 조반상을 물리기 무섭게 들이닥치는 면서기의 지시에 따라 삽을 들고 삯도 없는 품을 팔아야 했다. 기껏해야 쟁기 끄는 소달구지나 오가는 마을 길을 넓히고, 구부러진 채 한가로이 흐르던 개울을 곧게 펴느라 농민들은 새벽부터 날이 저물도록 제 물건 들여다볼 틈도 없이 일했다.

이제는 겨울이 되어도 한가롭게 사랑방에 모여 노닥거릴 힘이 없었다. 남은 힘이 있다 해도 저녁상을 물리기 무섭게 곯아떨어져야 했다. 화투를 치거나, 마실이나 한가로이 다닌다는 이야기가 전해지면 넓힌 길을 다시 좁히고, 곧게 편 개울을 구부리는 일을 시킨다는 소문이 있었기 때문이다. 그저 개울가에 '쭈그려 앉아 담배나 피우거나, 흐르는 물에 삽을 씻고, 먹을 것 없는 사람들의 마을로, 다시 어두워 돌아가야'◆ 할 뿐이었다.

말만 한 처녀들의 웃음소리가 조개껍질 비비듯 쏟아지던 방 앗간 자리에는 비닐하우스가 들어서 겨울도 없이 농사를 지었 다. 어느 겨를에 농한기라는 말은 매국노란 말과 유의어가 되 었다.

마을에서 한가로이 지내는 사람은 몽룡이 유일했다. 하다못 해 길가에 서 있는 나무며, 동구 밖의 장승이나, 산자락에 버티 고 선 바위도 쓸모가 없으면 베이거나 파헤쳐졌다. 한가롭다는 것은 쓸모가 없는 것이며, 쓸모가 없다는 건 죄악에 가까웠다. 쓸모란 대개 돈으로 환산되어 판별되었다. 돈이 될 수 없는 건 살아남을 이유가 없게 된 것이다.

이장 노릇을 하던 판석 씨도 예외가 아니었다. 그는 새벽부 터 들이닥치는 면서기들의 밥을 해대고, 봄이면 흰불나방 구제 작업, 여름이면 양잠 공동 작업, 가을이면 퇴비 증산 작업, 겨 울이면 도박 근절 결의대회에 나온 주민들에게 국수를 삶아대 느라 가마솥을 몇 개나 구멍을 내야 했다. 그는 모범 지도자 훈 장을 가슴팍에 주렁주렁 매달 정도로 열심히 일을 했다. 왕궁 앞 광장에서, 그가 가슴에 띠를 두른 어느 여편네와 짝을 지어

◆ 이 시절의 곤비한 농촌 생활을 정희성 시인이 「저문 강에 삽을 씻고」라는 시에 담아낸 바 있다.

'우리도 한번 잘살아보세'의 구호를 외우던 장면이 대한뉴스에도 3초가량 방영된 바 있었다. 그런 판석 씨도 급기야 허리가 구부러지고 머리털이 희다 못해 거지반 벗겨져 여름이면 땡볕에 나가 서질 못하는 요즘에 와서는 한가한 신세가 되었다. 시나브로 그는 제 손으로 베어낸 장승을 대신해서 느티나무 아래 우두커니 서 있는 것 말고는 땡전 한 푼과도 바꾸지 못할 존재가 되어버렸다. 명절 때마다 좀약 냄새 물씬 풍기는 양복을 갈아입고, 가슴팍에 주렁주렁 훈장들을 매달고 아침부터 서 있어도, 어느 하나 고개를 돌려 바라보는 이가 없었다. 한마디로 그는 쓸모가 없게 되었고, 한 푼도 되지 않으며, 그야말로 없는 사람이나 다름없게 되었다.

이 모든 일이 나이롱뽕을 없앤 데에서 비롯되었다고 몽룡은 생각했다. 화투가 없어진 세상은 사람 살 곳이 못 된다는 게 그의 변함없는 지론이었다. 그때까지만 해도 몽룡은 장차 자신에게 닥쳐올 횡액을 전혀 예견하지 못하고 있었다. 그건 틈만 나면 밖으로 나돌던 맏아들로 인해 시작되었다.

몽룡이 사는 집에서 멀지 않은 거리에 철로가 놓여 있었다. 금룡이 멱을 감거나 고기를 잡으러 개울로 내려오려면 철로를 가로질러야 했다. 햇빛에 날카롭게 빛을 내며 깔려 있는 철로 주변에는 이따금 석탄 덩어리들이 떨어져 있었다. 석탄을 실어 나르는 무개화차가 지나면서 흘린 것들이었다. 그걸 주워 땔감으로 쓰기도 했지만, 막상 그 위로 지나다니는 기차를 타본 적은 없었다. 기차라는 건 철로 위에 못을 올려두어 납작해지면 주머니칼이나 만드는 쇳덩이로 알고 있었다.

그날도 개울에서 친구들과 멱을 감던 금룡은 햇볕에 데워진 철로에 엎드려 귀를 말리고 있었다. 멀리서 기차가 달려오는 소리가 들렸다. 노변으로 내려서서 금룡은 기차가 지나가기를 기다렸다.

큼지막한 국기를 앞에 걸고 온통 꽃으로 덮인 기차가 기적을 울리며 다가왔다. 여느 때와 달리 호화롭게 장식된 기차를 금룡은 호기심 어린 눈으로 바라보았다. 기차 안에는 양코배기들이 타고 있었다. 새카맣게 볕에 그을린 알몸에 아랫도리만 너덜거리는 속옷을 걸치고 있던 아이들을 향해 양코배기 하나가 만면에 웃음을 지으며 손을 흔들었다. 낯선 양코배기를 멀거니 바라보고 있던 금룡은 팔뚝을 손에다 넣어 감자를 먹였다.

쾌속으로 달리는 기차 안에서 이국의 농촌 풍경을 완람하던 양코배기는 얼굴이 새카맣게 그을린 어린 원주민들을 보자 한껏 기분이 고조되었다. 곁에 앉아 있던 통역관에게 조금 전에 아이가 한 몸짓이 무슨 뜻이냐고 물었다. 그는 군인 출신이 왕이 된 주둔국의 형편을 살피러 온 대국의 대통령이었다. 통역관은 침착하게 이리 대답했다.

"전통적인 환영 인사입니다."

양코배기 대통령은 그 말에 크게 기뻐했다. 비행기를 타고 가라는 조언을 물리치고, 주둔국의 생생한 생활상을 살피기 위해 기차 여행을 고집한 자신의 선택이 만족스러웠다.

즐거운 기차 여행을 마친 양코배기 대통령은 무사히 영빈관에 도착하였다. 그곳에는 검은 색안경을 쓴 왕이 기다리고 있었다. 양코배기 대통령은 주둔국의 왕을 보자마자, 털이 숭숭 돋아난 팔뚝을 천천히 손아귀에 넣고 힘차게 밀어 넣었다. 하우 아 유!

환영식에 만전을 기하려 몸소 영빈관 문 앞까지 나와 있던 애꾸왕은 경악했다. 자신을 향해 감자부터 먹이는 양키의 소행을 어떻게 해석해야 할 것일까. 모멸감에 몸을 떨며 환영식을 가까스로 마친 왕은 즉시 양코배기 대통령을 수행했던 통역관을 불러들였다. 그를 문초한 끝에, 그것이 기차를 향해 어느 빌어먹을 촌놈의 자식이 저지른 만행에서 비롯되었다는 사실을 알았다.

더욱 왕의 분기를 돋운 것은, 만찬 행사장에서 양코배기 대통령이 예상외로 발전한 주둔국의 축산업을 크게 칭찬한 대목이었다. 감자 건으로 입은 불쾌감을 그 칭찬으로 씻어내려던 왕은 이어진 양코배기의 말에 얼굴이 벌겋게 달아올랐다.

"기차를 타고 오는 동안 짚을 덮어 말끔하게 지은 돼지우리들이 끝도 없이 이어진 시골 풍경은 축산국으로의 밝은 미래를 보는 듯했소."

왕을 진노케 한 것은 농민들을 돼지 취급한 것이 아니었다. 전차까지 몰고 간신히 차지한 자리가 결국 돼지들의 우두머리, 돼지 왕이라는 사실을 견딜 수 없었던 것이다.

대국의 대통령이 제 나라로 돌아간 뒤에, 애꾸왕은 곧바로 각부 장관들을 불러들여 농촌의 모든 초가를 개량하라는 지시를 내렸다. 그럴 만한 나랏돈이 없다는 말에, 왕은 우선 비행기에서 내려다보이는 초가의 지붕만이라도 고치라고 했다. 아울러 대국의 지도자에게 감자를 먹인 촌놈의 자식을 무슨 수를 써서라도 잡아들여 혼찌검을 내라는 명령을 내렸다.

얼마 되지 않아 금룡은 검은 지프차◆를 타고 온 검은 안경들에게 잡혀갔다. 그는 경찰서에 끌려가 온갖 매질을 당했지만 자신의 잘못을 알지 못했다. 어린아이에게 차마 가할 수 없

◆ 제2차 세계대전 초반에 미국에서 트럭을 개조해 만든 다목적 전천후 군용 차량. 차창을 가리고, 검은색으로 칠한 이 군용차가 정보기관용으로 사용된 연유는 알 수 없으나, 대체로 군부가 정권을 탈취한 이후 등장하였다는 것이 정설이다.

는 온갖 고문과 매질에도 금룡은 눈만 멀뚱거렸다. 숨겨졌던 하늘의 비의가 세상에 드러나는 순간이었다. 시주승의 예언대로, 그는 세상의 어떤 고통도 느끼지 못하는 육체를 지녔던 것이다. 고문을 하다가 지쳐 무어라 말할 수 없는 심장의 고통을 느낀 경관들은 그를 풀어주고, 교육을 잘못한 아비를 불러들였다. 도박판에서 화투를 치고 있다가 붙들려간 몽룡은 자식과 달리 세상의 아주 작은 고통에도 쉴 새 없이 비명을 질러댔다. 두 정강이가 까지도록 군홧발에 채이고, 어느 컴컴한 지하실에 거꾸로 매달려 무수히 매를 맞은 그는 진술서와 반성문과 서약서를 열아홉 번이나 고쳐 쓰고서야 겨우 풀려날 수 있었다.

아비가 죽다 살아 돌아왔을 때, 금룡은 책을 찢어 딱지를 접고 있었다. 자신이 겪었던 대로 그는 자식의 정강이를 차고 대들보에 거꾸로 매단 끝에 양코배기에게 감자를 먹인 사연을 알아냈다.

집이 걸터앉은 뒤편의 산봉우리에는 언제부턴가 주둔군 부대가 들어와 있었다. 온종일 웅웅거리는 소리를 내는 기계가 돌며, 빈틈없이 철망을 친 부대 안에는 얼굴이 희거나 시커먼 양코배기 병사들이 총을 들고 지키고 있었다. 금룡이 그들을 가까이에서 본 것은 어느 이른 봄날이었다. 총을 멘 채 마을로 들어선 양코배기 병사들은 금룡에게 무어라 떠들어대며 껌과 초콜릿을 던져주었다. 난생처음 보는 그걸 손에 들고 들여다보자, 그들은 소리 내어 웃으며 먹는 시늉을 했다. 단물이 나는 껌을 씹고, 온몸이 녹을 것처럼 달콤한 초콜릿을 먹으며 금룡은 그들이 꿩이나 산비둘기를 사냥하는 걸 구경했다. 총에 맞은 꿩이 떨어지자 그들은 금룡에게 휘파람을 불며 손으로 가리켰다. 금룡이 쏜살같이 달려가 숲에 떨어진 꿩을 주워오자, 그들은 머리를 쓰다듬어주었다. 무언가 통하는 기분에 금룡은 기분이 좋아졌다. 온종일 사냥을 하고 난 양코배기들은 애써 잡은 장끼의 꽁지깃을 뽑아 들고는 숲 덤불에 내던졌다. 장끼 세 마리, 까투리 한 마리를 거저 얻은 금룡은 그 뒤로 양코배기가 나타나면 하던 일을 멈추고 그 뒤를 따라다녔다. 세상의 어느 사냥개보다 민첩하게 달려가 꿩을 물어오고, 숲 덤불을 헤쳐 숨어 있는 메추리나 뜸부기를 찾아냈다.

양코배기들은 그런 금룡에게 잡은 사냥감들과 신기한 물건들을 주었다. 찝찔하고 야릇한 맛이 나는 토마토주스와 초콜릿과 담배도 주었다. 담배를 입에 물려 불까지 댕겨준 양코배기들은 금룡이 기침을 하며 담배 연기를 토해내자 즐거워 죽겠다는 얼굴로 웃음을 터뜨렸다. 금룡은 그들이 하늘에서 내려온 천사라고 생각했다. 옷을 벗으면 눈부시게 흰 두 개의 날개가 접혀 있을 게 틀림없었다.

장마가 지면서 천사들의 발길이 끊어졌다. 달착지근한 초콜
릿 맛에 흠뻑 빠졌던 금룡은 그들을 기다리다 못해 산 위에 있
는 주둔군 부대 주변을 얼쩡거렸다. 철조망에 개구멍을 만들어
부대 안으로 들어가자 천국이 나타났다. 쓰레기장에는 멀쩡한
고깃덩이가 널려 있고, 뜯지도 않은 통조림과 먹다 남은 빵과
과자와 초콜릿들이 아무렇게나 쌓여 있었다. 그곳은 증기선보
다 큰 고래가 입을 벌리고, 머리가 세 개나 달린 뱀들이 지키고
있다는 보물섬이나 다름없었다.

보물을 한 아름 넘게 주워온 금룡은 틈이 날 때마다 개구멍
으로 들어가 쓰레기장에 버려진 탄약통이나, 포탄 껍데기와 철
모 들을 집어왔다. 그것들은 쌀독과 아비의 재떨이가 되었고,
녹이 슨 철모는 뒷간의 거름을 퍼내는 똥바가지로 요긴하게 쓰
였다.

그러던 어느 날, 보물 창고에서 큼지막한 고깃덩이를 주워
서 개구멍으로 빠져나가던 금룡이 눈이 파란 천사와 마주쳤다.
금룡을 본 천사는 덩치에 맞지 않게 겅중거리며 꽁무니에 불이
라도 붙은 듯 소리를 내질렀다. 철조망을 미처 빠져나가지 못한
금룡이 엉거주춤 뒤를 돌아보니, 천사가 총을 겨누고 있었다.
영문을 몰라 우두커니 선 금룡에게 천사가 다가왔다. 그리고 대

뜸 군홧발로 정강이를 걷어찼다. 얼굴이 벌게진 천사는 금룡이 들고 선 고깃덩이를 뺏어 덤불 속에다 내던지고, 무릎을 꿇게 했다. 주머니를 뒤져 쓰레기장에서 주워온 못이나 탄피들을 빼앗은 천사는 소총의 개머리판으로 온몸을 조져댔다. 맞는 것이야 대수롭지 않았지만, 천사의 거친 행동에 금룡은 어이가 없었다. 말없이 맞고만 있자 제풀에 지쳤는지 천사는 그에게 손가락으로 개처럼 기어오라고 시켰다. 네발로 기고, 앉았다가 일어나고, 좌로 구르고 우로 구르느라 온몸이 땀에 흠뻑 젖을 무렵에야 천사는 그의 궁둥이를 걷어차며 소리쳤다.

"갓댐!"

그는 그동안 만나오던 천사가 아니었다. 정신없이 달아난 금룡이 멀찌감치 서서 바라보자, 이쪽을 지켜보던 천사가 다시 총을 겨눴다. 여태껏 천사로 알고 있던 양코배기에게 매질을 당한 그는 어이가 없고 불끈 부아가 치밀어 올랐다. 돼지 멱따는 소리로 무어라 소리치는 양코배기를 향해 그가 할 수 있는 것은 제 팔뚝을 손아귀에 넣어 감자를 먹이는 것뿐이었다. 그 뒤로 그는 양코배기를 보면 감자를 먹이곤 했다.

난데없는 봉변을 겪고 난 몽룡은 그저 철없는 자식 때문에 겪은 관재수라고 여기기로 했다. 동짓날 집 주변에 팥죽을 뿌리는 걸로 그 일을 깔끔히 정리했다. 자신이 겪은 고초보다, 따뜻한 사랑방에서 화투짝을 돌리고, 삼팔광땡을 몇 번이고 잡았을 시간을 허비한 게 안타까울 뿐이었다.

그런저런 일로 몽룡은 애꾸왕을 마뜩잖게 여겼다. 이런 차에 생각지도 않은 초가지붕이 문제가 되었다.

날이 밝기 무섭게 양철 도시락을 자전거 뒤에 매단 면서기가 들이닥쳐 아직도 굼벵이가 기어 다니는 지붕을 개량하지 않은 초가의 주인들을 들볶아댔다. 이건 또 무슨 변고인가 싶어 몽룡은 겁이 났다. 그와 그의 아비와 얼굴도 모르는 조상들이 살아온 바에 따르면, 나라에서 하는 일은 언제나 느닷없으며, 괴상망측하고, 어이가 없었다. 성화를 못 이긴 마을 사람들이 농협에서 빚을 내어 슬레이트◆라는 돌판으로 지붕을 갈아엎었지만 노상 도박판으로 나돌던 몽룡은 그럴 시간도, 그럴 생각도, 그럴 돈도 없었다. 결국 마을에서 그의 초가만이 곰삭은 짚을 얹은 채 남아 있다가 떼를 지어 찾아온 면서기들에게 들볶기 시작한 것이다. 그들의 주장에 따르면, 날마다 면장 앞에서

◆ 초가의 지붕을 대체할 자재가 부족해지자 애꾸왕의 긴급명령을 받은 모 건설자재사에서 시멘트와 석면(石綿)을 섞어 만든 석판. 후에 폐암을 유발하는 1급 발암물질이 함유된 사실이 알려지며, 등산을 갈 때마다 그 조각으로 삼겹살을 구워 먹어온 국민들을 심각한 공황 상태에 빠뜨린 지붕재이다.

면내 부락들의 지붕 개량 실적을 보고하고, 면장은 군수에게, 염소수염을 기른 군수는 도지사에게, 도지사는 검은 색안경을 쓴 왕의 어전에서 아직도 짚을 얹은 '돼지우리'의 수를 아뢴다는 것이었다. 100퍼센트 목표를 완수한 도지사에게는 상이 내려지고, 미흡한 도지사들은 왕의 앞으로 불려가 '조인트를 까인다'는 이야기를 장황하게 설명했다. 당연히 조인트 까인 장관은 도지사의 정강이를, 도지사는 군수의 정강이를, 군수는 면장의 정강이를, 면장은 면서기들의 정강이를 부러지도록 걷어찬다고 했다. 그런 설명에도 불구하고 방 안에 들어앉아 화투로 재수 떼기만 하고 있던 몽룡에게 면서기들은 통사정을 하기에 이르렀다.

이제 몽룡의 초가만 지붕을 개량하면, 면내 지붕 개량사업이 100퍼센트를 달성할 수 있으며, 그리하면 대한뉴스에 자랑스러운 '조국 근대화의 기수'로 면장이 소개되고, 머잖아 영전하게 되리라는 것이었다.

"그럼, 나는 뭐가 되는데…?"

그 말에 면서기들은 아무 말도 하지 못했다. 만지작거리던 화투짝을 추스른 몽룡이, 하고 싶어도 지붕을 개량할 돈이 없으며, 있다 해도 가파른 산을 세 개나 넘어 무거운 슬레이트를 배달해줄 장사치가 없을 것이라고 말했다. 면서기들은 돈은 농협에서 빌려줄 수 있으며, 슬레이트는 장날마다 기운 좋은 몽룡이 지게로 한 장씩 져 나르면 된다고 했다.

거저 주는 돈도 아니고, 이자까지 물면서 지붕을 고칠 몽룡이 아니었다. 그럴 돈이 있으면 큰판에 끼어서 삼팔광땡이나 기다려보는 편이 나았다.

여름내 버티며 면서기들의 애를 먹이던 몽룡을 찾아온 것은 역시 검은 안경들이었다. 그들은 구면의 몽룡을 보고 반갑게 웃으며 인사를 건넸다. 오랜만이오.

이번에도 몽룡은 검은 차에 실려 침침한 지하실로 끌려갔다. 수사관들은 왕의 역점 사업이며, 농촌 발전과 조국 근대화를 위해 벌이는 국가 시책에 끝까지 협조를 거부하는 몽룡의 태도를 문제 삼았다. 이어 지난번 국빈 방문 시 자유 우방 간의 혈맹 관계를 저해한 자식의 감자 사건과, 반국가적이며 퇴폐적인 도박에 여전히 앞장서는 점들을 추궁했다. 그들은 몽룡의 국가관과 사상에 상당히 우려되는 점이 있다며 이를 검증하기 위해 사흘간 잠을 안 재우고 몽둥이찜질과 세상의 모든 고문을 골고루 맛보여주었다. 그러곤 북쪽 나라의 지령을 받아 암약해온 고정간첩임을 자백하는 진술서에 지장을 찍으라고 윽박질렀다. 간첩이 되기보다 지붕을 고치는 편이 낫겠다고 생각한 몽룡은 손이 발이 되도록 빈 끝에 지붕 개량 서약서를 쓰고 나서야 풀려났다.

몸도 추스르지 못한 채, 몽룡은 장날마다 무거운 슬레이트를 지게로 한 장씩 날라 지붕을 고쳐야 했다. 쓸데없이 가파르기만 한 산을 서너 개나 넘느라 어깻죽지가 빠지는 고통을 겪으면서 비로소 그는 아비가 근심한 바를 뼈저리게 절감했다. 촌에서 장사가 나면 나라에서 잡아다가 어깻죽지의 힘줄을 끊는다는 게 결코 헛말이 아니었다.

어깻죽지가 빠져도 몽룡은 아직 화투짝을 잡을 손목의 힘이 남아 있다는 사실에 만족했다. 그는 삯바느질로 생계를 유지해 나가던 아지가 잠이 든 사이에, 남이 맡겨놓은 두루마기와 한복 몇 벌을 보따리에 싸 들고 도박판으로 달려가 하룻밤도 넘기지 못하고 털어먹었다.

그런 서방을 볼 때마다 아지는 이 모두가 하늘이 내려준 귀물을 부러뜨린 벌이라고 생각했다. 하도 답답하여 마구 퍼부어 대면 몽룡은 생뚱맞은 용을 둘러대곤 했다.

"너무 그러지 마우. 내가 이래 봬도 용의 정기를 받아 태어난 사람이우."

"용 아니라 옥황상제라도 여기선 땀으로 밥을 지어 먹고 사는 곳이오."

"비록 사연이 기구하여 잠시 내려와 살지만, 언제고 하늘로 돌아갈….."

툭하면 그 잘난 용을 들춰가며 땀 흘리는 일이라면 머리를 흔들어대는 서방이 그녀는 한심스럽기만 했다. 그런 내색을 비추기라도 하면 몽룡은 구중중한 셔츠를 홀렁 벗고 겨드랑이를 내보였다. 검붉은 자국이 남아 있는 그의 겨드랑이엔 허연 살비듬이 덕지덕지 들러붙어 있었다. 몽룡의 말에 따르자면 그건 용의 비늘이었다. 그녀는 그 비늘이라는 것이 몸을 씻지 않아 습진인지 어루러긴지가 생긴 자국이라고 생각했다. 한때는 산을 메다꽂을 기세로 일에 달려들던 서방이, 골방에 들어앉아 화투짝을 꼬나쥐고 용의 행세나 하는 걸 지켜보는 심정은 착잡하기만 했다. 그런 서방 덕에 그녀는 밤낮으로 바늘에 손을 찔려가며 남의 옷을 시치고 꿰매며 삯일을 해야 했다.

급기야 몽룡은 도박판에서 화투짝을 소매 속에 숨기다가 들켜 허리가 부러지게 두들겨 맞아 남의 등에 업혀 왔는데, 아지가 뒷간에서 거른 똥물을 열흘 넘게 마시고 나서야 겨우 거동을 할 수가 있었다.

그 뒤로 몽룡은 도박판을 멀리하게 되었지만, 이웃집 영감들과 성냥개비를 놓고 나이롱뽕을 치는 자리에서도 여전히 이리 둘러대었다.

"알다시피 내가 도박판이라는 데는 삼천리를 다 돌아다녀 봤고, 장바닥의 별의별 인간들을 다 만나보았지만, 뭐니 뭐니 해도 사람 모여 사는 데는 돈이 제일이우. 돈이란 게 더럽다고 하지만, 그것만큼 아쌀하고 솔직한 게 없거든. 돈 가는 데 마음이 가고, 마음 끌리는 데 돈이 있는 거유. 아무리 맑기가 얼음장 밑의 개울물 같은 양반이라 해도, 행여 흉 될까 싶어 손을 내밀지 못하는 것이지 돈 좋은 걸 어찌 모르겠수. 세상이 돌고 도는 돈판이고, 돈 놓고 돈 먹는 게 인생 아니우. 세상 사람들이 도박을 패가망신의 지름길이라고 수군거리지만, 따는 사람이 있으려면 잃는 이가 있어야 하고, 잃다 보면 따는 날도 있게 마련이우. 아무리 날고 기는 꾼이라고 해도 도박으로 큰돈 벌었다는 이가 없는 것만 봐도 돌고 도는 게 도박판이라는 말이 그르지 않다는 걸 알 것이우다. 내가 보건대, 세상에서 화투만큼 정직하고 공평무사한 것이 없소이다. 그동안 내가 잃어버린 돈들도 돌다 보면 다시 돌아와 만날 날이 어찌 오지 않겠수? 화투판의 돈은 누구의 것도 아니고 이리저리 돌고 돌며, 시름 걱정 잊고 한세상 즐겁게 놀게 하는 것이니, 어찌 신선의 놀이라고 아니 할 수 있겠수. 예부터 도박을 놀음이라고 한 연유가 따로 있지 않음이외다."

이런 이야기를 들을 때마다 아지는 입을 비죽거리며 한마디 쏘아붙였다.

"그 돌고 돈다는 돈이 어찌 이 빠진 물레방아처럼 당신만 건너뛰는지나 연구해보슈."

몽룡은 이리 공평하고 정직한 화투를 뱀 보듯이 여기는 시절을 한탄했다. 삼도의 도박꾼들이 득시글거리던 주막집 사랑방은 써늘하게 비어버렸다. 화투가 없는 시골처럼 삭막한 곳이 있을까. 몽룡은 판을 바꾸기로 했다. 영문도 모른 채 연거푸 관재수를 입어 정나미가 떨어진 고향을 뜨기로 마음을 굳혔다. 길바닥에도 금이 깔려 있다는 서울로 떠나기로 한 것이다. 고향을 뜨자는 서방의 말에 아지는 마다하지 않았다. 어디로 간들 이보다 더 나빠지랴 싶었다. 바야흐로 무작정 상경의 길에 합류하게 된 것이다.

4.

몽룡은 부러진 놋숟가락 도막을 주머니에 꽂은 채 고향을 떴다. '숟가락 몽당이만 들고 올라왔다'는 말이 여기에서 비롯되었다. 그는 앞서 상경한 이들이 자리를 잡은 변두리의 천변에서 새로운 삶을 시작하기로 했다. 안면 있는 고향 사람들이 의지가 되기도 했지만, 무엇보다 개울이 가깝다는 사실이 마음에 들었다. 움막에 누우면 밤새 들려오는 개울물 소리에 귀가 홍건히 젖었다. 그 소리는 오래도록 잊고 지내던 몽룡의 내력과 운명과 몸 안에 돌고 있는 혈통의 징조를 살려냈다. 그는 자신이 이곳에 당도한 것이 우연이 아니라는 걸 깨달았다. 그건 하늘에서 떨어진 미꾸라지와 용꿈과 아비가 붙인 몽룡이라는 이름의 계시에 따라 오래전부터 예정된 일이었다.

그는 거적을 덮은 움막들이 즐비하니 들어선 천변의 풍경을 감개무량한 눈으로 바라보았다. 그동안 애먼 산골짝에서 숯검정을 묻히고 지낸 자신의 인생이 한심하게 느껴지고, 허송세월로 흘려보낸 시절들이 안타까웠다. 그는 이제라도 용답게 살기로 했다. 천변으로 떠내려온 판자 쪽을 얼기설기 엮어 움막을 지으며 그는 자신의 몸속에서 일어나는 용틀임을 느낄 수 있었다.

몽룡에겐 아직 두 아들이 남아 있었다.

하나는 있으나 마나 하고, 하나는 없으나 마나 하였지만 그는 비로소 두 자식에 대해 둘러볼 요량이 생겼다. 그러나 밥상에 앉은 자식은 늘 없으나 마나 한 금룡뿐이었다. 모처럼 있으나 마나 한 둘째 자식의 안부가 궁금해 물으면, 그때마다 기다렸다는 듯이 아지가 눈을 흘겨 뜨며 자박지 깨지는 소리로 쥐어박았다.

"도박판에 쏟아붓는 돈은 아까워하지 않으면서 생때같은 자식의 호적 올리는 걸 아까워하는 애비를 마주 보고도 싶겠소. 입고 나갈 옷 한 벌이 없어 즈이 성이 들어와야 그 옷 빌려 입고 바깥 구경 나가는 게 어제오늘 일이오?"

그 후로 몽룡은 다시는 있는지 없는지 모를 둘째 자식 이야기는 입에 올리지 않았다. 그런 사정으로 몽룡은 두 자식을 한자리에서 마주한 적이 없었다.

늦긴 했지만 몽룡은 맏아들을 학교라는 곳에 보냈다. 당연히 있으나 마나 한 아들은 제외되었다. 그가 새로이 터전을 잡은 천변은 유서가 깊은 곳이었다. 오래전 이씨 성을 가진 왕들이 거처하던 궁궐에서 쌀을 씻은 뜨물이 흘러 내려와 물빛이 늘 희뿌옇다 하여 쌀개울(米川)이라 불리던 개울의 가장자리였다. 왕기가 서린 쌀개울에 몸을 씻으면 허리에 금대를 두를 자식을 낳는다는 속설이 있어, 한때는 가임기의 여인들이 몰려들어 그 물에 몸을 씻었다. 지금은 손을 씻기도 꺼려질 정도로 더러워졌지만, 아직도 인근 기지촌에 있는 양공주들이 술에 취하면 야음을 틈타 그 물에 슬며시 발가락을 담그기도 했다.

갈대가 수북이 우거지고, 물에 떠내려온 쓰레기들이 너저분하게 쌓인 천변에는 그와 비슷한 처지의 빈민들이 모여 살았다. 언제부터인지는 모르지만, 장안으로 불리던 사대문 안으로 들어갈 처지가 못 되는 이들이 그곳에 움막을 짓고 기거했다. 이렇게 천변에 서식하던 이들을 가리켜 천변족(川邊族)이라 불렀다. 이들은 개울에 붙어서 호구하며 살아갈 방도를 찾았다. 홍수가 나면 폭이 좁은 쌀개울이 범람하며 엄청난 쓰레기들을 개울가로 실어 날랐다. 천변족들은 떠밀려온 쓰레기들을 뒤져서 유리병이나 폐지들을 주워 고물상에 팔아 연명했다. 이따금 운이 좋으면 돼지도 건지고, 어떨 때는 사람도 떠내려왔지만 그건 건지지 않았다. 사람은 돈이 되지 않았기 때문이다.

유서 깊은 쌀개울은 그렇게 천변에 붙어사는 주민들을 먹여 살렸지만, 문제는 홍수가 자주 일어나지 않는다는 사실이었다. 천변족들의 생활사를 연구한 학자의 말에 따르면, 이들은 하늘이 엄청난 비를 퍼부어주기를 바라며 해마다 제사를 지냈다 한다. 비를 부르는 용을 성주로 섬기고, 개울을 신성하게 여겨 아이가 태어나면 그 물에 몸을 씻겼다 한다. 몽룡이 그곳에 자리를 잡게 된 것도 우연이 아닌 셈이었다.

과연 하늘은 그를 잊지 않았다. 개울가에 쭈그리고 앉아 담배만 축내던 그에게 하늘의 계시가 전해지기까지는 그리 오래 걸리지 않았다. 그것은 역시 미꾸라지로 시작되었다. 하릴없이 개울가에서 물수제비를 뜨던 몽룡은 물속에서 시커멓게 떼를 지어 움직이는 것들을 보았다. 미꾸라지였다. 미꾸라지가 용의 손자뻘이라는 것은 아비로부터 누차 들었던 바였다. 우선 생김 새로 보아도 미꾸라지는 예사롭지 않은 생물이었다. 입가에 점 잖게 수염을 달고 있으며, 물과 뭍을 자유로이 넘나들고, 뱀도 아니고 물고기도 아닌 것이 비를 타고 하늘을 오르내리니 가히 체구는 작아도 용의 면모는 다 갖춘 셈이었다. 다만 입에서 불 대신에 흰 거품을 내뿜는 게 채신머리없는 일이기는 했지만.

새카맣게 모여든 미꾸라지를 보며 몽룡은 묘책을 얻었다. 장마가 긋고 나면 빨랫감들을 머리에 인 사람들이 개울로 몰려 왔다. 그들은 산꼭대기에 사는 고산족(高山族)들이었다. 해발이 높은 산정에 서식하는 고산족들은 물이 귀했다. 장마가 지나 개 울물이 맑아지면 그들은 산에서 내려와 온종일 개울에서 빨래 를 하고, 변색한 옷들을 잿물에 삶았다. 개중에는 솥단지를 이 고 와 밥을 지어 먹기도 했지만 하루 종일 배를 주리는 이들이 대부분이었다.

장마가 그치기 무섭게 몽룡은 집 안의 가마솥을 떼다가 개 울가에 걸었다. 그리고 개울에서 건진 미꾸라지를 가마솥에 넣 고, 시래기와 된장을 풀어 끓였다. 달구어진 가마솥은 이내 더 운 김을 내뿜으며 구수한 냄새를 풍겼다. 온종일 빨래를 하느라 허기가 진 고산족들은 구수한 추어탕의 유혹을 외면할 수가 없 었다.

추어탕 장사는 몽룡이 예상한 것 이상으로 번창했다. 몰려드는 손님들을 감당하지 못해 가마솥을 서너 개나 더 늘려야 했다. 미꾸라지는 개울에 널려 있었다. 퍼 담아도, 퍼 담아도 미꾸라지들은 새카맣게 몰려와 통발과 삼태기를 그득하게 채웠다. 추어탕에 넣을 시래기는 아직가 채소 가게 바닥에 떨어진 배춧잎들을 주워다 썼다. 이제 가마솥까지 떼어간다고 악을 쓰던 그녀도 모처럼 서방이 사람 노릇을 한다고 생각했다.

참고로 천변족과 고산족에 대해 설명을 하면 다음과 같다.

그 기원에 대해서는 정확히 알려진 바가 없으나, 사대문 밖의 변두리에는 두 부류의 부족이 집단으로 서식하고 있었다. 하천 주변의 저지대에 움막을 짓고 사는 빈민들을 천변족이라 불렀고, 솔개도 날아오르기 벅찬 산꼭대기에 판잣집을 짓고 사는 이들을 고산족이라 불렀다. 이들은 도시 개발이 본격적으로 전개되는 후대에 등장한 월족(月族)의 조상으로 추정되었다. 학계에서는 이에 대해 다소 논란이 있으나, 주로 달이 뜨는 산꼭대기에 형성된 이들의 집단 서식지를 '달동네'라 부른 것을 근거로 삼는 경향이 주류를 이루고 있다. 고산족들은 버스나 자동차가 오를 수 없이 경사가 가파르고, 수압이 약하여 수도가 보급되지 못하는 해발 400미터 이상의 국가 소유 산지에 주로 서식하였다. 이들의 주된 주거 형식인 판옥(板屋, 속칭 판잣집)은 주로 과일 상자의 널판이나 주둔군 부대의 막사에서 뜯어낸 송판 등을 주재료로 삼아 얼기설기 조악하게 지어져, 대장은 물론 지번조차 없는 무허가 가옥이었다. 국가에서 매설한 수도 시설이 부재하여 우물이나 샘을 파서 근근이 식수를 조달했고, 당시의 주된 난방재인 연탄을 살 경제적인 능력이 모자라 국유림에 자생하는 나무들을 무단히 베어다가 땔감으로 썼다. 다음과 같은 당시의 신문 보도를 보면 나라에서는 이들로 인해 골머리를 앓았음을 짐작할 수 있다.

"해마다 산림녹화 사업을 벌여온 정부에서는 근자에 개체수가 점증한 고산족들을 송충이와 더불어 산림의 가장 큰 해를 끼치는 부류로 지목하였다. 이를 해결하기 위해 정부에서는 정기적으로 항공촬영을 하여 이들의 무허가 가옥(속칭 하꼬방)을 단속하는 한편 부단히 철거를 했으나, 워낙 조립이 용이한 이들의 무허가 가옥은 하룻밤이면 재건할 수 있어 이들의 완전한 박멸에는 한계가 있다고 토로했다."◆

이에 비해 천변족은 도시 외곽을 흐르는 하천의 저지대에 군집하여 역시 무허가 가옥에 서식했다. 이들은 주로 범람한 개울

◆ 믿고 보는 『시사일보』 293호 사회면 기사 '인간 송충이 고산족의 폐해' 중.

로 떠내려온 목재로 기둥을 세우거나, 땅에 굴을 파고, 그 위에 천막이나 루핑을 덮은 토막(土幕, 속칭 움막 혹은 토굴)에서 지냈다. 이들은 홍수기에 퇴적된 쓰레기 가운데 쓸 만한 목재나 의류, 재활용품을 모아서 생계를 이어나갔다. 그중의 일부는 빨래를 하러 온 고산족들을 상대로 염색업이나 잿물로 삶아주는 세탁업에 종사하기도 했다. 홍수로 하천의 범람이 잦아지면서 일부는 교량 밑으로 거처를 이동하기도 했다. 이들은 상습적인 수해를 겪으며 체득한 경험을 바탕으로 하수도 수리와 배관 설비, 분뇨처리업에 종사했다. 또한 천변족들은 이따금 길을 잃은 개를 무단히 포획, 조리하여 판매하는 식육업(일명 보신탕, 영양탕, 사철탕이라 불리는 음식 장사)에도 관계하여 사회적 지탄의 대상이 되기도 했다.

변두리의 빈민들이 언제 두 부족으로 나뉘어 불렸는지는 몰라도, 조선말 실학자인 박승경의 『향토지리총람』 2권 '부곡 편'에 따르면, 이들은 원래 "군, 현 이상의 양민에 대응하여, 향촌에 살다가 가뭄이나 홍수 등의 자연재해로 인해 도시로 이주한 유랑 빈민을 일컬어 부곡유민(部曲流民)이라고 불렀다"는 기록이 전해진다. 이 부곡유민들을 두 부류로 나누게 된 것은 봉건왕조가 무너지고, 제국의 식민지였던 시절로 알려져왔다. 식민정책을 관할하던 총독부의 지적조사 당시, 평지에 거주하는 일반 시민을 제외한 이주 빈민을 거류하는 처소에 따라 세분하여, 산지에 거하는 빈민들을 고산족, 저지대의 천변에 살던 빈민들을 천변족이라고 행정 편의상 구분한 데서 비롯되었다 한다.

최근 들어 학계에 보고된 논문에 따르면, 그들은 주거 환경의 영향에 따라 코 넓이나, 폐활량, 피부색이나 하지의 근육량에서도 주목할 만한 차이가 나타났다고 보고되었다.◆ 방대한 사례 분석과 임상 조사 끝에 얻어진 연구 결과, 고산족은 평지에 형성된 시장을 중심으로 지게나 수레를 이용한 양곡, 연탄, 식수의 운반업에 종사하며 고지대를 오르내리는 노동을 반복해 폐활량이 확대되고, 하지 근육이 발달했으며, 강한 자외선에 장기간 노출되어 멜라닌색소의 침착으로 인해 피부가 검은 편이며, 전반적으로 마른 체형을 지녔다. 이에 비해 천변의 저지대나 습지, 지하의 토굴 등에 거주하며 염색, 세탁, 상하수도 관리와 분뇨처리업에 종사해온 천변족은 대체로 키가 작고, 멜라닌색소의 부족으로 피부가 희거나, 창백한 빛을 띠고, 둔부가 발달했으며 전반적으로 비만하고 펑퍼짐한 체형이다. 두 부족은 신체뿐만이 아니라, 풍속이나 성정에도 차이가 있었다.

◆ 도시문화연구회 48차 정기학술대회 논문집 『도시 변두리 이주민의 생태학적 변이와 차이에 관한 비교 연구』 참고.

물을 다스리는 용을 수호신으로 섬기는 천변족은 매사에 느긋하고 유연하나, 산주라 불리는 호랑이를 섬겨온 고산족은 기질이 급하고 사나웠다.

일부 부족 문화 연구가들은 고산족과 천변족의 구분은, 자연재해로 인한 실농이나 가혹한 조세와 소작료의 징수 등에 따른 경제적 어려움 때문에 향촌에서 상경한 이농자들로, 이주 시기에 따라 정착한 거주지의 차이가 있을 뿐이라는 주장도 있다. 비교적 초기에 상경한 이농자들은 변두리의 천변에 움막을 짓고 정착했으나, 이후 천변의 거주공간이 포화되면서, 그 뒤 이농자들은 자연스레 산지에 판잣집을 지어 정착하게 되었다는 것이다. 이들은 정착지에 따라 생업이 달라지고, 그에 따라 신체적 변이도 나타나 지금처럼 고산족과 천변족으로 확연히 구분되어 불렸다는 게 그들의 견해였다. 소수이기는 하지만, 진보적 사회학자들 가운데는 이런 구분이 도시 개발정책에서 소외된 변두리의 빈민을 분열시켜 내부의 갈등을 유도하고 사회적 불만과 정치적 저항을 완화하려 정부가 의도적으로 설정한 구분에 불과하다는 주장도 있었다.

그들의 이주 시기에 대해서도 학자마다 의견이 다양했다. 멀리 조선조부터 가뭄과 홍수로 대규모 재해가 발생하여 유리걸식하던 이농민들이 사대문 안으로 들어가지 못한 채 도성 밖의 변두리에 집단 거주한 시기를 그 효시로 보기도 하고, 해방을 맞아 해외에서 귀환한 주민이나 전란을 피해 이주한 피난민들이 정착하여 형성한 해방촌을 그 분기점으로 보는 견해도 있다. 최근에는 대규모 외국의 차관을 통해 조성된 공단의 부족한 노동력을 농촌의 유휴노동력으로 채우면서, 의도적으로 이농 정책을 유도하던 도시개발의 시기를 그 출발점으로 보는 주장이 설득력을 얻고 있다.

그렇다면 평지에는 누가 사는가. 당연히 살림이 안정되어 굳이 오르내리기 힘든 고산지대나, 홍수기에 범람하기 쉬운 천변에 살 이유가 없는 사람들이었다. 그들의 거주지는 수도시설이 완벽하고, 집마다 화장실이 있어 일을 볼 때마다 개울가나 바위 뒤에 쭈그리고 앉지 않아도 되었다. 고산족이나 천변족이 무단히 담장을 넘어 자전거나 가재도구들을 훔쳐 가는 일이 잦아, 평지의 주민들은 집 주변을 날카로운 사금파리나 유리 조각을 꽂은 담장으로 둘러쌌다. 대개 마당에는 라일락나무를 심고, 대문에는 집주인의 이름이 적힌 문패가 달려 있었다.

몽룡은, 자신을 가계로 보나 하늘의 계시로 보나 확실한 천변족의 혈통이라고 믿었다. 여태껏 자신이 겪은 고초와 관재수가 물을 떠나 엉뚱한 산꼭대기에서 숯을 구웠기 때문이라고 생각했다. 그런 말을 늘어놓을 때마다 아지는 혀를 차며 이리 쏘아붙였다.

"물에 빠진 놈 구해놓았더니 보따리 내놓으라는 격이네. 멀쩡한 허우대로 하는 일 없이 봉놋방 아랫목에서 궁둥이가 익도록 화투짝만 쥐고 허송세월한 건 세상의 어느 한심한 족속이우?"

그러거나 말거나, 몽룡은 조상의 빛난 얼을 되살려 이후로는 무슨 일이 있어도 물가를 떠나지 않고 살리라 굳게 마음먹었다.

겁이 날 정도로 추어탕 장사는 번창했다. 그야말로 몽룡은 용코를 잡은 셈이었다. 그러나 호사다마라는 고사성어가 달리 있겠는가. 자고로 불행은 눈에 잘 보이지 않을 만큼 작은 알갱이에서 시작되는 법이었다.

뚝배기에 담긴 추어탕을 맛있게 퍼먹던 어느 고산족 노인이 망할 놈의 호기심에 이끌려 뚝배기에 둥둥 떠다니는 후추 알갱이를 젓가락으로 집어 들었다. 창세부터 인간의 호기심은 죄를 잉태하고, 그 삯은 우라지게 비쌌다. 사람이건 짐승이건 나이를 먹으면 늙어야 하고, 그에 맞춰 육신도 노화의 과정을 밟아야 했다. 늙은 주제에 지랄맞게 눈이 밝았던 노인은 자신의 손가락에 얹은 후추 알갱이에 다리가 달린 걸 기이하게 여겼다.

그리고 입으로 가져가던 수저를 내려놓고, 다리가 달린 후추 알갱이를 세밀히 관찰하기 시작했다. 잠시 후 고산족 노인은 여태껏 자신이 후추로 알고 떠먹었던 그 작은 알갱이가 다리가 무려 여섯 개나 달리고, 살이 통통하게 찐 흡혈성 기생충의 익사체임을 알아냈다.

어찌하여 모이를 주지 않아도 살이 통통하게 찐 미꾸라지들이 떼를 지어 개울로 모여들고, 날마다 삼태기로 퍼 담아도 바닥이 나지 않는지 그 궁금증이 해결되는 순간이었다. 그건 도표로 그려보면 아주 단순한 먹이사슬의 체계였다. 개울에서 빨던 옷이나 이부자리에서 떨어진 이(人蝨)들을 미꾸라지가 잡아먹고, 그 미꾸라지를 사람들이 먹어왔던 것이다. 미꾸라지에게 이는 철분이나 단백질이 풍부한 최고의 먹이였다. 그건 하루에도 서너 차례나 고산을 오르내리느라 만성 영양실조에 시달리던 고산족에게도 마찬가지였을 것이다.

소문은 빠르고 비정했다. 나쁜 소문은 달나라에 사는 토끼의 귀까지 전해질 정도로 신속하게 퍼져나갔다. 시간이 남아도는 어느 물리학자의 연구에 따르면 소문의 전파속도는 음속의 57배이며, 추문이나 충격적인 소문의 경우에는 거의 광속에 버금갔다.

천변의 추어탕 가게가 텅텅 비기까지는 그리 오랜 시간이 걸리지 않았다. 이가 아니라 독약이 섞였더라도 사람의 발길이 그리 말끔히 끊길 수는 없었다. 유난히 불볕이 이어지던 여름내 몽룡은 여남은 개의 가마솥에 맹물만 펄펄 끓여야 했다. 벌어두었던 돈은 비 맞은 소금처럼 사라지고, 기나긴 겨울이 닥쳐왔다.

몽룡은 다시 아지의 성화에 시달려야 했다. 애꾸왕을 닮았는지 그녀는 놀고먹는 사람을 그냥 지켜보지 못했다. 사람의 머릿속엔 하늘이 심어둔 망각이라는 장치가 있어 조만간 후추가 이인지, 이가 후추인지 까맣게 잊어버린 고산족들이 추어탕을 먹으러 몰려올 것이라고 변명을 늘어놓았지만 그녀는 코웃음만 쳤다. 하늘이 머릿속에 무슨 장치를 했는지는 몰라도, 자신의 배 속에 아귀 한 마리를 넣어둔 것은 확연히 알겠노라며 소리쳤다.

별수 없이 몽룡은 막일을 하러 나섰다. 배우지 못한 촌놈이 타향에서 할 수 있는 건 몸뚱이를 움직여 힘을 쓰는 일밖에 없었다. 마침 나라에서 일꾼을 모았다. 한때 전쟁을 벌였던 북쪽 나라에서 사절단이 방문하는 일로 — 이게 무슨 일이래? — 나라 안에 한바탕 소동이 벌어졌다. 무엇이든 북쪽 나라를 이겨야 한다고 믿었던 애꾸왕은 사절단의 눈이 휘둥그레지도록 발전한 나라의 모습을 보여주고 싶었다. 왕은 사절단이 지나갈

도로를 넓히고, 교통표지판과 신호등을 말끔히 새로 달았다. 학교에선 아이들에게 사절단을 보면 자신감 넘치면서도 밝은 웃음을 지어 보이는 교육을 했다. 버짐이 심하고, 비쩍 말라 영양 상태가 나쁜 아이들은 사절단의 방문 기간 동안 등교를 정지시키라는 긴급 지시가 하달되었다.

그런데 사절단이 지나는 길목에 자리 잡은 움막들이 문제가 되었다. 애꾸왕은 온갖 쓰레기로 얽은 천변의 움막들을 적국의 기자와 사절단에게 보여줄 생각이 전혀 없었다. 성미가 급한 왕은 지저분한 움막들을 불도저로 말끔히 밀어버리라고 했지만, 집을 잃은 사람들이 깡통을 들고 길거리에 떼를 지어 엎드려 있게 되리라는 심복의 진언에 주저했다. 그건 상상만 해도 끔찍한 풍경이었다. 고심 끝에 왕은 도로변에 사람 키보다 높은 판자벽을 세우라고 지시했다. 그리하여 집 안에서 빈둥거리던 몽룡은 판자벽으로 자신의 움막을 가리는 노역에 날품을 팔러 다니게 되었다. 판자로 벽을 세우든, 돌로 만리장성을 쌓든 돈만 준다면 마다할 이유가 없었다. 움막이 보이지 않을 높이로 가림판을 만들려면 무려 칠만 사천 개의 송판이 필요했다.

몽룡은 낮에는 가림판을 세우는 일로 일당을 챙기고, 밤이 되면 가림판의 판자를 뜯어다가 집을 늘리고, 방을 덥혔다. 그건 날품을 팔던 천변족들이라면 예외 없이 하는 짓이었다. 한 달이면 완성될 가림판은 무려 세 달이나 걸렸고, 그때 쓰인 송판은 총 이십구만 육천오백여섯 개에 달했다.

어찌하였든 장장 14.62km에 달하는 가림판 공사가 끝났다. 시찰을 나온 왕은 흡족했다. 그런데 가림판 너머로 뵈는 산꼭대기의 판잣집들이 눈에 들어왔다. 빨랫줄에 매달아놓은 붉은 속옷과 꾀죄죄한 이불 홑청이 모처럼 상쾌했던 왕의 심기를 어지럽혔다. 왕은 곁에 서 있던 시장의 정강이를 차며, 당장 그것들을 말끔히 밀어버리라고 지시했다. 언제나 그럴듯한 핑계를 만드는 일로 먹고살던 관료들은, 화재가 발생하였을 경우 소방차가 들어가지 못한다는 이유를 내세워 고산족들의 판잣집들을 철거하기로 했다.

그 일은 가림판 공사를 마치고 집에서 놀던 천변족에게 맡겨졌다. 일당이라도 타 먹을 요량으로 나섰지만, 고산족들의 집을 허무는 게 즐거운 일은 아니었다. 과부 사정은 홀아비가 아는 법이었다. 철거에 나선 천변족들은 감독관의 눈을 피해 판자의 못들을 얌전히 뽑아서 언제든 집을 다시 지을 수 있도록 철거했다. 그건 철거가 아니라 정교한 해체였다. 해체 작업을 끝내고 돌아가면 집주인은 밤을 새워 판잣집을 다시 지었다. 그건 아주 손쉬운 조립이었다. 낮이면 사라졌다가 밤이면 되살아나는 판잣집들을 감독관들은 형언할 수 없는 경이의 눈으로 바라보았다. 한 달이 지나도 산꼭대기의 판잣집이 줄지 않자 왕은 격노하여, 시장을 공병부대 출신의 군인으로 교체했다. 새 시장은 직접 현장에 나와 불도저로 산꼭대기에 다닥다닥 붙은 무허가 판잣집들을 사정없이 밀어버렸다. 가족들이 밥상에 둘러앉아 식사를 하고 있는 집의 벽이 난데없이 무너지고, 병든 노인이 누워 있는 판잣집의 지붕이 순식간에 벗겨졌다. 새 시장은 그 일로 '불도저'라는 별명을 얻게 되었다.

판자촌을 말끔히 밀어내고 나자 벌겋게 드러난 민둥산이 왕의 눈에 거슬렸다. 사절단이 당도할 날짜는 다가오고, 민둥산을 보여주고 싶지 않았던 왕은 군 시절에 애용하던 명령을 내렸다. 안 되면 되게 하라. 그는 시장에게 민둥산을 초록색 물감으로 칠하라고 지시했다. 미처 쉴 틈도 없이 몽룡은 초록색 물감통을 들고 민둥산을 푸르게 푸르게 칠하는 작업에 참여하였다.

초록 물감을 칠한 산을 흐뭇한 눈으로 바라보던 애꾸왕은 내친김에 그곳에 고층 아파트를 짓게 했다. 왕은 북쪽 나라의 사절단이 놀라 입을 떡 벌리는 모습을 기필코 보고 싶었다. 시간이 문제였다. 불도저 시장은 밤에도 불을 켜고 아파트를 지었다. 석 달 만에 완성된 그 아파트는 세계에서 가장 빨리 지은 아파트로 기록되었다. 유감스럽게도 그 아파트는 북쪽 나라의 사절단이 떠나자마자 '와우!' 소리를 내며 무너졌다. 세계에서 가장 빨리 무너진 아파트로 기록이 되었다. 무너지거나 말거나, 까라면 까면 되었다.

졸지에 집을 잃은 고산족들은 서식처인 산에서 내려와 개울가로 거처를 옮겼다. 뜯어낸 판자들을 머리에 이고 개울가에 당도한 그들은 쌀개울의 빈터에 움막을 지었다. 웬만한 자리는 이미 천변족들이 차지하고 있어, 그들은 비가 오면 물이 넘치는 개울 가장자리에 까치발을 세우고 움막을 지었다. 그곳은 땅이 아니라 개천에 속하는 부지였다. 원래는 물이 흐르던 개울에 떠내려온 쓰레기들이 쌓여서 땅처럼 굳어진 곳이었다. 그곳에 세워진 그들의 움막은 언제든 물에 떠다닐 수 있는 나룻배나 다름 없었다.

산에서 내려온 고산족들은 낯선 천변의 생활에 적잖은 어려움을 겪었다. 습기에 익숙지 않은 그들의 몸에는 습진이 번지고, 자다 보면 질척하게 스며든 개울물에 잠을 설쳐야 했다. 고전하던 고산족 중의 하나가 오리를 기르기 시작했다. 오리들은 개울에 풀어놓으면 돌보지 않아도 알아서 잘 자랐다. 지천으로 널려 있는 미꾸라지를 잡아먹으며 토실토실 살이 쪘고, 등 따습고 배가 부른 오리들이 할 게 무엇이 있겠는가. 밤낮을 가리지 않고 짝짓기를 거듭하며 알들을 쏟아냈다. 오리를 길러 돈을 벌었다는 소문이 퍼지면서 천변으로 이주한 고산족들이 다투어 오리를 기르기 시작했다. 쌀개울은 오리들이 꽥꽥거리는 소리로 뒤덮였다.

비록 사정이 여의치 않아 잠정 휴업하고 있지만, 망각의 장치가 가동되면 다시 추어탕 장사를 하려던 몽룡에겐 기가 막힌 일이었다. 오리를 기르는 고산족들과 몇 차례 얼굴을 붉히며 말다툼을 벌였다. 오리가 미꾸라지를 함부로 잡아먹는다는 말에 상대는 코웃음을 치며 이리 말했다.

"개울의 미꾸라지가 당신 것이오?"

몽룡이 자신의 이름과 용꿈과, 하늘에서 떨어진 미꾸라지 이야기를 늘어놓았지만 소용이 없었다. '우리도 먹고삽시다!'란 말에 몽룡은 달리 대꾸할 수가 없었다. 오리건 사람이건 먹어야 산다는 건 부정할 수 없는 사실이었다. 그저 오리들이 개울의 미꾸라지들을 멸종시키지 않기만을 바랄 뿐이었다.

5.

북쪽 나라의 사절단이 돌아갔다. 그건 일거리가 끊어졌다는 것을 의미했다. 장마가 시작되면서 집에서 빈둥거리던 몽룡이 만든 아이가 태어난 것도 그 무렵이었다. 별로 배도 부르지 않고, 입덧도 없어 아지는 자신의 배 속에서 아이가 자란다는 사실을 모르고 지낼 정도였다. 별다른 산고도 없이 순탄하게 세상에 나온 아이는 딸이었다. 비쩍 마른 아이는 두 손을 모아 쥐고 가을 매미처럼 떨기만 할 뿐, 제대로 울음소리를 내지 못했다. 거꾸로 들고 엉덩이를 쳐 보았지만 아이는 얼굴만 파랗게 질린 채 여전히 울지를 못했다. 방 한구석에서 화투짝만 두드리고 있던 몽룡이 할딱거리는 갓난애를 돌아보고는 혀를 찼다. 부엌으로 들어간 그는 손때가 꼬질꼬질한 화투짝들을 냄비에 넣고 삶기 시작했다. 그러곤 영문을 몰라 어리둥절한 어미를 밀어내고, 화투짝 삶은 물을 갓난아이에게 떠먹였다. 평생 화투에 미쳐 살더니, 급기야 아이까지 잡는구나. 아지가 미간을 찡그리며 등짝을 힘껏 후려갈겼지만 그는 들은 척도 하지 않았다. 그런데 신기하게도 땟국물이나 다름없는 그 물을 몇 모금 넘긴 아이가 비로소 숨을 돌리며 울기 시작했다. 신기한 일이었다. 아이의 울음소리는 귀뚜라미처럼 미세했지만 여태껏 들어본 적이 없을 만큼 고왔다. 듣는 이의 마음을 평안하게 하는 그 소리는 세상 어디에서도 맡아본 적이 없는 그윽한 향기가 감돌았다. 없는 집에 입 하나만 늘었다고 투덜대던 몽룡도, 그런 서방의 등판을 후려갈기던 아지도 그 향기에 취하여 눈 녹듯이 마음이 풀어졌다.

몽룡은 있으나 마나 한 아들과, 없으나 마나 한 아들뿐인 집 안에 화초 같은 딸을 얻은 것도 하늘의 뜻이라며 양념 삼아 기르자고 흡족한 웃음을 지었다. 아이가 무슨 김치 담그는 마늘이나 고춧가루냐고 눈을 흘겼지만 아지도 늦게 얻은 딸이 싫지 않았다. 몽룡은 이걸로 자식은 끝이라며, 딸에게 '말희'라는 이름을 붙였다.

식구 하나가 늘면서 아지의 목소리는 더욱 높아졌다. 집 안에서 빈둥거리던 몽룡은 그녀의 성화에 못 이겨 공장에 나가게 되었다. 쌀개울이 흘러 내려가 강으로 유입되는 하구언에는 유리 공장이 있었다. 천변족들이 주워온 유리들을 녹여 술병이나 잔을 만드는 공장이었다. 여름이면 땡볕이 온종일 내리쬐는 제방 옆에 황토 벽돌로 지은 공장에는 거대한 가마가 놓여 있었다. 코크스를 태워 늘 벌건 불이 이글거리는 가마에 들어간 유리들은 끈적끈적한 죽처럼 되는데, 그걸 기다란 관 끝에 찍어 다른 쪽 끝에서 입김을 불어넣어 병을 만드는 일이었다. 온종일 뜨거운 김을 참아가며 병을 불어대느라 그곳의 인부들은 볼이 개구리처럼 부풀어 있었다. 한겨울에도 땀이 흐를 만큼 가마가 들끓는 유리 공장은 여름이 되면 그야말로 불가마가 되었다.

그러던 어느 날, 유리 조각을 가마에 쏟아붓던 청년이 발을 헛디뎌 가마 속으로 빠지는 사고가 났다. 비명도 지르지 못한 채 부글거리는 유리물 속에서 허우적거리던 청년은 순식간에 사라졌다. 공원들은 우두커니 서서 청년이 들끓는 유리물 속에서 녹아가는 걸 지켜보아야만 했다.

그 사고가 있고 나서 몽룡은 유리 공장 일을 그만두었다. 가마 속에서 허우적거리던 청년의 모습이 자꾸 떠오르는 것도 괴로웠지만, 정작 그를 힘들게 한 것은 청년이 녹은 유리물을 관에 찍어 병을 불어야 한다는 사실이었다. 께름칙해 주저하는 인부들을 모아놓고 사장은 가마의 유리물을 쇠막대로 휘휘 저으며 태연히 말했다.

"훨씬 걸쭉하니 좋네."

사정을 전해 들은 아지는 '녹은 사람은 녹은 거고, 산 사람은 어떻게든 먹고살아야 하지 않느냐'고 악을 썼지만 얼이 나간 채 천장만 바라보는 남편을 더 채근하지는 않았다. 한동안 집에 들어앉아 술로 지내던 몽룡은 언제부턴가 술병이 비고 나면 거기에서 나는 기이한 소리를 들었다. 바람 소리 같기도 하고, 깊은 한숨 소리 같기도 한 그 소리를 듣고부터 몽룡은 술을 끊었다. 지금도 빈 술병에 귀를 대면 청년의 한숨 소리 같은 것이 들리는 연유가 거기 있다.

그런 일이 있고부터 몽룡은 개울가에 쭈그리고 앉아 흐르는 물만 바라보며 지냈다. 오리들은 이제 그가 가마솥을 걸어두었던 가게 부근까지 돌아다니며 아무 데나 멀건 똥을 쉴 새 없이 싸댔다. 그는 미꾸라지를 잡아먹는 오리들에게 돌멩이를 던지다가 해가 저물어서야 집으로 돌아왔다. 어느 날, 속옷을 갈아입으려던 아지는 허리춤에 있어야 할 고무줄이 감쪽같이 사라진 걸 발견했다. 귀신이 곡할 노릇이라며 헐렁한 속옷을 입고 다니던 아지는 서방이라는 인간이 그 고무줄로 새총을 만들었다는 사실을 알게 되었다.

오리들에게 새총이나 쏘며 지내던 몽룡이 어느 날 비장한 얼굴로 돌아왔다. 그의 손에는 낡은 종이 한 장이 쥐어져 있었다. 개울에서 건져온 듯한 종이는 귀퉁이가 해지고, 물에 불어 무어라 적힌 글씨들도 제대로 알아보기 힘들었다. 이젠 남의 밑씻개까지 주워오느냐는 아지의 말에 그는 모르는 소리 하지 마라며 성을 냈다. 그는 그것이 귀한 물건이라며 손도 대지 못하게 했다. 어깨너머로 보니, 누렇게 바랜 종이에는 약도 같은 것이 그려져 있었다. 그녀가 보기에 그것은 요즘 들어 강 건너에 짓는다는 아파트 분양을 선전하는 광고지 같았다.

개울가에 앉아 오리를 쫓던 몽룡은 물에 떠내려오는 희끄무레한 종이 조각을 보았다. 대수롭지 않게 여기던 그는 문득 지난밤에 꾸었던 꿈이 생각났다. 개울에서 금빛 비늘을 번쩍이는 용이 나타나, 입에 물고 있던 서류 한 장을 그의 앞에 내려놓는 것이었다. 무어라 묻기도 전에 용은 사라지고 꿈에서 깨어났다. 잊었던 그 꿈을 개울에 떠내려오는 종이 조각이 되살려 냈다. 가만히 지켜보니 종이 조각 주변에는 미꾸라지들이 새카맣게 몰려들어 마치 그것이 물에 가라앉지 못하도록 받쳐 들고 있는 듯이 보였다. 호기심에 이끌린 그가 바지를 걷어 올리고 개울에 들어가 그걸 건져냈다. 종이에는 무엇인지 알 수 없는 문자와 지도가 그려져 있었다.

그날부터 몽룡은 집에 들어앉아 온종일 그 종이를 들여다보며 지냈다. 남이 보면 엄청난 고시 공부라도 하는 사람처럼 보일 판이었다. 난생처음으로 도서관에 가서 두툼한 책들을 잔뜩 빌려왔다. 좁은 방 안은 발 디딜 틈이 없이 책들과 괴발개발 끼적인 메모지들로 가득 찼다. 아지가 지켜보니, 그는 방 안에 들어앉아 그 잘난 지도인지 넝마 조각인지를 들여다보며 창으로 스며든 해의 그림자를 자로 재기도 하고, 등기소에서 떼어온 수십 장의 지적도를 살피다간 고물상에서 사 온 지구본을 돌려가며 무어라 적어댔다.

"요지가지 한다."

그런 남편을 지켜보며 아지는 혀를 찼다. 평생을 화투짝이나 만지작거리더니 이제 나이가 들어서는 넝마 조각을 들여다보며 시간을 허비하는 인생이 한심했다. 차라리 타고난 힘이나 쓰다가 나라에 끌려가 어깻죽지라도 부러졌다면 혹여 이름 석 자라도 남길 터에, 무릎이나 삭이며 방 안에 들어앉아 종이 조각이나 들여다보는 서방이 안쓰러울 지경이었다.

몇 날 며칠을 방바닥에 엎드려 끙끙거린 끝에 마침내 몽룡은 종이에 숨겨진 비밀을 해석해냈다. 그건 용이 숨겨둔 보물의 위치를 일러주는 지도였다. 그는 자신이 풀어낸 보물 지도를 양피지에 옮겨 적었다. 방향과 거리, 등고선과 주변의 산이나 강을 자세히 그려 넣은 뒤에야 그는 눈을 감고 길게 한숨을 내쉬었다. 물경 스무아흐레가 소요된 일이었다. 어느 결에 그의 머리카락은 하얗게 세었고, 덥수룩하게 자란 수염이 턱을 뒤덮었다. 귀신에 홀린 듯이 퀭하니 들어간 눈은 먼 곳을 바라보는 사람처럼 몽롱해 보였다.

꼬박 이틀을 잠이 들었던 몽룡은 깨어나자마자 배를 만들 준비에 나섰다. 홍수 때 건져놓은 각목이나 송판뿐이 아니라, 나중에 아이들의 방을 지을 때 쓰려고 모아두었던 서까래와 대들보까지 모두 개울가로 끌어내어 톱으로 자르고, 대패로 밀고, 까뀌로 다듬었다. 오리마저 발이 닿을 정도로 얕은 개울에 무슨 배를 띄우려느냐고 아지가 소리를 질렀지만, 그는 들은 척도 하지 않았다. 끼니마저 거르며 몇 달을 매달린 끝에 그는 마침내 배 한 척을 건조하는 데에 성공했다. 솔직히 말하자면, 그건 배가 아니라 뗏목에 가까웠다. 그 배에 이부자리와 밥솥과 소금 한 가마와 물통을 실은 몽룡은 출항을 기다리는 뱃사람처럼 날마다 하늘만 살펴보았다. 그의 손에는 양피지 지도와 나침반이 쥐어져 있었다. 그가 실성했다는 이야기가 이웃들의 입에서 입으로 번져나갔다.

그리고 장마가 시작되었다. 북태평양의 뜨겁고 축축한 바람이 오호츠크해의 차가운 바닷물과 만나며 시작된 비는 밤낮으로 구중중하게 이어졌다. 무수한 날품팔이들의 일거리를 빼앗으며, 집 안에 들어앉아 빈대떡이나 부쳐 먹게 하는 장맛비는 천변에 새 생명들을 배태하게 했다. 천변족에게 한 달 남짓 이어지는 장마는 번식기에 해당했다. 이 시기에는 한낮에도 남의 집을 찾지 않는 게 천변족의 오랜 풍속이었다. 애들에게는 장화를 신겨 집 밖에서 지렁이에 소금이나 뿌리며 놀게 했다.

정작 사달을 일으킨 것은, 장마가 끝나갈 무렵에 태풍이 몰고 온 집중호우였다. 들이붓듯이 쏟아지는 장대비에 개울은 순식간에 도도한 강이 되어 으르렁거렸다. 흘러넘친 쌀개울은 쓰레기 더미 위에 세워진 고산족들의 수상가옥들을 까부르고, 내처 개울 언저리에 들어선 천변족의 움막까지 삼켜버렸다. 큰비가 내리면 범람하는 개울물을 피해 휴대용 의자 접듯이 움막들을 해체하여두었지만 이번에는 미처 그럴 틈이 없었다. 졸지에 집을 잃고 울부짖는 사람들 틈에서도 몽룡은 태연자약했다. 무언가를 기다리듯 불어난 개울을 바라보던 그의 눈에 물 위로 오르내리는 용이 들어왔다. 금빛 비늘을 번득이며 누런 물 위로 솟구쳐 올랐다 잠기기를 반복하는 그것은, 입으로 연신 붉은 불을 내뿜고, 오색영롱한 광채 속에서 희뿌연 물안개로 몸을 숨긴 채, 접시만 한 눈을 부라리며, 주둥이 양옆으로 고슴도치의 가시 같은 억센 수염이 솟구치고, 사자 갈기를 휘날리며 당장이라도 달려들어 움켜쥘 듯 날카로운 발톱을 지닌 용이었다. 그건 좋은 시절을 도박판에서 흘려보내고, 모처럼 시작한 추어탕 장사마저 이 한 마리 때문에 거덜이 난 그를 보물이 숨겨진 곳으로 안내하러 온 게 틀림없었다.

몽룡은 앞뒤 가릴 것도 없이 강물 속으로 자신의 배를 띄웠다. 흙탕물 속을 어기여차 배를 저어가던 그는 강심에서 오르내리는 용의 허리 위로 조금의 망설임도 없이 올라탔다. 용은 긴 울음소리를 한 번 내지르고, 그와 함께 누런 물속으로 순식간에 사라졌다.

개울물에 움막이 쓸려나가기 직전 아이들을 데리고 몸을 피하느라 아지는 그런 일이 일어난 줄도 알지 못했다. 나중에 이웃들의 입을 통해 남편의 최후를 전해 듣게 되었다. 용이 나타났다고 소리치며, 나무토막들을 얼기설기 엮은 뗏목을 타고 강으로 뛰어든 그가 삽시간에 물속으로 사라졌다는 게 공통된 전언이었다.

오리 사육 문제로 사이가 틀어졌던 고산족들은 몽룡이 보았다는 용에 대해 입을 비죽거리며 수군거렸다. 폭우로 산 중턱에 있던 암자의 전각이 무너져 용머리 모양으로 깎은 대들보가 개울로 떠내려왔는데, 몽룡이 그걸 용이라 믿고 물에 뛰어들었다가 익사한 것이라고 떠들어댔다. 그런가 하면, 술에 취해 있는 날이 더 많던 천변족의 한 노파는 자신도 강물 위로 솟구치던 용을 두 눈으로 보았으며, 몽룡이 용의 허리에 올라타고는 자신을 향해 손을 흔들었다고 증언했다. 한동안 모이기만 하면 몽룡의 최후에 대해 온갖 뒷이야기를 늘어놓던 천변의 이웃들은 쌀개울이 맑아지자 언제 그랬느냐는 듯이 조용해졌다.

국가재해대책본부의 공식적인 발표로는 사흘 동안 857밀리미터를 퍼부은 이때의 폭우로 도시 외곽의 저지대가 대부분 물에 잠겼으며, 사망 23명, 실종 39명의 인명 피해와 298동의 가옥이 침수되었다고 한다. 물론 지번도 없이 천변에 움막을 짓고 살던 천변족이나 고산족들의 피해는 그런 통계에 포함되지 않았다. 떠내려온 새끼 돼지를 건지다가 물에 휩쓸린 천변족 노인의 시신은 한 달 만에 서해의 항구에서 발견되었지만, 제 발로 강에 뛰어든 몽룡은 어디에서도 찾을 수가 없었다. 말 그대로 실종이 된 것이다.

졸지에 아지는 빈털터리가 되었다. 그악스럽게 퍼부은 비는 움막과, 빨랫줄에 널어놓은 속옷과, 부엌에서 기르던 새끼 돼지와, 반쯤 넋이 나간 서방까지 쓸어가버렸다. 남은 건 걸을 때마다 신발 바닥에 덕지덕지 들러붙는 개흙뿐이었다. 아지는 물이 빠진 천변에 대충 비바람을 피할 움막부터 지었다. 자식들은 아비의 행적을 찾는다며 번갈아가며 밖으로 나돌았다.

며칠 동안 천변을 뒤지던 금룡은 발이 푹푹 빠지는 펄 속에서 새어 나오는 기이한 소리를 들었다. 그건 쇳소리 같기도 하고, 바위를 긁어대는 소리 같기도 했다. 작대기로 펄을 얼마쯤 파들어가자 눈에 익은 물건이 묻혀 있었다. 그건 아비가 늘 호주머니에 꽂고 다니던 놋숟가락 도막이었다. 그 부근을 샅샅이 뒤져 보았지만 아비의 흔적은 찾을 수가 없었다.

아지는 놋숟가락을 들고 온 맏아들을 난감한 얼굴로 바라보았다. 땅에 묻힌 그 물건을 찾아온 게 잘한 일인지 선뜻 판단이 서지 않았다. 놋숟가락 도막을 허벅지에 연신 문질러대는 자식을 보며, 아지는 묻어둔다고 없어질 일이 아니라고 생각했다.

그건 생전의 아비가 틈만 나면 하던 버릇이었다.

아지는 금룡을 앞에 앉히고, 여태껏 가슴속에 묻어두었던 이야기를 들려주었다. 밤마다 찾아오던 몸이 찬 사나이와, 그 후 구렁이에게 들었던 말, 하늘로 오르던 용이 떨어진 뒤에 얻은 자식들에 관한 이야기를 숨김없이 들려주었다. 금룡은 그런 어미의 말을 대수롭지 않게 들어 넘겼다. 용에 관한 이야기라면 아비로부터 귀가 따갑도록 들어온 터였다.

"말하자면 내가 용꿈으로 태어났다, 이거쥬? 한데 우리 엄마는 태몽도 좀 야하네."

여하튼 그날부터 금룡은 용인지, 구렁이인지가 전해주었다는 놋숟가락을 윗주머니에 꽂고 다녔다.

이렇게 금룡은 가장이 되었다. 그의 나이, 열여섯이 되는 해였다. 그는 어떻게 살아왔을까.

그는 구렁이가 예언한 대로 먹고사는 걱정은 전혀 하지 않고 살았다. 걱정은 그의 몫이 아니었다. 그가 생각건대 ─ 만약 그에게도 생각이 있다면 ─ 인간의 삶이란 것은 걱정하고 근심할 만큼 한가하지 않았다. 인생은 먹고 즐기고 배설하고 짝을 짓기에도 바쁜 시간이었다. 세상의 어떤 고통이나 근심도 그를 건드리지 못했다. 그는 자신에게 주어진 삶에서 누릴 수 있는 최대한의 즐거움을 포획하는 데에 여념이 없었다.

그를 낳은 어미는 용이 어딘가에 숨겨두었다는 보물보다는 펜대를 믿었다. 아는 게 힘이며, 펜은 칼을 이긴다는 말이야말로 그녀가 여태껏 살아오면서 얻은 최종 결론이었다. 그녀는 장마가 찾아올 때마다 달팽이처럼 집을 머리에 이고 달아나야 하는 천변을 벗어나, 평지에 들어가 사는 게 꿈이었다. 그곳은 라일락꽃이 알싸한 향기를 풍기고, 나른한 피아노 소리가 들려오는 양옥들이 들어앉은 곳이었다. 바느질감을 가지러 평지의 집들을 드나들 때마다 자식들은 그런 곳에서 살게 되기를 간절히 바랐다. 그녀는 마호가니 나무가 깔린 거실에 들어설 때마다 자신의 발에서 묻어 나온 땀자국을 황망히 치마로 닦지 않고 살게 될 날을 학수고대했다.

몸뚱이만으로 살아가는 천변족의 방식으로는 영영 천변을 벗어날 수 없다고 그녀는 생각했다. 사람의 육신이란 나이가 들수록 병이 들고 탈이 나게 마련이었다. 가진 게 없이 늙어버린 육신만큼 처량한 것이 있을까. 가죽만 남은 채 개천에 던져진 시궁쥐 신세가 될 수밖에 없었다. 그녀는 지나가던 시주승이 보리쌀 한 됫박을 받고 들려준 말을 잊지 않고 있었다. 금룡이 관청을 제집 드나들 듯이 하며 살리라는….

그러나 금룡으로 말하자면, 어디에 써먹을지도 모를 곱셈이나, 일면식도 없는 왕들의 이름을 외우는 공부란 것에 전혀 관심이 없었다. 당시 선생들의 유일한 교수법인 회초리도 그에게는 무용지물이었다. 차라리 분 냄새를 풍기는 여인들이 짧은 치마를 입고 앉아 있는 평지의 술집 골목이 그의 지적 호기심을 자극했다. 그는 밤이면 오색의 등불이 번쩍이며, 요란한 음악으로 흥청거리는 그곳을 바라보며 오래전부터 가슴이 설렜다. 그럴 때마다 그의 몸속에서 뱃고동 소리 같은 게 났다.

얼마 지나지 않아 천변은 예전의 풍경을 되찾았다. 약간의 나무 기둥과 거적때기만 있으면 움막은 며칠 만에 다시 지을 수 있었다. 범람했던 개울이 제자리로 돌아가고, 전보다 더 많은 움막들이 천변을 채웠다. 전부터 천변의 움막들을 눈엣가시로 여겨온 애꾸왕은 '도시 침수 지역 정비 계획'이란 걸 발표했다. 고산족의 판잣집을 말끔히 정비한 정부가 이제 천변족의 움막을 손보러 나선 것이다. 명분은 차고도 넘쳤다. 천변족의 움막들이 도시 미관을 해칠 뿐만 아니라, 홍수 시 상습적으로 침수되어 귀중한 인명과 재산의 피해가 반복되자 더 이상 방치할 수가 없다는 것이다. 천변에 서식하던 주민들이 제법 돈을 모았다는 소리를 들은 나라에서는 무단히 점유해온 하천부지를 매입할 기회를 주기로 했다. 전문용어로는 불하(拂下)라고 했다. 사실 그건 땅이 아니었다. 떠내려온 쓰레기들이 개울 언저리에 쌓여서 이루어진 퇴적물에 불과했다. 자신들이 주워온 쓰레기로 만든 땅이고, 조상 대대로 그 위에서 살아온 천변족들은 그 쓰레기 더미를 돈을 내고 사라는 나라의 말을 수긍할 수가 없었다. 수긍하려 해도 모든 것을 홍수에 떠내려 보낸 천변족들의 입장에서는 그럴 돈이 없었다.

그에 비해 산에서 내려와 오리를 기르며 사는 고산족의 입장은 달랐다. 이번 홍수에도 오리들은 건재했다. '물 만난 오리'라는 말이 있는지는 몰라도, 그것들은 예전보다 살이 찌고 깨끗해졌다. 개울 위에 집을 띄우고, 질척거리는 물에 젖으며 살던 고산족들에게는 제 땅을 마련할 수 있는 천재일우의 기회였다. 고산족들은 오리들을 팔아 땅을 사들였다. 토지등기를 손에 쥔 그들은 제 땅의 경계에 새끼줄을 치고 밤마다 번을 섰다. 야심한 시각에 천변족들이 경계에 박힌 말뚝을 뽑아버리고, 줄을 아무렇게나 옮겼기 때문이었다.

새끼줄을 둘러친 땅에서도 끈질기게 버티던 천변족의 움막들은 '도시정비계획법'에 따라 무참하게 철거되었다. 철거 작업에 나선 것은 그 땅의 새 주인이 된 고산족들이었다. 그들은 천변족이 일당을 받아먹으며 자신들의 판잣집을 철거하던 일을 내세워 야멸치게 움막들을 부쉈다. 고산족과 천변족은 이렇게 번갈아 서로의 집을 허물며 사이가 벌어져 천고의 원수가 되었다.

6.

가장이 된 금룡이 가장 먼저 한 일은 이삿짐을 꾸리는 일이었다.

땅을 잃은 천변족들이 교량 밑이나 제방에 토굴을 파고 새거처를 마련하느라 부산할 때, 금룡은 평지로 거처를 옮겼다. 개울가에 서식하던 천변족이 평지로 진입하는 것은 자연계의 법칙을 깨뜨리는 기현상이며, 형사소송법보다 더 오래되고 일자무오(一字無誤)한 '고도(高度)의 법칙'◆을 무너뜨리는 일대 사건이었다. 터줏대감들이 진을 치고 사는 평지에 고산족이나 천변족이 진입한다는 것은, 가물치가 나무에 올라가 낮잠을 자는 것만큼이나 기이하고 파격적인 일이었다.

아무리 법이란 걸 우습게 아는 금룡이라 해도 바로 평지로 진입할 수는 없었다. 그러나 어디로 갈 것인지 그리 오래 고민

◆ 변두리 빈민들의 거처에 따라 형성된 사회적 신분의 변이에 주목한 한 연구자의 논문에 소개된 이 용어는 '저마다 타고난 신분에 따라 일정한 고도에 서식해야 한다'는 뜻으로 널리 사용되었다.

할 필요는 없었다. 솥을 머리에 인 어미와, 때 묻은 인형과 멜로디언을 든 여동생, 그리고 쌍둥이 동생이 들어가 있을 커다란 가방과 너저분한 살림살이를 실은 수레를 밀고 그는 자신을 이끄는 어떤 자력을 따라 걸어갔다. 그가 다다른 곳은 평지이되 평지가 아니며, 평지가 아니되 평지인 어느 골목이었다. 버젓이 행정 관서에서 부여한 주소가 있었지만, 그곳은 발음도 생경한 '텍사스'라는 외국의 지명으로 불렸다. 사보텐들이 서 있는 황야에 뿌연 먼지를 내며 마차가 달려올 법한 그 동네는 평지의 동북방에 붙어 있었다. 그곳은 평지이면서도 유일하게 고도의 법칙이 적용되지 않는 무중력의 공간이며, 이 나라의 국토이면서도 국법이 미치지 않는 일종의 조차지였다.

텍사스촌이라 불리는 그곳에는 주둔군의 부대가 있고, '머나먼 저곳 스와니강 물'을 그리워하는 이국 병사들을 위로하기 위한 마을이 덧달려 있었다. 기지촌이라고도 불리는 이 마을은 주둔군의 부속 시설에 가까웠다. 'KIM'S TAYLOR', 'PETTY HOUSE', 'LUCKY STUDIO'처럼 외국어로 된 간판들이 즐비하니 내걸린 그 마을의 입구에는 'Welcome!'이라고 적힌 아치가 걸려 있었다.

이 마을의 주민들은 콘돔이나 항생제를 파는 약국부터 파슬리나 양상추를 파는 채소 가게까지 주둔군에 의지해 먹고살았다. 밤마다 붉은 등을 켜는 윤락업소들이 불야성을 이루고, 그 옆에는 성병과 낙태 전문의 산부인과 의원, 번역과 이민 수속 전문 대서소, 주둔군 부대에서 빼낸 물품들을 파는 도깨비시장이 있었다. 그 시장에서는 '양' 자가 붙은 모든 물건을 구할 수 있었다. 양담배, 양주, 양갱, 양과, 양복, 양산, 양키, 양공주…. 마을에서 가장 번화한 곳은 술집들이 화려한 불빛을 켜고 있는 클럽 골목이었다. 양옆으로 빼곡히 술집들이 잇닿아 있는 골목은 일단 그 안으로 들어서면 몸을 돌이키기 어려울 만큼 폭이 좁았다. 온갖 영문 간판을 내건 주점들은 양공주◆라고 불리는 매춘부들이 대낮부터 속살을 드러낸 채 호객을 하고, 그 뒤편에는 각종 가게와 건달과 술주정뱅이의 집들이 개미굴처럼 포진하고 있었다.

아들이 이끄는 대로 말없이 따라온 아지는 양코배기들이 득시글거리는 기지촌의 풍경을 접하고는 아연실색했다. 그러나 어디 움막이라도 지을 땅 한 조각 얻지 못하는 처지에 쓰다 달다 할 입장이 아닌지라 그저 자식이 하는 양을 지켜볼 뿐이었다. 금룡은 먼발치에서 바라보던 기지촌에 들어선 것만으로도

◆ 주둔군 장병들을 상대로 성매매했던 여성들을 지칭하는 말인데, 양갈보, 유엔마담, 쥬스걸 등으로도 불렸다.

가슴이 벅차올라 어미의 어두워진 안색은 살필 겨를도 없었다. 그의 눈에 비친 기지촌의 풍경은 변두리 극장에서 이따금 보았던 서부영화의 마을들을 연상시켰다. 가슴에 별을 단 보안관이 주점 탁자에 장화 신은 다리를 걸치고, 낯선 이방인을 째려보고 있음 직했다. 금룡의 예상은 현실과 크게 다르지 않았다. 아직 그가 겪어보지는 못했지만, 그곳은 법은 멀고 주먹이 가까우며, 주먹보다 술병이 가까운 곳이기도 했다.

그곳에는 양공주로 불리는 '애국 부녀자'들의 기둥서방 노릇을 하며 술 취한 주둔군들의 주머니에서 지갑을 빼고, 골방에 누워 '숏타임'을 즐기는 동안 벗어놓은 군화를 훔치고, 어디선가 굴러와 어정거리는 내국인들을 완력으로 내쫓는 이들이 있게 마련이었다. 그리고 이 아수라 같은 것들을 다스리는 보안관이 당연히 존재하고 있었다.

주점 앞에 앉아 미지근한 소다수를 마시고 있던 보안관은 온갖 잡동사니를 ─ 그 속에는 은룡이 들어 있는 가방도 끼어 있었다 ─ 실은 수레가 삐거덕거리며 텍사스촌으로 들어서는 걸 보았다. 그는 기가 막혀 선뜻 총도 뽑아 들지 않았다. 온종일 주변을 둘러보던 금룡이 공중변소 뒤편의 공터를 찾아낸 건 해가 어스름히 저물 무렵이었다. 변소에서 풍기는 냄새가 고약하긴 했지만, 한적하고 평평하여 움막을 치기 적당했다. 짐을 풀고 금룡은 수레에서 내린 삽을 땅 한가운데 힘껏 꽂았다. 드디어 평지에 들어선 것이다. 그때, 번들거리는 악어가죽 장화를 신은 사내가 어슬렁거리며 다가왔다. 그는 비닐과 판자때기들을 얼기설기 엮어 움막을 짓고 있는 금룡의 발치에 이빨 사이로 침을 뱉고 이리 말했다.

"아가, 시방 뭐 하냐?"

입술 사이에 낀 담배를 질겅거리는 사내를 흘깃 쳐다본 금룡은 말없이 하던 일을 계속했다. 사내의 입에서 탄식인지 한숨인지 모를 신음이 새어 나왔다. 금룡은 본능적으로 잠시 후에 자신에게 닥쳐올 일을 예상하고 있었다. 그건 두들겨 맞는 일이었다. 철창이 걸린 경찰서와, 총을 든 양코배기들이 지키던 주둔군 부대에서 이미 몸으로 깨우친 선행학습의 결과였다.

어디서 굴러온 개뼈다귀 같은 아이가 자신의 말을 콧등으로 흘려보내는 게 기가 막혀 악어가죽은 뒤를 따르는 부하들에게 헛웃음을 지어 보였다.

"아그야, 으른이 물으면 논바닥에 개구락지츠럼 납쭉 엎드려 잽싸게 대답을 허야지 안 긋냐?"

그러고는 구두코에 묻은 먼지를 털듯이 금룡의 뒤통수를 손바닥으로 탁탁 쳤다. 그때부터 시작된 매질은 금제 단추가 닥지닥지 달린 벨벳 웃옷을 벗고, 번쩍거리는 금장 롤렉스 시계를 풀고, 손바닥에 침을 탁 뱉어가며, 이마에 땀이 송골송골 배어날 때까지 사지 육신을 다 동원해 한 시간이 넘게 이어졌다.

악어가죽은 주먹으로 볼을 지르고, 다리로 옆구리를 차고, 팔꿈치로 내리찍어도 멀뚱멀뚱 쳐다만 보는 금룡의 태도에 화가 머리끝까지 치밀었다. 급기야 숨이 턱에 차고, 땀투성이가 되도록 때려도 자동차 타이어처럼 끄덕도 않는 금룡의 귀를 두 손으로 야무지게 틀어쥔 악어가죽이 온몸을 던져 자신의 머리로 금룡의 머리를 들이받았다. 그건 프로레슬링계에 전설처럼 전해오는 박치기였다. 그가 어려서부터 흑백텔레비전을 보며 익힌 프로레슬링의 절대무공술이었다. 프로레슬러 김일의 후계자를 자처해온 악어가죽은 그 비술 하나로 무림의 강호들이 할거하는 텍사스를 평정한 바 있었다. 그러나 그건 미성년자에게는 결코 사용해서는 아니 되는 필살기였다. 절대공력이 주입된 필살기가 펼쳐진 순간, 구경하고 있던 주변 사람들은 잠시 후 파열음을 내며 수박 박살나듯 깨질 금룡의 머리통을 예상하며 진저리를 쳤다.

"빡!"

그건 명중의 소리였다. 악어가죽은 순간적으로 어찔해지는 머리의 충격을 참으면서도 회심의 미소를 지었다. 제대로 걸린 필살기에 무너지지 않을 상대는 없었다. 악어가죽은 철모르는 아이에게 그런 무자비한 필살기를 사용한 걸 두고 무림에서 뒷이야기가 돌지 않을까 은근히 걱정이 되었다. 그저 아이의 머리가 수박 깨지듯이 쪼개지지만 않았기를 바랄 뿐이었다.

그런데 악어가죽은 '제게 볼일이라도 있으신가요?'라는 얼굴로 자신을 바라보는 앳된 청년의 눈을 마주하며 경악했다. 순간적으로 당황한 악어가죽은 주변에서 쏟아지는 탄성에 얼굴이 화끈 달아올랐다. 이럴 리가 없는데…. 그 짓을 몇 차례나 거듭했던가. 악어가죽은 박고, 박고, 또 박고, 박은 이마 또 박고, 안 박은 이마 골라 박고, 땀 닦고 또 박았다.

결국 악어가죽은 제 이마에서 흐르는 피에 정신이 아득해지고, 눈앞이 어질거려 풀썩 주저앉고 말았다. 주화입마(走火入魔)의 고통으로 숨을 헐떡이던 악어가죽은, 빙긋이 웃으며 제 머리를 연신 들이미는 괴물이 행여 '피 닦고 또 박을까요?'라며 달려들까 싶어 피범벅이 된 제 이마부터 손으로 가렸다. 말로만 듣던 전설의 야쿠자 '도끼로 이마까'나 '바께스로 피바다'를 만난 두려움에 악어가죽은 단말마의 비명을 지르고, 두 손을 내저으며 온몸을 떨었다.

"사람은 모름지기 머리를 쓰고 살아야 한다."

입에 못이 박히도록 이른 어미의 가르침대로 금룡은 머리를 써서 살길을 찾았다. 박치기 덕에 그의 가족은 무사히 텍사스촌에 발을 붙이게 되었다. 텍사스촌의 주민들은 어느 날 갑자기 등장한 '괴물'을 두려움과 경이의 눈으로 바라보았다. 막상 금룡은 자신이 괴물로 불리는 데 대해 아무런 관심도 없었다. 그러거나 말거나 꿈꾸던 평지에 들어온 사실만이 감격스러울 뿐이었다.

그날의 대결로 만성두통을 얻은 보안관은 뇌신◆으로 연명하며 시름시름 지내야 했고, 그의 재기가 불가능하다는 사실을 눈치챈 후계자들이 보안관 자리를 차지하려고 줄지어 금룡을 찾아와 결투를 신청했다. 금룡의 무기는 무고통의 힘이었다. 고통을 모르는 그가 고통을 느끼는 상대와 벌이는 싸움의 결과는 불문가지였다. 열 대를 맞다가 한 대만 때리면 끝이 났다. 총을 뽑는 속도로 승부를 내던 웨스턴 스타일의 결투는, 이때에 이르러, 누가 먼저 비명을 지르며 쓰러지는가로 바뀌게 되었다. 이후에도 온갖 진기한 보법과 권법과 봉술의 고수들이 그를 찾아왔지만, 모두 때리다 탈진하여 그 앞에 숨을 헐떡이며 쓰러져야 했다.

◆ 치통, 생리통, 복통, 특히 두통에 탁월한 효험이 있는 백색의 가루약. 이마를 짚고 있는 사람의 그림이 그려진 백색의 가루약은 전후(戰後)의 먹고살기 힘든 국민들이 겪어야 했던 온갖 통증에 널리 사용된 진통제였다.

비록 평지에 들어서는 데 성공했지만 금룡의 일가는 여전히 먹고살 길이 막막했다. 아지는 양공주들의 옷을 짓거나, 빨래를 해주는 일로 눈코 뜰 새 없이 손과 발을 움직여야 했다. 다행히 그녀의 바늘은 평지에서도 여전히 솜씨를 발휘했다. 가장인 금룡은 텍사스촌의 뒷골목을 얼쩡거리며 양담배나 얻어 피우고 공술이나 얻어 마셨지만, 그게 가족의 끼니를 해결하지는 못했다. 사정이 그러하다 보니 말희는 작은오라비의 몫이 되었다. 은룡은 제 누이를 지극정성으로 돌보았다. 그는 아지를 대신해 하루에 서너 번씩 미지근한 물을 담은 통에 분유를 타서 누이의 입에 물리고, 다 먹고 나면 등을 두드려 트림을 시키고, 눈을 맞추고, 도리도리와 잼잼의 동작들을 가르쳤다. 누에처럼 쑥쑥 자란 아이가 걸음마를 익히고, 더듬거리며 입을 떼어 말을 하기 시작하고, 제 어미의 경대 앞에 쪼그리고 앉아 얼굴에 연지를 발라놓을 요즘까지도 그는 누이동생을 끼고 살았다. 배에 주머니가 달렸다면 그 안에 넣고 다녔을 정도였다.

아지는 그런 은룡에게 늘 마음의 빚 같은 걸 지니고 있었다. 윗목에 밀어둔 채 제대로 젖도 물리지 못하고, 보리쌀 한 됫박이 아까워 지나던 시주승에게 운세도 따로 보려 하지 않았고, 때로는 있다는 것조차 깜박 잊고 지낸 일들이 가슴을 아프게 했다.

기지촌의 이웃들은 아예 은룡의 존재를 알지 못했다. 나이 차이가 나는 남매를 기르는 걸로 알고 있는 그들에게 방에 틀어박혀 지내는 둘째 아들의 존재를 알리고 싶지 않았다. 알려 봐야 뒤에서 수군거리기나 하고, 관에서 불러들여 곤욕을 치르게 하지나 않을까 걱정스러웠기 때문이다. 그녀는 여전히 아이를 물어갈 것이라는 검둥개를 두려워하고 있었다.

그렇게 몇 해 동안 텍사스촌의 뒷골목을 얼쩡거리던 금룡이 보안관이 된 데에는 시큼하고 비릿한 냄새의 사건이 준비되어 있었다. 패티라는 양공주는 제 아들뻘 되는 스미스라는 주둔군 병사와 사귀었다. 머리에 꽃을 꽂고 기타나 튕기던 청년 스미스는 베트남전을 겪고 난 뒤로 정신이 사나워졌다. 야자수 그늘 아래 아오자이 입은 꽁가이가 기다릴 줄 알았던 베트남에서, 그는 지뢰에 하반신이 잘린 동료가 내지르는 비명을 밤새 들어야 했고, 난데없이 떨어진 포탄에 머리가 날아간 시체들 틈에서 잠을 자야 했다.

스미스는 바람이 나 달아난 제 어미에 대한 사랑과 증오를 패티에게 쏟아부었다. 그들은 밤낮으로 엉켜 지냈다. 그러나 신과 달리 인간은 사랑만으로 세상을 살 수가 없었다. 패티는 스미스 하사가 근무를 할 때마다 자신을 찾아오는 손님들을 짬

짬이 상대했다. 그의 육신은 사랑 말고도 달러가 필요했다. 어느 날, 패티의 방을 찾았던 스미스 하사는 패티가 흑인 병사를 끌어안고 뒹구는 적나라한 장면을 목격해야 했다. 방에서 들려오는 온갖 교성과 기성과 침대의 삐거덕거리는 소리를 추녀 밑에 쭈그리고 앉아 고스란히 들어야 했던 스미스는 분노했다. 무자비한 폭력이 쏟아지고, 눈물의 포옹이 이어졌지만 문제는 해결되지 않았다. 눈두덩이 시퍼렇게 멍이 들도록 두들겨 맞은 뒤에도 패티는 스미스의 눈을 피해 수많은 병사들과 피부색을 초월한 사랑을 나누었고, 그때마다 폭력과 눈물의 호소가 반복되었다. 스미스는 패티가 언젠가 제 어미처럼 자신을 버리고 달아날 것이라는 초조감에 사로잡혔다. 그리고 어느 비가 오는 날, 그러한 의심과 초조와 수렁에 내던져진 듯한 절망과, 나무에 걸린 동료의 창자와 비명이 혼합되어 그의 머리를 지구의 반대 방향으로 회전시켜버렸다.

머칠째 클럽에 나오지 않는 패티가 걱정된 포주가 그녀의 방문을 열었을 때, 그곳에는 베트남의 어느 밀림에 버려진 시신보다 더 끔찍한 죽음이 누워 있었다. 하반신이 벗겨진 패티의 음부에는 우산이 꽂혀 있었고, 부엌에 놓여 있던 마요네즈와 케첩이 범벅이 되어 있었다. 그건 피와 섞여 시큼하고 비릿한 냄새를 풍겼다.

마지못해 불려온 경관은 그 사건이 텍사스촌의 골목에서는 다반사로 일어나는 일상적 사고로 여겼다. 머리 가죽을 벗기는 서부극의 한 장면쯤으로 여긴 경관은 서둘러 패티를 화장장으로 보내 재로 만들려 했다. 분노한 주민들의 항의에 못 이겨 스미스 하사를 불러 조사를 하려던 경관이 서툰 영어로 손짓 발짓을 섞어가며 몇 마디 하려는 순간, 주둔군 헌병들이 달려왔다. 그들은 주둔군 협정을 들이대며, "하우 아 유, 아임 화인!"만 중얼거리는 경관에게서 스미스를 빼앗아갔다. 석 달 동안 이어진 주둔군 수사대의 조사 끝에 스미스는 심신미약 — 제정신이 아니라는 — 상태의 범죄라는 판정을 받고 제 나라로 돌아갔다. 패티는 시립 화장장에서 재가 되어, 타다 남은 골반과 무릎뼈는 언덕바지에 뿌려졌다. 그걸로 상황은 종료되었다.

그때 금룡이 등장했다. 패티는 볕바른 클럽의 담벼락 밑에서 말보로 담배를 나눠 피우며, 시궁창보다 더러운 제 육신과 인생을 그에게 한탄했었다. 그녀는 금룡의 권유로 어느 여름밤에 쌀개울에서 몸을 씻었고, 그와 몇 차례 긴 밤을 지내기도 했었다. 금룡이 그런 인연을 내세워 분노한 것은 아니었다. 적어도 그는 심신미약이든 제정신이든 사람의 생명을 빼앗은 인간이 제 고향으로 돌아가 버젓이 머리에 꽃을 꽂은 채 기타를 튕기게 할 수는 없다고 생각했다. 그를 더욱 격분시킨 것은 제 나라 백성이 참혹하게 죽었는데도, 주둔군 눈치만 살피는 이 나라의 꼬락서니였다. 양공주들이 벌어들이는 달러에만 관심이 있던 나라에서 해준 것이라고는, 멋쟁이 아가씨라고 추켜세우는 노래 한 곡 지어준 것뿐이었다.◆ 아, 그것 말고도 있다. 경찰서장이 양공주들에게 격려사인지, 협박문인지를 보낸 적이 있다.

"여러분들이 주둔군 장병들에게 최선의 서비스를 해줄 것을 믿습니다만 본의 아니게 일부 주둔군 장병들에게 불쾌감을 조장한 일도 있을 겁니다. 반성하고 시정합시다. 그런 사소한 사건도 적들에게 유리하게 이용된다는 걸 아서야 합니다. 또한 이 점에서 볼 때 여러분은 무의식적으로 적들을 돕고 있으며 이로써 국내 안보는 약화된다는 것을 아십시오."◆◆

금룡은 몇 번이고 제 발로 경찰서를 찾아가 항의했고, 약간

◆ 1958년 송민도가 부르고, 손목인(孫牧人)이 작사, 작곡한 〈양공주 아가씨〉라는 대중가요가 있다. 그 노랫말을 소개하면 '울긋불긋 향수 냄새 방긋 웃는/ 뾰죽구두 가는 허리 껌을 씹는/ 어여쁜 아가씨는 양공주 아가씨는 멋쟁이야/ 아이 러브 유, 유 러브 미/ 그대는 나의 사랑 예스 허니/ 하루살이 가시덤불 헤쳐가는/ 속이고서 속아 사는 인생살이/ 세상을 제멋대로 멋대로 살아가는 멋쟁이 아가씨'이다. 3절까지 이어지는 나머지 노랫말은 차마 소개하지 못하겠다.

◆◆ 1971년 6월 14일 용산경찰서장이 기지촌 여성에게 보낸 공문의 일부 수정. (충북대 박정미 교수 자료 참고)

의 소동을 일으켰다. 그때마다 무수한 구타와 감금이 이어졌지만 그는 포기하지 않았다. 검은 지프차에 실려 익히 알고 있는 지하실로도 끌려갔지만, 그가 누구인가. 경관과 고문 기술자들은 깊은 무력감에 빠져 그를 풀어줄 수밖에 없었다. 결국 주둔군 부대장이 텍사스촌의 주민들에게 사과를 하고, 본국으로 돌아간 스미스를 정식재판에 회부하겠다는 약속을 했다. 그리고 언덕바지에 버려진 패티의 뼛조각을 모아 금잔디동산에 아담한 무덤을 만들고서야 가까스로 진정이 되었다.

그 일이 있고 나서 금룡은 자연스럽게 텍사스촌의 새 보안관이 되었다. 골목의 건달들은 그를 보면 모자를 벗어 경의를 표했고, 이웃들은 얼마 전 목덜미의 종기를 잘못 건드려 죽은 홀아비의 빈집을 금룡의 가족에게 내어주었다.

7.

보안관이 된 금룡은 열성을 다했다. 그는 외로운 과부를 혼자 울다 잠들게 하지 않았으며, 화대를 받지 못한 양공주들의 믿음직한 서방이 되어주었으며, 후리가리(일제 단속)를 나온 경관들을 그 넓고 무감각한 어깨로 막아주었다. 그가 골목을 어정거리는 수캐처럼 수많은 양공주와 실연당한 아가씨와 외로운 과부들과 밤을 보내도 누구 하나 불평하지 않았다. 거기에는 보이지 않는 아우의 도움이 있었다.

그가 집에 들어와 잠에 곯아떨어지면, 형이 벗어놓은 옷을 걸치고 산책을 나가는 은룡을 텍사스촌의 어떤 주민도 알아보지 못했다. 은룡의 그윽한 눈과 마주친 여인들은 일거에 마음을 빼앗겼다. 그의 눈빛에 홀린 여인들은 넋 나간 얼굴로 그의 집 앞을 서성거렸다. 그 눈빛을 다시 마주하기를 고대하며 식음을 전폐하고 몽롱한 눈으로 그를 기다렸다. 잠에서 깨어나 집을 나서던 금룡은 아무리 몸이 피곤해도 그 여인들을 외면하지 않았다. 그건 그가 얼마 전에 읽은 성서에도 적혀 있는 일이었다.

어느 양공주가 건네준 성서를 뒤적거리다가 금룡은 한 대목에서 깊은 감동을 받았다. 수고하고 무거운 짐 진 자들아, 다 내게로 오라. 불로 지지듯 뜨겁게 뇌수에 파고드는 그 구절은 그날 이후로 그의 좌우명이 되었다. 그는 울고 있거나, 술에 취해 난동을 부리거나, 면도칼로 제 손목을 그은 텍사스촌의 여인들에게 말했다. 무거운 짐을 진 자들아, 다 내게로 오라. 그건 그의 유일하게 순정한 고백이었다. 그는 문 앞에 서성이는 여인들을 위해 기꺼이 긴 밤과 뜨거운 육신을 나눠주었다. 바야흐로 보안관을 넘어 성자가 될 지경에 이르렀다.

그런 금룡에게도 사랑이 찾아왔다. 그의 마음을 사로잡은 여자는 국민학교 시절 짝꿍인 춘월이었다. 텍사스촌으로 거처를 옮긴 금룡은 길에서 우연히 그녀를 만났다. 그녀의 집은 양공주를 두고 술을 파는 '세븐클럽'이었다.

그녀의 가계를 말하자면, 아주 단출하면서도 복잡다단한 세 명의 여성으로 구성되어 있었다. 흔히 주민들 사이에서는 쌍과붓집이라고 불렸는데, 그건 사실과 달랐다.

아버지가 부재한 춘월의 집안 내력은 추정 불가한 노령에도 정정한 체력과 강력한 발성을 소유한 조모로부터 시작한다. '마마'로 불리는 춘월의 조모는 주막에서 부엌일을 거들며 살았는데, 발 냄새가 지독한 어느 자반고등어 장수에게 씨를 얻어 춘월의 어미인 미미를 낳았다. 딸을 볼 때마다 "저 육시럴 년 때문에 팔자두 못 고치구 늘그막까지 고생헌다"며 원망하였다. 그녀는 미미를 낳기 전에 커다란 고등어가 제 속곳을 헤집고 들어오는 꿈을 꾸었는데 ─ 그때는 마당에 묶어놓고 기르는 개도 태몽을 꾸던 시절이었다 ─ 그 고등어는 희고 눈이 파랬다. 그래서인지 그 딸은 눈이 파란 주둔군들을 상대로 술을 팔았다. 딸의 몸에선 비릿한 냄새가 났는데, 눈이 파란 주둔군 병사들은 그녀의 체취를 맡으면 정신을 못 차리고 빠져들었다.

춘월의 모친인 미미는 한때 텍사스촌의 마릴린 먼로라 불릴 정도로 주둔군 병사들 사이에선 섹스 심벌로 인기를 끌었다.

그녀가 밤마다 맞이했던 남자들의 수는 그 인기에 비례하였으니, 춘월을 낳았을 때도 그녀는 아이의 아비가 누구인지 짐작할 수가 없었다. 설령 안다 해도 그게 무슨 대수인가. 그녀는 불러오는 배를 감당하지 못해 낙태를 시키려고 간장과 잉크와 쉰 마요네즈와 버터를 끓인 액체를 들이마셨지만 그 질긴 배 속의 생명을 지우지 못했다. 너무 늙어서 아이를 받을 수 없게 된 동네의 산파가 일러준 대로, 화장실의 회벽을 긁어 먹기도 했다. 결국 회벽을 다 긁어 먹어 화장실이 무너지고서도 배 속의 아이는 살아남았다. 이 모든 처방이 소용이 없자, 그녀는 기둥서방 노릇을 하던 제임스 중위에게 간청하여 낙태약을 구해 먹었지만 역시 별무소용이었다. 나중에 알게 된 사실이지만, 독실한 몰몬교도였던 ─ 오, 거룩한 일부다처의 정신이여! ─ 제임스 중위는 그녀의 간청에도 불구하고, 낙태약 대신에 날마다 종합비타민 세 알을 전해주었다. 그 덕분에 춘월은 비교적 건강한 몸으로 세상에 나왔지만 그 어미가 긁어 먹은 회벽 탓인지, 어려서부터 무표정하고 침울했다.

춘월은 그 어미나 조모의 뺨을 칠 정도로 미모가 출중하고, 버드나무 가지처럼 가냘픈 몸매를 가졌다. 문자를 빌려 이르자면, 물고기가 물속으로 숨고 날아가는 기러기가 떨어진다는 침어낙안(浸魚落雁)이요, 달이 얼굴을 숨기고 꽃이 부끄러워할 폐

월수화(閉月羞花)의 미색이었다. 그러나 머리는 둥근달처럼 텅 빈 듯하고, 물고기처럼 입을 반쯤 벌린 채 멍한 얼굴로 먼 하늘만 쳐다보았다. 당연히 그녀는 학교 성적이 늘 꼴찌였고 — 한번도 그걸 놓치지 않은 것도 쉬운 일이 아니다 — 시험을 치를 때마다 오줌을 쌌다. 월말시험을 치르던 날, 교실 바닥으로 흐르는 물을 짝꿍인 금룡이 가장 먼저 발견했다. 그리고 그 물이 춘월의 치마 속에서 시작되었음을 알아낸 그가 손을 번쩍 들고는 큰 소리로 발표하였다. 그녀는 울면서 가방을 싸든 채 집으로 갔고, 일주일이 넘도록 등교를 하지 않았다.

선생은 금룡의 책임이라며 그녀를 데려오라고 시켰다. 마지못해 금룡은 세븐클럽을 찾아가, 술에 취해 벌건 얼굴로 흑인병사를 끌어안고 춤을 추고 있던 춘월의 모친에게 사정을 일러주었다. 자초지종을 듣고 난 미미가 조용히 물었다.

"넌 오줌 싼 적이 없니?"

금룡은 고개를 저었다.

"어디 자지 좀 검사해보자."

바지를 벗기려고 달려드는 춘월의 모친에 놀라 금룡은 자신의 성기를 붙잡은 채 비명을 지르며 달아났다.

춘월은 그 뒤로 학교를 그만두었고, 볕바른 담벼락에 기대어 석필로 땅바닥에 그림을 그렸다. 그녀가 그린 그림은 신기했다. 며칠 동안 지켜본 끝에, 그녀가 그린 새가 밤이 되면 푸른 꼬리를 매달고 하늘을 날아다니고, 토끼들은 달로 올라가 풀을 뜯어 먹어 거뭇거뭇한 자국을 남긴다는 걸 알게 되었다. 금룡은 오줌싸개인 줄 알았던 그녀가 마술사라는 사실에 경악했다. 언제고 자신을 두꺼비로 만들지도 모른다는 두려움에 그 후로 그녀의 집 앞을 얼씬도 하지 않았다.

몇 해 만에 만난 춘월은 몰라보게 변해 있었다. 비쩍 말랐던 몸매는 허리가 잘록 들어가고, 가슴이 눈에 띄게 불룩해졌다. 금룡은 그날부터 잠을 이루지 못했다. 시나브로 그녀가 땅바닥에 그리던 새 한 마리가 그의 가슴속으로 날아들었다. 새는 가슴속에서 은방울 소리를 내며 울고, 그때마다 그는 얼굴이 붉어지며 숨이 가빠졌다. 식음을 전폐하고, 뜬눈으로 지새우는 날들이 이어졌다. 라디오에서 흘러나오는 유행가의 가사가 그의 가슴을 저미고, 눈이 몽롱해졌다. 그는 자신이 불운하게도 그녀의 마술에 걸려들었다고 생각했다.

춘월이 기거하는 세븐클럽의 뒤채 주변을 어정거리다가 그녀의 기척이 나면 전봇대 뒤로 몸을 숨겼다. 온종일 그녀의 일거수일투족을 지켜보다 날이 저물어서야 집에 돌아왔다. 그런 그의 수작을 아는지 모르는지, 그녀는 그가 숨은 쪽을 향해 배

시시 웃음을 짓고는 사라졌다. 그런 날들이 끝없이 이어졌다. 멀미하듯 속이 울렁거리고, 불에 덴 듯 가슴이 후끈거렸다. 그런 증세를 들은 아지는 한참 동안 자식의 얼굴을 들여다보고는 이리 말했다.

"입덧을 하나…."

미치고 펄쩍 뛴다는 증세가 바로 금룡에게 나타났다. 매를 맞는 일이라면 얼마든지 감당할 자신이 있었지만, 버들개지 같은 여자의 미소 한 조각이 이렇게 사람을 맥없이 무너뜨릴 줄은 몰랐다. 그는 비로소 자신이 사랑에 빠진 걸 알게 되었다. 그는 사랑에 대해 잘 알지 못했다. 그저 그동안 자신이 긴 밤을 새우며 여인들과 나눴던 사랑의 방식을 쓰는 수밖에 없었다. 며칠 동안 기회를 살피던 그는 세븐클럽에서 올나이트 파티를 벌이던 밤에 춘월이 기거하는 뒤채의 담장을 넘었다. 일찍 잠이 들었는지 그녀의 방은 불이 꺼져 있었다. 두근거리는 가슴을 억누르며, 그는 어두운 방으로 숨어들어 갔다. 방에는 그녀가 곤히 잠들어 있었다. 그는 몸을 부들부들 떨며 그 곁에 누웠다. 따뜻한 그녀의 온기가 온몸에 전해왔다. 그는 눈을 질끈 감고서 그녀를 힘껏 끌어안았다. 잠귀가 어두운지 그녀는 정신없이 잠에 빠져 있었다. 조금 아쉽기는 했지만 그녀와 사랑을 나누게 된 것만으로도 만족스러웠다. 구름이 비가 되고, 비가 구름이 되며 그는 그녀와 뜨거운 몸을 섞었다. 그런 사랑이라면 48시간이라도 자신이 있는 금룡이었다.

몇 차례나 비가 되고, 구름이 되느라 그는 새벽녘에야 깜박 잠이 들었다. 이튿날 아침에 그를 흔들어 깨운 건 춘월의 어머니였다. 진한 눈 화장을 한 그녀는, 간밤에 마신 위스키 냄새가 지독히 풍기는 입으로 소리쳤다.

"갓댐, 넌 누구냐?"

그 소리에 놀라 잠을 깬 금룡은 자신의 곁에서 코를 골고 있는 여자를 보고 비명을 질렀다. 그건 춘월이 아니라 당구장집 외동딸인 뚱보였다. 언제 나타났는지 춘월은, 실 한 오라기 걸치지 않은 몸으로 이불 속에 다정히 누워 있는 제 친구와 금룡을 내려다보고 있었다. 친구네 집에 놀러왔다가 잠이 들었던 뚱보는 자신을 둘러싼 사람들을 보고는 군함처럼 울어댔다. 그 울음소리가 어찌나 컸는지, 내기 당구를 치고 있던 그녀의 아버지가 놀라서 당구 큐대를 집어 들고 달려왔다. 결국 그날, 금룡은 바지도 제대로 추슬러 입지 못한 채 춘월과 미미와 뚱보와 당구장 주인이 지켜보는 앞에서 모든 책임을 지겠다는 각서를 써야 했다. 각서의 내용을 요약하자면, 금룡은 뚱보가 성년이 되기를 기다려 결혼을 하기로 보증인들 앞에서 굳게 약속을 한다는 내용이었다.

그런 일이 있고난 후에도 금룡은 포기하지 않았다. 틈이 날 때마다 춘월의 집 부근을 얼쩡거리다가 그녀와 마주치면 얼굴을 붉히며 웃음을 지었다. 언젠가 그녀가 술에 취해 방죽에 쭈그리고 앉아 오줌을 누고 있는 걸 발견한 금룡이 재빨리 다가가 사랑을 고백했다. 담을 넘어가 만나고 싶었던 것은 뚱보가 아니라 춘월이었으며, 모든 게 운명의 얄궂은 장난이었으며, 그날따라 제 모친의 가게에서 시중을 드느라 방을 비운 춘월의 책임도 없지 않다고 털어놓았다.

멀거니 그를 바라보던 춘월은, 뚱보에게나 가보라고 퉁명스럽게 쏘아붙였다. 금룡은 어쩔 수 없이 약속을 했지만 아직도 자신의 마음은 그녀뿐이라고 호소했다. 그 말에 조금 기분이 좋아진 듯 그녀는 풀덤불에 누다 만 오줌을 마저 누었다. 마침 달이 쟁반만 하게 뜨는 보름 무렵이었다. 그는 보름달이 뜨는 날마다 한 번씩 만나달라고 사정을 했다.

춘월은 그 뒤로 보름달이 뜨는 날에 한 번씩 그를 만나주었다. 그를 멀거니 바라보다간 풀덤불에 오줌을 누고는 돌아갔다. 안달이 난 그는 미미를 찾아가 무릎을 꿇고 딸을 달라고 사정을 했다. 가만히 이야기를 듣고 있던 미미가 말했다.

"그럼, 넌 뭘 줄 건데?"

그는 지금은 줄 게 없지만, 나중에 돈을 벌면 버는 대로 모두 그녀와 미미와 마마에게 주겠다고 약조했다. 건넌방에서 목침을 괴고 이야기를 듣고 있던 그녀의 조모가 돈부터 가져오라하라고 시켰다.

가져다줄 돈이 없던 금룡은 몇 날 며칠을 궁리한 끝에 월남에 가기로 했다. 월남이 어디 붙어 있는지 알지도 못했지만 그곳에 가면 천 달러도 넘는 돈과 싱거 미싱과 코티 분과 소니 전축과 제이브이시 텔레비전을 들고 온다고 생각했다. 빈털터리인 그가 사랑을 얻기 위해 할 수 있는 유일한 길이었다.

금룡은 월남이라는 전쟁터로 무엇 때문에 싸우는지도 모르는 채 자원해서 떠나기로 했다. 군대에 입대하던 날, 그는 뚱보에게 기다릴 생각 말고 알아서 살길을 찾으라는 말을 남기고, 춘월에게는 삼 년만 기다려달라며 떠났다.

맏아들이 자신도 모르게 월남이라는 전쟁터에 자원했다는 사실에 아지는 분노했다. 그녀는 방을 안에서 걸어 잠그고 오래된 자물통처럼 입을 다물었다. 금룡이 군대로 떠나던 날 아침에 그녀의 방문을 두드렸지만 그녀는 내다보지도 않았다. 그럼, 다녀올게요. 문 앞에 엎드려 절을 한 금룡이 키득거리며 떠났다.

이튿날, 그녀는 시장에 들러 수레에 가득 천과 실을 사 들고

왔다. 그리고 방에 들어앉아 옷을 짓기 시작했다. 자로 치수를 재고, 가위로 자르고, 바늘을 찾아 들고 꿰매기 시작했다. 깃을 달고, 서랍에 모아둔 단추들 가운데 옷의 빛깔에 맞추어 보기 좋게 달았다. 옷이 완성되자 깃과 소매에 풀을 먹여 인두로 다려서 옷걸이에 걸어두었다. 세 벌이 그렇게 완성될 때까지 그녀는 방에서 한 걸음도 나가지 않았다. 두 벌은 남자 것이고, 한 벌은 여자 것이었다. 그녀는 옷들을 한참 동안 바라보다가 다시 집어 들고 뜯기 시작했다. 솔기를 펴서 꿰맨 실들을 가위로 잘랐다. 옷들은 여러 장의 천 조각으로 나뉘었다. 그녀는 그것들을 다시 집어 들고 꿰매기 시작했다.

몇 달이 지나서야 아지는 집을 나섰다. 이웃들이 걱정스러운 눈으로 그녀에게 다가와 말을 붙였다. 금룡이 밤에 돌아다니는 걸 본 사람이 있다고 이웃이 말했다. 입이 싸기로 유명한 이웃 여자가, 온종일 구멍가게 앞에 앉아 지내는 동네 노인들이 한 말을 전해주었다. 금룡이 전쟁터에서 이미 죽었고, 그 혼령이 돌아와 밤길을 어슬렁거리고 돌아다닌다는 이야기였다. 그 소리를 들은 아지가 담담한 표정으로 말했다.

"귀신 씻나락 까먹는 소리 하고 있네."

얼마 전에도 금룡이 월남에서 아오자이 한 벌을 보내왔다며, 설령 죽은 혼령이 있더라도 어떻게 그 먼 길을 돌아올 수 있으며, 배를 타고 오자면 멀미가 날 테고 비행기를 타고 오자면 그 비싼 비행기표를 무슨 돈으로 끊겠느냐며 코웃음을 쳤다. 귀신은 저승도 차표 없이 옆집 드나들듯이 오간다는데 어디를 못 오겠느냐고 이웃 여자가 토를 달자, 아지는 재수 없는 소리 그만하라며, 재빨리 집으로 들어가 아들이 보내준 아오자이를 꺼내왔다. 그걸 뚱뚱한 몸에 억지로 꿴 그녀는 보라는 듯이 마을을 휘젓고 돌아다녔다.

아지는 멀리 있는 아들보다 골방에 들어앉은 자식이 걱정되었다. 와자지껄 떠들어대던 금룡이 떠난 뒤로 은룡은 허전한지 밖으로 나돌며 온종일 집을 비웠다. 아지는 윗방의 문을 살며시 열어보았다. 방은 비어 있었다. 워낙 있으나 마나 한 은룡이었지만, 빈방이 더욱 쓸쓸해 보였다.

아지는 부지런히 돈을 모아 둘째 아들의 출생신고부터 해주기로 마음먹었다. 과태료라는 게 얼마가 나오든 호적에 이름을 올리고, 학교도 보낼 참이었다. 아지는 면서기가 잉크를 펜에 찍어 제 자식의 이름을 서류에 적는 장면을 상상하는 것만으로도 가슴이 벅찼다. 여전히 그녀는 펜대의 힘을 믿고 있었다.

은룡은 제 형의 그림자였다. 금룡이 학교에 들어간 뒤에도 그는 골방에서 숨소리도 내지 않고 지냈다. 학교에서 돌아온 금룡은 심각한 두통을 유발하는 공부에 대해 아우에게 불평을 늘어놓았다. 형과 달리 은룡은 공부를 좋아했다. 형이 내어놓는 학교 이야기들을 눈을 빛내며 들었다. 그는 교실 뒤의 거울을 보며 쉴 새 없이 코털을 뽑는 담임선생이며, 걸을 때마다 방귀를 뀌는 급우에 대해서도 잘 알고 있었다. 그뿐이 아니라, 재봉틀에 실을 꿰는 순서나, 콜럼버스가 1492년에 도착한 신대륙과 빛의 삼원색을 합하면 흰색이 된다는 사실도 알았다. 그는 형이 들려주는 모든 이야기들을 솜처럼 빨아들였다. 혼자서 글을 익힌 뒤로는 문자로 적힌 모든 책들을 읽었다. 형이 팽개친 교과서들로 시작된 그의 독서는 얼마 되지 않아 방 안을 온통 책으로 가득 채웠다.

금룡은 그런 동생을 학교에 대신 보내기도 했다. 학교에서는 끊임없이 떠들어대던 금룡이 조용한 걸 이상하게 여겼지만 하루만이라도 세상이 고요해진 걸 다행으로 여겨 까닭을 묻지 않았다. 다만 선생들은 학년말에 기재하게 되어 있는 행동 발달 상황의 내용을 두고 고민에 빠졌다. 지나치게 산만하고 명랑하나, 지나치게 내성적이고 침울함. 이리 적다가 스스로 생각해도 황당하여 고쳐 쓰기를 반복하였다. 선악이 함께 있고… 극단적으로 급변하는 성격으로… 손에 온통 잉크를 묻혀가며 고쳐쓰기를 거듭하다가는 결국 전년도의 교사가 적어놓은 '무어라 한마디로 말할 수 없는 성격'이라는 내용을 베껴 쓸 수밖에 없었다.

보안관이 월남으로 떠나자, 텍사스촌의 골목은 적막하기만 했다. 그 적막을 깨고 한 노병이 등장했다. 너덜너덜한 군복을 걸치고, 작대기 몇 개가 붙은 군모를 삐딱하게 머리에 얹은 노병은 춘월의 아버지를 자처했다. 그는 오래전에 전쟁이 끝난 걸 알지 못한 채, 어느 깊은 산속의 동굴에서 수십 년 동안 숨어 지냈다며 분개했다. 어떻게 자신에게 알리지도 않고 전쟁을 끝낼 수 있느냐는 것이 그의 주장이었다.

미미의 집으로 들어선 노병은 짐승 냄새가 풍기는 몸에서 한 말가웃이 넘는 먼지를 털어냈다. 춘월을 본 노병은, 자신이 전쟁터로 떠나기 전날 밤에 한 여인의 몸에 뿌려둔 생명이 이렇게 아름다운 숙녀로 성장한 사실에 감격하여 '대한독립 만세!'를 세 번이나 외쳤다. 지난밤의 숙취가 덜 풀려 쑤셔대는 머리를 감싸고 있던 미미는 이 냄새나는 인간이 하는 양을 시답잖은 눈으로 지켜볼 뿐이었다. 느닷없이 나타나 춘월의 친부를 자처하는 노병에 대해 미미는 별 미친놈 다 보겠다며 혀를 찼지만 마마의 다음 말에 조금은 심각해졌다.

"어디 네가 끼고 잔 놈들이 하나둘이어야 말이지. 갈대숲을 드나드는 새들보다 많고, 거기에 내깔긴 새알보다 적지 않을 텐데."

그러고 보면 난리가 났다고 군복을 입고 떠나는 사내들과 엉겨 붙어 지샌 밤이 얼마인지 헤아리는 것보다 밤하늘의 별을 세는 게 쉬울 일이었다.

자신의 아비가 얼굴이 흰 몰몬교 제임스 중위쯤으로 짐작하고 있었던 춘월은 노병의 가슴에 붙은 붉은 명찰과 덜렁거리는 쇠단추를 미심쩍은 눈으로 쳐다보았다. 노병은 어느 쓰레기장에서 주워온 게 틀림없는 골프채를 어깨에 걸친 채 방 안의 침대에 털썩 드러누우며 소리쳤다.

"아. 즐거운 나의 집이여!"

이튿날, 노병은 술이 깬 미미에게 골프채로 어깨와 등판을 서너 차례나 맞고 안방에서 쫓겨났다. 그는 대문 옆의 연탄 창고로 거처를 옮겼지만 자신의 즐거운 집에서 떠날 생각은 추호도 없었다. 이따금 연탄을 가지러 들어온 마마가 던져주는 빵 덩어리로 연명하던 노병은 얼마 지나지 않아 때에 전 군복을 입은 채 태극기를 팔러 다녔다. 그는 자신이 애꾸왕의 중대원이었으며, 그와 수송기에 동승하여 공수 훈련을 받던 이야기를 감격스럽게 늘어놓았다.

"그이가 보통은 아녀. 털털거리는 비행기에 쫄병들허구 한데 탄 것만 봐두 동고동락 아니냐 이거여."

136

노병은 수십 년이 지난 후에도 그때의 감동이 살아나는지 눈물을 글썽이며 왕궁 쪽을 향해 거수경례를 했다. 그래서 어떻게 되었느냐는 말에 그는 눈을 멀뚱거리며 대수롭지 않게 중얼거렸다.

"어떻게 되긴… 내 엉덩이를 군홧발로 걷어차서 비행기 밖으루 떨어뜨려주었지."

"그이는?"

"그이는, 그냥 비행기에 앉아 있었지, 뭐."

어찌하였든 그는 입만 열면 애꾸왕을 찬양했다. 길을 지나가다가도 아무에게나 거수경례를 하고, 관공서나 학교에 게양된 국기를 보면 부동자세로 삼 분간 국민의례를 했다. 그의 국기 사랑은 유별났다. 문제는 그 국기에 대한 사랑을 남에게도 강요한다는 것이었다. 놀이터에 모인 아이들에게 제식훈련을 시키고 국민의례를 강요하던 노병은 시소에 앉아 담배를 피우던 고등학생들에게 구타를 당하기도 했다. 그 뒤로는 어린아이들을 불러 모아놓고 유비무환이나 멸사봉공 같은 주제로 일장 훈시를 늘어놓는 게 유일한 일이었다.

그런 노병은 어디를 가나 천덕꾸러기 신세였다. 그의 비극은 노병은 죽지 않으나, 다만 사라져야 할 단계에 등장했다는 점이었다. 하지만 그에겐 사라질 곳이 없었다. 이제 겨우 동굴에서 기어 나와 햇빛을 쬐려는데, 사라지라고 한다면 그건 지나치게 가혹한 짓이었다. 세상의 온갖 고초와 멸시를 겪을 때마다 그는 '한번 해병은 영원한 해병!'이라는 구호를 외쳐댔다.

그래도 그를 조금이나마 이해해주는 건 춘월의 조모인 마마였다. 그녀로 말하자면, 텍사스촌의 전설이었다. 누구도 이 전설적인 여인의 나이에 대해 정확히 알지 못했다. 심지어 그의 유일한 혈육인 딸과 손녀까지도 알지 못했다. 외동딸인 미미의 말에 따르면, 자신의 기억력이 생기기 전부터 그녀는 살아왔으며, 그녀가 언제 태어났는지 알 만한 사람들은 오래전에 땅속에 묻혀 물어볼 수도 없다고 했다. 본인은 알고 있을까. 문제는 그녀도 모른다는 것이다. 그녀는 아흔아홉 살이 될 때까지는 나이를 헤아렸는데, 그 뒤로는 그 짓이 부질없게 느껴져 그만두었다고 했다. 대강 몇 살쯤 되느냐고 물으면, 그녀는 이맛살을 찡그리고 골똘히 생각하고는 "백사십이나 백오십 살쯤 되지 않았을까"라고 했다. 구렁이로 치자면 귀가 생기고, 옆구리에서 다리가 달릴 나이였다. 이웃들의 말로는 언제부턴가 그녀의 발소리가 없어졌다고 했다. 사람들은 기척도 없이 다가와 등 뒤에 선 그녀 때문에 비명을 지르며 놀랐다. 오래 묵은 빗자루가 돌아다니듯이, 이제 그녀는 산 채로 귀신이 되었다는 소리를 들었다.

마마는 그 나이에도 여전히 텍사스촌의 골목을 돌아다니며 요구르트를 팔았다. 대낮에 외출을 나온 주둔군 병사들이 몸의 열기를 주체하지 못하고, 주점의 으슥한 골방에서 숨을 헐떡이며 사랑을 나누는 중에도 그녀는 연기처럼 슬며시 문을 열고 들어섰다.

"목들 마를 틴디, 요구르트라두 션허니 먹구 혀."

눈이 오나, 비가 오나 마마는 텍사스촌의 집집마다 돌아다니며 요구르트를 팔았다. 양공주들의 침대에 누워 있던 주둔군 병사들이 노크도 없이 들어서는 주름투성이 노파를 보고 놀라 비명과 욕설을 퍼부어대어도, 그녀는 눈 하나 깜빡이지 않고 이리 말했다.

"완 달라, 요구르트 오케이?"

노병의 목숨을 건진 것도 요구르트 덕이었다.

그에게는 남다른 재주가 있었다. 입을 열기만 하면 누구든 넋을 빼고 그의 이야기에 빠져들게 했다. 언제부턴가 그에겐 '라지오'라는 별명이 붙었고, 그의 주변에는 이야기를 들으려는 청취자들이 어물전에 파리 꾀듯 모여들었다.

그날도 볕바른 담벼락에 쭈그리고 앉은 '라지오'가 일일연속극을 들려주고 있었다. 그는 애청자들에게 자신이 상륙작전에서 겪은 구사일생의 일화를 실감 나게 늘어놓았다. 총탄이 비 오듯이 쏟아지는 개펄을 정신없이 기어가는데, 적이 쏜 AK-47 의 탄알이 그의 철모를 꿰뚫었다는 것이다. 흉탄이 그의 철모 속에서 정확히 일곱 바퀴 반을 돌았고, 그러고는 파이버(철모 내피)를 뚫고 들어와 그의 머리에 부딪쳤는데, 위력이 다했는지 별다른 흠집 하나 내지 않고 스르르 그의 윗주머니로 흘러 들어갔다는 것이다.

마침 주둔군 병사가 지나가다가 호기심에 이끌려 그가 늘어놓는 이야기를 들었다. 미키라고 불리는 병사는 주둔군 중에서 몇 안 되게 원주민의 말을 할 줄 알았다. 자신이 베트남에서 산전수전에 공중전까지 두루 겪었지만, 그런 개소리는 처음 들어본다고 비웃었다. 노병은 그런 미키에게 천천히 웃옷을 풀어헤치고는 목줄에 매달린 총알을 보여주었다. 미키는 노병의 목에 매달린 총알을 가소롭다는 듯이 손가락으로 튕겨 보이곤 소리 내어 웃었다. 자신의 풍부한 전투 경험으로는, 운이 좋게 총탄을 철모에 비껴 맞아도 그 충격이 야구방망이로 머리를 맞은 정도라서 아무리 대가리가 돌 같은 사람이라도 정신을 잃지 않을 수 없다고 장담했다. 노병은 철모에 손가락이 들어갈 만한 구멍이 뚫려 있는 걸 자신의 눈으로 똑똑히 보았으며, 총알이 고양이 우는 소리를 내며 철모와 파이버 사이를 도는 횟수를 셀 만큼 정신도 또렷했다고 말했다. 미키는 주점에서 위스키 몇 잔을 들이켜고 영내에서 벌어지는 야구경기를 보러 가던 중이었다. 하지만 나달나달해진 군복에 정체를 알 수 없는 기장들을 덕지덕지 붙인 노인의 허세를 그냥 보아 넘기고 싶지 않았다. 그가 겪은 바로는, 이 빌어먹을 나라의 원주민들은, 기회만 되면 전차의 바퀴를 빼어다가 고물상에 팔아먹고, 잠깐 한눈을 파는 사이에 대포의 포신을 뽑아다가 굴뚝으로 쓰는 족속들이었다. 밤중에 항공 부대에 기어들어 활주로에 세워둔 최신형 전투기 한 대를 흔적도 없이 분해해서 제집으로 가져가는 자들이었다. 첨단 장비를 갖추었던 전투기는 몇 달 후에 시골의 어느 허름한 고물상에서 고철의 무게로 팔려나가기 직전에 발견되었다. 지금도 도깨비시장이란 곳에 가면 그렇게 빼낸 군사 장비들이 널려 있었다. 도깨비시장에 감춰둔 장비들을 모으면 일개 사단을 무장시킬 수 있다는 말이 나올 지경이었다.

미키의 생각으로는 이 정체불명의 노인도 그런 족속 중의 하나였다. 이번 기회에 이 대책 없는 인간의 정신 상태를 단단히 고쳐주리라 마음먹었다. 그는 노인에게 철모를 쓰고 야구방망이로 한 대 맞아서 정신을 잃지 않으면 백 달러를 주겠다고 제안했다. 그건 노인의 입으로 한 말의 증명이었다. 그는 지갑에서 십 달러짜리 열 장을 꺼내 노인의 코앞에 흔들어댔다. 연탄 창고 바닥에 엎드려 마분지에 그린 태극기를 온종일 흔들고 다녀도 달러 한 장 벌기가 어렵던 노병은 눈이 휘둥그레졌다. 그는 총탄이 비 오듯 쏟아지던 상륙작전에서 자신의 머리를 지켜준 신이 이번에도 자신을 수호해주리라고 믿었다. 그는 눈앞에서 기분 좋은 소리를 내며 팔랑거리는 열 장의 지폐에서 눈을 뗄 수가 없었다.

"오케이!"

노병은 둘러선 사람들에게 분명히 눈이 파란 양키가 백 달러를 내기에 걸었음을 주지시켰다. 호기롭게 달려드는 상대의 태도에 미키는 적잖이 당황했다. 그러나 세계대전을 승리로 이끈 아메리카의 병사로서, 입을 열 때마다 마늘 냄새를 풍기는 야민국의 노인에게 밀릴 수는 없는 일이었다. 거기에는 조금 전에 들이켠 위스키의 영향도 없지 않았다.

팔뚝이 웬만한 사람의 허리통만 한 미키는 어깨에 걸머지고 있던 가방에서 야구방망이를 꺼내 들었다. 그러곤 지나가던 병사에게 철모를 빌려 노인의 머리에 씌웠다. 어디서 들었는지 희대의 대결을 보기 위해 순식간에 구경꾼들이 모여들었다. 클럽에서 술을 마시고 있던 주둔군 병사들까지 몰려나와 침을 삼키며 지켜보았다. 양키들이 "미키!"를 연호하며 응원을 벌이자, 누런 얼굴의 원주민들은 굴비 두름 엮듯, 어깨를 두르고 애국가를 부르기 시작했다. 동해물과 백두산이 마르고 닳도록….

미키는 손에 침을 호기롭게 뱉고는 야구방망이를 꼬나잡았다. 철모를 쓴 노병은 보리수 아래 앉은 부처처럼 눈을 지그시 내리깔고 가부좌를 튼 채 좌정했다. 실로 장엄한 장면이었다. 비록 연탄 검정이 묻고 남루한 군복을 걸치고 있었지만, 미동도 않은 채 평정의 자세를 취하고 있는 그에게선 도인의 풍모마저 느껴졌다. 몇 차례 허공에 스윙 연습을 한 미키가 노병의 철모를 향해 야구방망이를 힘차게 휘둘렀다.

"깡!"

둔탁한 파찰음을 내며 방망이는 정확히 철모를 강타했다. 철모를 뒤집어쓴 채 앉아 있던 도인은 어찌 되었을까. 말하고 싶지 않다.

그때 정신을 잃고 쓰러졌던 노병을 살린 게 마마였다. 지나가다가 소동을 목도한 마마가 사람들을 밀치고 그에게 다가가 요구르트를 먹였다. 그 요구르트 때문인지 눈을 하얗게 까뒤집고 쓰러졌던 노병은 다소 헛소리를 하긴 했어도 숨을 제대로 쉬기 시작했다.

"때리랜다고 때린 놈이나, 돈 준다고 맞은 놈이나 쌤쌤이다."

마마는 곁에 서서 회심의 미소를 짓고 있던 미키 상사의 사타구니를 곁에 팽개쳐진 야구방망이로 찔러대며 고함을 쳤다.

사람들은 숨도 쉬지 못한 채 정신을 잃고 쓰러졌던 노병을 살려낸 게 마마이고, 그때 먹인 요구르트의 신비로운 효능을 두고두고 이야기했다.

노병은 한 달 동안 체머리를 흔들고 다니며, 고장 난 라디오처럼 같은 말만 되풀이했다.

"멸공 통일!"

나중에 이야기를 전해 들은 미미는 헛소리만 중얼거리는 노병을 바라보며 이리 말했다.

"사내란 것들은 자고로 대가리를 잘 놀려야 해."

떠도는 말에 따르자면, 마마는 엄청난 돈을 자신만이 알고 있는 곳에 숨겨두었다고 했다. 그녀는 평생 동안 요구르트판 돈을 한 푼도 쓰지 않고 모았으며, 돈이 될 만한 건 무엇이든 긁어 들였다. 쓰레기장에서 주워 온 폐지와 헌 옷, 살이 부러진 우산, 바람이 빠진 자전거 바퀴, 도무지 용도를 알 수 없는 잡동사니들로 마마의 거처는 발 디딜 틈조차 없었다. 그녀의 방에는 늘 쥐들이 들끓었다. 사람들 말로는 그녀가 쥐들과 이야기를 나눈다고 했다. 그녀가 골목을 기다시피 어기적거리며 걸을 때면 어디선가 쥐들이 나타나 다리 사이를 오가며 주변을 맴돈다는 것이다. 마마에게 요구르트를 십 년째 사 먹었다는 포주의 말로는, 그녀가 모은 돈을 어딘가에 묻어두었는데 쥐들이 그걸 지키고 있다고 했다. 쥐가 지키지 않더라도, 세상의 온갖 쓰레기들로 들어찬 그녀의 집에서 숨겨둔 무엇을 찾는다는 것은 현실적으로 불가능한 일이었다.

텍사스촌의 주민들은 그런 말을 들을 때마다 코웃음을 치면서도 마마가 죽기만을 목이 빠지게 기다렸다. 노파가 숨을 거두기 무섭게, 그들은 삽을 들고 모여들어 공연히 그녀의 집 주변을 들쑤시고 다닐 게 틀림없었다. 그녀의 이웃뿐만이 아니라, 텍사스촌의 양공주와 건달과 포주와 단골손님들과, 심지어 검문을 핑계로 들러 공짜로 즐기고 가는 주둔군 헌병들까지도 노파가 숨겨놓은 보물에 대해 은근한 관심을 갖고 있었다.

미미도 그중 한 사람이었다. 그녀는 술만 취하면 어미와 싸웠다. 싸움의 원인은 늘 달랐지만 결론은 하나였다. 돈이었다.

"그놈의 돈은 저승에 지고 갈 거요?"

"지고 갈 거다."

"염라대왕에게 와이로라도 쓰시게?"

"쓸 거다."

이런 대사로 싸움을 끌고나가는 건 불가능한 일이었다. 무어라 비난을 해도, 마마는 돌부처처럼 딸의 비난을 고스란히 빨아들였다. 미치고 팔짝 뛰다 지치면 미미는 눈물로 사정을 했다. 자신이 불쌍하지도 않으냐, 아비가 누군지도 모르고 자라 귀밑머리가 희어진 지금까지도 노린내 나는 양키들에게 술이나 따르는 딸년의 팔자가 가련하지도 않으냐며 호소했다. 오래전에 백 살을 훨씬 넘긴 노모는 눈가를 붉히며 이리 답했다.

"가련하구말구."

"그러니 좀 쓰우."

"있어야 쓰지."

"어미가 아니라 웬수야."

"돈이 웬수다."

모녀간의 다툼은 일정한 주기를 두고 규칙적으로 벌어졌다. 그때마다 춘월은 어딘가에 숨겨둔 할머니의 돈을 찾아다가 불에 태워버리고 싶은 심정이었다. 그녀는 아궁이가 미어터지도록 돈다발을 쑤셔 넣고 불을 지핀 가마솥에 밥을 짓는 장면을 상상하곤 했다. 그녀가 보자면, 어미는 돈이 없어서 불우하고, 할머니는 돈이 있어서 불행했다. 돈이 없어지면 지겨운 싸움도 끝이 날 것이라고 생각했다.

요즘 들어 춘월은 새삼 허전함을 느꼈다. 가슴 한구석에 구멍이 뚫려 찬 바람이 드나들었다. 무엇 때문인지 아무리 생각해보아도 원인을 알 수가 없었다. 며칠을 생각한 끝에, 그런 느낌이 시작된 것과 금룡이 월남으로 떠난 시기가 비슷하다는 걸 알아냈다. 말도 안 되는 일이라고 그녀는 머리를 흔들었다.

금룡을 처음 만나던 날을 그녀는 기억하고 있었다. 그날도 한바탕 싸움이 벌어지던 중이었다. 접시가 날아가고, 비명과 욕설을 주고받는 어미와 할머니를 피해 어린 춘월은 뒤뜰에서 굴뚝을 껴안고 울고 있었다. 지나가던 금룡이 걸음을 멈추고 물끄러미 그녀를 바라보았다. 그러곤 울고 있는 그녀 옆에 말 없이 쭈그리고 앉았다. 집 안이 잠잠해져 그녀가 집 안으로 들어갈 때까지 그는 곁을 지켜주었다. 그런 일은 그 후에도 몇 차례 더 있었다.

춘월은 이따금 자신을 바라보던 그의 눈이 생각났다. 금룡은 보고 싶지 않지만, 지금 그 눈이 자신을 그렇게 바라보아준다면 좋겠다는 기분이 들었다. 그녀는 이 야릇한 감정의 정체를 알지 못했다. 그걸 알고 싶지도 않았다. 다만 금룡이 곁에 앉아 그 조용한 눈으로 자신을 바라보아주기를 바랄 뿐이었다. 그녀는 새삼 먼 나라로 떠난 금룡이 한심스럽게 느껴졌다. 내일 아침에 그가 문을 활짝 열어젖히고 달려와도 만나고 싶은 생각이 없었다. 그녀에게 필요한 것은 지금 곁에서 자신을 바라봐줄 그의 눈빛이었다.

월남에 도착한 금룡이 맡은 임무는 개를 돌보는 일이었다.

정글 속에 숨은 베트콩을 찾는 것은 생각보다 쉽지 않은 일이었다. 빽빽이 들어찬 덩굴과 나무들 뒤에서 총을 쏘는 베트콩들은 땅속에 굴을 파고, 웅덩이 속에도 몸을 숨겼다. 그런 베트콩을 수색하다가 기습을 당하는 피해가 늘자, 미군들이 군견을 보내주었다. 중대에 배속된 '트리거'라는 셰퍼드를 돌보는 게 금룡의 임무였다. '방아쇠'라는 뜻의 이름을 지닌 셰퍼드는 일 년 동안 훈련을 받고 작전에 투입된 군견이라고 했다.

금룡은 개들에게도 군번과 계급이 있으며, 다달이 자신보다 많은 월급을 받는다는 사실에 경악했다. 더욱 기가 막힌 일은 그 개가 죽으면 너도 죽을 줄 알라는 중대장의 엄포였다. 동료들이 총을 들고 치열한 전투를 벌이는 동안 금룡은 개에게 월급으로 구입한 1등급 쇠고기를 먹이고, 더위에 건강을 해치지 않도록 하루에 두 번씩 샤워를 시키고, 스트레스를 받지 않도록 클래식 음악을 들려주고, 수시로 몸에 붙은 진드기를 잡아주어야 했다.

그건 여간 성가신 일이 아니었다. 군견을 데리고 수색 작전에 나선 금룡은 푹푹 삶아대는 더위에 가쁜 숨을 헐떡이다가 문득 신묘한 생각을 떠올렸다. 더위에 고갈된 체력을 회복하고, 성가신 임무를 한꺼번에 해결할 수 있는 묘책이었다. 금룡은 동료들에게 정글을 뒤져 급히 땔감을 모아 오게 시켰다. 그러곤 꼬리를 흔드는 트리거 병장의 목에 밧줄을 걸어 야자나무에 매달았다. 더위에 지친 데는 개장국만 한 보양식이 없었다. 트리거 병장은 철제 탄약통 속에서 구수한 냄새를 풍기며 익어갔다. 모처럼 맛보는 별미에 동료들은 이마에 땀을 뚝뚝 흘리며 기름진 트리거 병장의 살과 국물을 포식했다. 먹을 때는 즐거웠지만 뒷감당을 걱정하는 동료들에게 금룡은, 체력은 국력이며, 잘 먹어야 잘 싸우며, 먹고 죽은 귀신은 때깔도 좋다는 말로 안심시켰다. 부대로 복귀한 금룡은 중대장에게 수색 정찰에 나섰던 트리거 병장이 매복한 베트콩의 흉탄에 전사했음을 보고했다. 중대장은 곧바로 대대본부에 군견 전사 보고를 하고, 대대에서는 연대본부로, 연대는 사단사령부로, 사단에서는 트리거 병장의 소속 부대인 아메리카합중국 육군 보병 28사단 제305수색대대 K-9 군견대에 통보했다. 그 전문은 이렇게 시작되었다.

"오늘 귀 부대에 슬픈 소식을 전하게 됨을 심히 유감스럽게 생각합니다."

더위에 축난 몸을 보하고, 성가신 개가 없어져 모처럼 한가한 시간을 맞이한 금룡은 이보다 좋을 수가 없었다. 기회가 주어진다면 다음에도 이러한 특별 회식을 종종 벌이리라 마음먹은 그는 주변 시장에서 마늘과 생강, 들깨와 말린 토란대를 사서 모아두었다.

그러던 어느 날, 난데없이 미군들이 몰려왔다. 금빛 단추와 붉은 의장용 군복을 차려 입은 병사들이 앰뷸런스를 타고 나타났다. 그들은 금룡에게 전사한 트리거 병장의 유해를 인도할 것을 요청했다. 당황한 금룡이 밀림의 어딘가를 가리키자, 그들은 비장한 표정으로 양손에 흰 장갑을 끼고 그에게 앞장을 서라고 요구했다.

성조기가 덮인 관을 들고 현장에 도착했지만 그들은 총탄을 맞고 전사했다는 트리거 병장의 시신을 찾지 못했다. 여기저기 흩어져 있는 뼈다귀와 타다만 장작들만 발견할 수 있었다. 그리고 숲속에서 반쯤 뜯긴 채 버려진 트리거 병장의 머리를 발견한 그들은 숨도 쉬지 않고 비명을 질러댔다.

금룡은 군견을 임의로 살해하고, 그 사체를 취식한 혐의로 연합군의 군사재판에 회부되었다. 연합군의 재판관들은 유례가 없는 사건을 맞아, 판례나 참조할 만한 사례를 찾지 못해 고심을 했다. 법조문을 샅샅이 뒤져보았지만 그를 처벌할 관련 법규를 찾아내지 못한 재판관들은 결국 그에게 불명에 전역하라는 판결을 내렸다. 이리하여 일확천금의 꿈을 품고 월남전에 참여한 금룡은 빈손으로 귀국선에 올라야 했다.

8.

금룡이 돌아왔다.

텍사스촌은 활기를 되찾았다. 주민들은 쥐약을 먹고 죽은 개를 삶아 성대한 환영 만찬을 벌였지만 그는 뚝배기에 담긴 보신탕에 숟가락 한번 담그지 않았다. 개라면 정나미가 떨어져 쳐다보고 싶지도 않았다. 한몫 단단히 잡으려던 일이 어그러져 실망이 컸던 금룡과 달리, 아지는 아들이 전쟁터에서 살아 돌아온 것만으로도 감지덕지했다. 이제라도 자식이 마음을 잡고 책상 앞에 앉아 뒤늦은 공부라도 하기를 바랄 뿐이었다. 어미는 아직도 금룡이 관청을 제집 드나들듯이 하리라던 시주승의 예언을 포기하지 않고 있었다.

월남에서 돌아온 금룡은 공부보다 더 급한 일이 있었다. 그는 그동안 자신이 보낸 코티 분과 싱거 미싱과 소니 트랜지스터라디오와 제이브이시 텔레비전을 받은 춘월의 모친을 찾아가 딸을 달라고 요청했다. 미미는 제 딸이 아직 어려서 시집을 보낼 수가 없다며 발뺌을 했다. 금룡은 이미 춘월이 법적으로 성인이 되었으며, 육체적으로도 성숙한 여성의 몸매를 갖추었음을 지적했다. 그러자 춘월의 모친은 기다렸다는 듯이, 뚱보가 성년의 나이가 되면 결혼을 하겠다고 금룡이 약속한 사실을 상기시켰다. 그걸로도 모자라 이런 말까지 덧붙였다.

"육체적으로 말하자면, 뚱보는 성숙하다 못해 넘칠 지경이 되었단다."

뚱보는 월남에서 돌아온 금룡이 자신과 결혼을 해야 함에도, 여전히 춘월의 뒤꽁무니만 쫓아다니는 사실에 분개했다. 그녀는 수면제를 한 움큼 털어 넣고 — 필시 볶은 콩이나 한 줌 주워 먹었겠지만 — 일주일 동안 잠이 들었다. 잠에서 가까스로 깨어난 그녀는 두 배가 넘게 늘어난 체중에 다리가 부러진 침대에 누워, 병문안을 온 이웃들에게 쉬지 않고 떠들어댔다. 금룡이 담을 넘어와 곤히 잠든 자신의 순결을 어떻게 빼앗았으며, 밤새도록 어떻게 비가 되고 구름이 되었는지를 몸소 재연해 보이기도 했다. 그녀의 아버지는 당구 큐대를 뽑아 들고 금룡에게 찾아가 약속을 지키라고 윽박질렀다. 사정이 이렇게 되다 보니, 금룡은 뚱보와 결혼을 아니할 수 없게 되었다.

결혼식은 세븐클럽에서 거행되었다. 오지랖 넓은 춘월의 모친이 그의 결혼을 축하한다며 세븐클럽을 통째로 빌려주었다. 아지는 그 결혼이 마뜩잖았지만 자식이 저지른 일을 알고 있기 때문에 마다할 수가 없었다. 하늘이 정한 일을 사람이 바꿀 도리가 없다고 생각했다. 그녀는 한 달 동안 밤을 새워 며느리가

입을 웨딩드레스를 손수 지었다. 보통 사람의 세 배가 넘는 옷
감이 들어간 드레스는 보는 사람마다 탄성을 지를 만큼 아름다
웠다. 미리 줄로 치수를 재어다가 만든 드레스였지만, 신부에
게는 작았다. 여태껏 대중이 틀린 적이 없었던 아지는 당황했
다. 치수를 재고 난 뒤로 늘어날 며느리의 체중을 예측하지 못
한 잘못이었다.

신부는 제 어미가 있는 힘을 다해 가죽끈으로 허리를 동여매
고 조인 끝에 웨딩드레스를 간신히 걸쳤지만 그녀가 크게 숨을
내쉬는 바람에 허릿단이 터지고 말았다. 아지가 며느리를 급히
세븐클럽의 주방으로 데리고 들어가 옷감을 덧대어 드레스를
꿰매주며 일렀다.

"아가. 네가 한창 자랄 나이라는 걸 내가 깜박 잊었구나."

신부가 아비의 팔짱을 끼고 식장에 들어섰을 때, 클럽 안의
하객들은 이미 절반 이상이 취해 있었다. 그들 가운데는 오늘
누가 결혼을 하는지도 모른 채 위스키와 럼과 보드카에 취해
춤을 추거나 떠들어대는 이들도 많았다. 아지는 기분이 언짢았
다. 술에 취한 하객들이 자꾸 미미에게 축하한다고 인사를 했
기 때문이다. 그녀는 입을 손으로 가리고 웃으며, 이리 말했다.

"어머, 오늘은 제 결혼이 아닌데요."

혼인 서약을 하는 동안, 탁자 위에선 팔씨름 내기를 벌이고,

한 곁에선 물구나무를 선 채 술통을 돌리고, 또 다른 쪽에서는
트위스트 춤을 요란스레 추느라 정신이 없었다. 그 와중에 언
제 나타났는지 술에 취한 노병이 태극기를 흔들며 군가를 불러
댔다.

흘러가는 물결 그늘 아래 편지를 띄우고
흘러가는 물결 그늘 아래 춤을 춥니다
처녀 열아홉 살 아름다운 꿈속의 아이 러브 유
라이라이라이라이 차차차
라이라이라이라이 차차차

노병은 미미에게 등을 떠밀려 밖으로 쫓겨나면서도 노래를
멈추지 않았다. 당신만이 그리워서 키스를 하고요, 당신만이
그리워서 편지를 씁니다. 결국 그는 등가죽을 한 대 쥐어박히
고서야 클럽 밖으로 밀려났다. 오늘은 어디 가서 땡깡을 놓고,
내일은 어디 가서 신세를 지나 우리는 개병대! 반쯤 열린 창으
로 그가 혀 꼬부라진 소리로 불러대는 노랫 소리가 들려왔다.
헤이빠빠리빠 헤이빠빠리빠. 때리고 부수고 마시고 조져라. 헤
이빠빠리빠 헤이빠빠리빠!
아수라장이 된 결혼식장에서, 춘월은 팔짱을 끼고 행진하는

금룡과 자신의 친구를 멀거니 바라보았다. 그는 월남에서 보내
오던 금룡의 편지들을 생각했다. 그래, 흘러가는 물결 그늘 아
래 편지를 띄우고, 흘러가는 물결 그늘 아래 춤을 추었구나. 그
건 그냥 흘러가는 물결 같은 것이었다. 그녀는 눈부시게 흰 웨
딩드레스만 물끄러미 바라보았다.

공식적으로 금룡의 아내가 되었지만, 뚱보는 제집에서 지냈
다. 시댁의 대문이 협소하여 거대한 몸매로는 진입할 수 없다
는 게 이유였다. 처가로 들어와 살라는 말에 금룡은 사양했다.
제집의 가풍과 사회적 지위에 비춰볼 때, 데릴사위 노릇을 할
수는 없노라고 정중히 거절하였다. 그러나 잠은 따로 자도, 일
은 한곳에서 하라는 장인의 말씀에 따라, 금룡은 뚱보가 경리
를 보는 당구장에서 일을 거들게 되었다.

그리하여 금룡은 온종일 큐대를 다듬고, 뚱보가 시키는 대로
국수를 삶고 주전부리 심부름을 하며 지내야 했다. 그건 심히
자존심이 상하고 따분한 일이었다. 그는 이 모든 일이 자신이
가난하기 때문에 겪어야 하는 수모라고 생각했다.

금룡은 본격적으로 돈을 벌 궁리를 했다. 하지만 수중에 가
진 것이 없으니 아무리 궁리를 해보아도 신통한 방도가 생기지
않았다. 클럽의 화장실을 드나드는 주둔군들에게 향수를 뿌려

주고 잔돈푼이나 받는 일도 한때 마을의 보안관을 맡았던 사람이 하기엔 남사스러웠다. 그도 이제 주둔군들의 군화나 훔치고, 아가씨를 연결해주며 살 나이는 지났던 것이다.

금룡이 돈을 벌기 위해 길을 나선 것은 여름의 더위가 시작될 무렵이었다. 뚱보가 일용하는 약간의 햄버거와 버터 바른 호떡과 솥에서 막 쪄낸 고기만두와 돼지머리 고기를 사러 들른 시장에서 그는 난생처음 보는 장사꾼을 만났다. 꿈틀거리는 뱀들을 목에 감은 사내가 발 디딜 틈 없이 둘러싼 사람들에게 약을 팔고 있었다.

"이것이 무어냐, 비암이요, 비암! 비암으로 말할 것 같으면 죽었다가도 흙을 주워 먹고 살아나고, 백 년이 지나도 허물만 벗어내면 이팔청춘으로 다시 태어나고, 그 뭣이냐. 아그야, 넌 핵교두 안 가냐? 으른들 틈에 끼어서 맥없이 잠지만 조몰락거리지 말구 얼릉 핵교 가서 한 자래두 배워라. 배워야 산다. 그려, 으른이 즘잖게 말씀허실 때, 니에 하구 발딱 일어나그라. 옳지, 오늘은 그만 가고 나중에 고추가 빨개지믄 오그라이. 아, 아! 이상은, 우리도 한번 잘살아보세. 대한뉘우스에서 전해드리는 공익 방송이었습니다요. 지방방송은 끄고 본격적으로 오늘의 메인 이벤트, 이 비암으루 말할 것 같으믄 우리 남성 으른들, 한창때는 잠자리에서 일어나려면 거시기가 대책없이 솟구쳐 오르고, 새벽종이 사정없이 울려버리는디, 나이가 들믄 서 비 맞은 초가집 추녀처럼 맥읎이 처지기 시작헌다 요거요. 아, 아줌씨는 해당없는 일인디 워째 그리 웃어싼다요. 뭐여, 남자보담 더 잘 안다규? 오매, 시상에나 고추 방아 매운 건 절구통이 더 잘 안다더니, 아줌씨, 발써 음양의 이치를 바싹히 통달하셨구만. 자꾸 삼천포루 빠져서 죄송합니다요. 각설허구, 이 비암이라는 것이 무엇보다 남성분들 양기에 좋다는 거야 진시황 때부텀 익히 알려진 바이고, 천지간의 짐승 중에 이 비암이라는 것이 비범한 것은 하늘을 나는 참새며, 바다에 사는 가오리나 홍어며, 땅을 달리는 얼룩말이며 산중의 왕인 호랭이두 수컷이래믄 딱 한 개씩 달구 나오는 거시기를 두 개나 달구 있다 이거여. 뭐시? 한 개는 스페어라구? 이 동니가 워낙 동서양이 한데 모여 사는 국제적 칸츄리라더니, 확실히 아는 게 많어. 아는 게 많으믄 먹고 싶은 것두 많은 벱이여. 근디 자동차 뒤에 달구 다니는 바퀴나 스페어구, 이 비암의 거시기는 실전용이다 이거여. 한번 붙었다 하믄 이십사 시간, 빼지두 않구 마냥 극락천국을 오가는디, 심이 떨어지면 그걸루 끝이냐, 다른 하나루 다시 이십사 시간, 도합 사십팔 시간을 밥두 안 먹구 사랑을 나누는디, 문희 신영균 주연의 '미워도 다시 한번'으루다가 사정없이 돌려버린다 이거여. 자, 어느날부터 오줌 줄기가 처져서 바지 자락을 적시는 분들, 새벽종이 울려도 도무지 일어설 생각을 안 허는 분들, 사정없이 사정이 안 되는 분들, 치마 입은 여성분들 앞에만 가믄 팬시리 소금 친 배추처럼 푹 처지구, 마누라 목간하는 물소리만 나도 덜컥 가슴이 내려앉고 다리가 후들거리는 분들, 자, 긴말 잔말 할 거 읎이 깨깟이 한 방에 해결해드립니다요. 본 제품으로 말씀드릴 것 같으믄 국립대학교 교수분들이 국민건강과 행복한 부부 생활을 돕기 위해 국가적으루 연구를 하고, 삼 년 동안 수만 차례 임상실험을 한 끝에 바로 이 비암을 안전하고 먹기 좋은 당의정으루 만드는 데 성공했다 이겁네다. 자, 약효는 의학의 명문가 삼천리제약사가 보증하는 것이구, 오늘 밤부텀 방구들 꺼질 걱정이나 하슈. 뭐시여? 약 그만 팔구 차력이나 뵈달라구? 그러니께 미니스카트처럼 예고편은 쌍둥 잘라버리구 본방송 시작허라 이거여? 오매, 누가 쌕쌕이 타구 다니는 양키 동네 아니랠까 봐, 성질 한번 급하시네. 알았슈. 이제 장사들이 나와서 차력을 뵈이겠는디, 이 양반들이 원래부텀 장사냐? 아녀, 부게처럼 비쩍 마르고 맨날 골골허던 약골 중의 상약골이었는디, 바루 이 약을 장복허구 저리 되았다 이거여. 그려, 아줌씨, 그이 배 한번 만져봐두 되냐구유? 그류, 뭐 튀어나온 배야 닳는 것두 아니구, 아무나 먼저 올라타믄 임자지 안 그류?"

모인 사람들에게 뱀 가루가 담겼다는 약을 어지간히 팔고 나서야 차력이라는 게 벌어졌다. 웃통을 벗은 사내가 바닥에 깔린 가마니에 눕더니, 두툼하니 튀어나온 배 위에 벽돌을 얹는다. 무엇을 하는지 지켜보고 있자니 다른 사내가 큼지막한 함마를 들고 요란한 기합 소리와 함께 배 위의 벽돌을 내리친다. 쩍 소리가 나면서 보기 좋게 벽돌이 깨지는데, 밑에 누웠던 사내는 아무렇지도 않게 일어나 튀어나온 배를 툭툭 털고 구경꾼들에게 내보인다. 그 뒤에도 각목으로 치고, 차돌을 깨었지만 그날의 하이라이트는 옆에 세워둔 포니 자동차가 요란한 소리를 내며 누워 있는 사내의 배를 밟고 지나가는 장면이었다. 사람들은 탄성을 지르고, 마음이 약한 여자들은 손으로 두 눈을 가린 채 비명을 질렀다. 자동차가 지나가고 나자, 죽은 듯 누워 있던 사내가 길게 숨을 내쉬며 벌떡 자리에서 일어났다. 박수가 쏟아지며, 약장수는 미처 손이 모자랄 정도로 상자에 담긴 약을 파느라 정신이 없었다. 담겨 있던 약이 동이 나고, 그곳에 수북이 쌓인 지폐들을 보며 금룡은 어떤 게시 같은 걸 느꼈다.
　금룡은 망설일 것도 없이 약장수를 따라나서기로 했다. 자신이 어떤 고통이라도 견딜 수 있는 육체를 지녔으며, 머리에 벽돌을 얹고 망치로 내려치는 일도 감당할 수 있다는 말을 하자 약장수가 코웃음을 쳤다.

"시방 누구 앞에서 약을 파는 거여?"

거듭된 간청에 못 이겨, 약장수는 우선 각목으로 금룡의 팔죽지를 내리치게 했다. 눈썹 하나 까딱하지 않는 금룡이 제 손으로 각목을 머리에 내리쳐 부러뜨리는 걸 본 뒤에야 약장수는 그의 부탁을 들어주었다.

금룡은 차력사가 되었다. 약장수를 따라 장바닥을 따라다니며, 그는 신기하게만 여겼던 차력술이란 것이 금이 간 벽돌을 깨뜨리고, 톱으로 미리 썰어놓은 각목에 톱밥을 메워 눈을 속이는 짓이라는 걸 알게 되었다. 그러나 그는 그런 눈속임을 마다하고, 제 몸으로 모든 걸 이뤄냈다. 그는 차력을 보이기 전에 구경꾼들에게 각목을 만져보게 하고, 배 위에 얹어놓을 벽돌을 땅바닥에 내던져 온전한 상태임을 확인시켰다. 구경꾼들은 환호했고, 약장수는 생각지도 않은 보물이 제 발로 굴러들어온 사실에 작약했다.

그렇게 약장수를 따라다닌 지도 두 달이 넘었다. 이제 금룡은 약장수에게 없으면 안 되는 존재가 되었다. 그에 대한 약장수의 태도도 변하였다. 장이 파하면 약장수는 그에게 국밥을 사주며 평생 장바닥을 돌며 체득한 자신의 장사철학을 전수해주었다.

"장사란 건 꿈을 파는 거여."

그는 자신이 처음부터 장사에 능한 건 아니었다고 했다. 자반고등어부터 엿에, 전쟁 통에는 죽어 자빠진 사람들의 입을 벌려 금니까지 뽑아 팔고 다녔지만 큰돈을 모으지 못했다고 했다. 그러던 그가 장사에 눈을 뜨게 된 것은 어느 궁벽진 산간 마을에서 만난 귀인 때문이었다.

귀인은 후미진 산촌을 돌아다니며 아이들에게 장난감을 팔았다. 그런 장사꾼이야 드물지 않았지만, 아이들은 눈이 빠지게 그가 오기만을 기다렸다. 그는 늘 새로운 장난감들을 가지고 찾아와 아이들을 기쁘게 했다. 제 손으로 만든 굴렁쇠를 그는 결코 그대로 들고 오지 않았다. 겉모양이 화려해지고 색도 바뀌었지만 따지고 보면 굴렁쇠는 굴렁쇠였다. 달라진 게 있다면 동그랗던 모양을 일그러뜨려 타원으로 만든 것뿐이었다. 그런데도 아이들은 멀쩡한 제 굴렁쇠를 팽개치고 기우뚱거리며 굴러가는 굴렁쇠에 빠져들었다. 그뿐이 아니었다. 팔이 하나뿐인 인형이며, 얼굴보다 큰 안경이며, 거꾸로 도는 팽이에, 물살무늬가 사방으로 들어간 구슬들은 어른들의 눈으로 보자면 별게 아니었지만 아이들은 일껏 제가 가지고 놀던 구슬이며 팔다리가 멀쩡한 인형을 팽개치고 그것을 사지 못해 안달이 났다.

주막집 봉놋방에서 무릎을 꿇고 사정을 하여 얻어들은 비결이 꿈 이야기였다. 그저 그런 장사꾼들은 물건을 팔지만, 장사의 명인은 꿈을 팔아야 한다고 일러주었다. 능한 장사꾼이라면 호주머니 속의 돈을 터는 게 아니라 가슴속의 마음을 훔쳐야 한다고 했다. 지나가는 개에게 물리는 꿈밖에 모르던 약장수는 꿈이라는 말이 생뚱맞기만 했다. 그런 그에게 귀인은 꿈은 지갑에 든 게 아니라 사람의 가슴속에 들어 있다고 했다. 사람의 마음을 잘 아는 게 장사의 비결이라는 것이었다.

"사람의 마음이라는 게 무어냐. 진짜 장사꾼이래믄 요걸 알아야 하거든. 귀인께서 말씀하시기를, 사람 인자, 마음 심자, 인심이라는 것이 그물코의 넓이와 비례한다 하시는 거여. 난데없이 무슨 그물코냐 싶지? 새끼 멸치 한 마리 빠져나갈 수 없을 만치 그물코가 촘촘하다면 인심도 그렇게 좁고 빡빡하다는 말씀이야. 아량이니 배려니 하는 호랑말코 같은 게 빠져나갈 틈도 없다는 거지. 스승께서 소싯적에 큰 배를 타고 태평양의 어느 섬에 고기를 잡으러 갔는디, 섬 근처에는 대접으로 퍼도 잡힐 만큼 왼갖 고기들이 바글바글하드래. 그런데 그 섬의 어부들이 쓰는 그물이란 게 엉성하기가 짝이 없드래. 고래도 빠져나갈 만큼 그물코가 성그니 건진 고기들 태반이 술술 빠져나가드란 말이여. 그래서 귀인께서, 그물코를 빠짝 좁히면 고기를 많이 잡을 수 있지 않겠느냐 물으니, 그이들 하는 말이, 먹고도

남을 고기를 잡아 무어 하느냐는 거여. 그게 뭔 소리냐, 먹고
남은 건 소금에 절여 팔면 되지 않겠느냐고 하니, 섬의 어부들
이 말하기를, 그리되면 새벽부터 바다에 나가 쌔빠지게 일하게
될 텐디, 즤가 먹지도 않을 고기를 잡느라 즤가 없어지고 만다
는 거여. 없어지기는 워째 없어지느냐, 여기 있지 않느냐고 손
가락으로 어부를 가리키자, 생선보담 즤들이 먼저 소금에 절게
될 거라며 웃더랴. 그 섬에는 물새들도 많이 살고 있는디, 고깃
배가 들어오면 물새들이 먼저 알고 까맣게 모여든댜. 잡은 고
기를 정리하는 동안, 물새들은 기다란 부리로 생선에 붙은 파
리만 잡아먹는다는 거여. 물새들도 생선을 쪼아 먹고 싶겠지만
그랬다간 어부들이 즈이들을 쫓아내리라는 걸 알고 참는 거지.
거기선 사람이건 물새건 이렇게 성근 그물코를 쓰며 살아간다
는 거여."

　약장수는 여전히 알아듣지 못한 듯한 금룡의 얼굴을 보며 이
렇게 일러주었다.

　"사람이 평생에 삽을 써봐야 몇 자루나 쓰겠어? 삽날이 닳아
없어지려면 얼매나 오랜 시간이 걸리는지 알어? 조선시대『농
정유산보』라는 책에 보믄, 아, 좀 어려운 이야기 나온다 싶으믄
손바닥에라두 적어둬. 그리 맥읎이 듣지만 말구. 하여간에 그
책에 이천구백칠십 일이 걸린다고 딱 적혀 있어. 삽 한 자루 팔

아먹구 이천구백칠십 일 동안 기다려야 하는 거여. 생각을 해봐. 그동안 밥은 무얼루 사 먹고, 옷은 무얼루 해 입느냔 말이여. 진짜 장사꾼은 삽날이 닳기도 전에 새 삽을 팔아먹는 재주가 있어야 혀. 고장두 나지 않고, 필요하지두 않은 걸 팔아먹으려면 워뜨케 혀야겄어? 사람 가슴패기 깊숙이 숨어 있는 고객님의 그물코를 알아야 헌단 말씀여. 뭐시, 그 고객님이 누구냐고? 그분으로 말씀드릴 것 같으면, 아무리 먹어두 배가 부르지 않구, 밤새워 물동이를 져다 부어도 갈증이 채워지지가 않는 분이여."

무언지 몰라도 금룡은 귀한 장사꾼의 계보를 이어가는 약장수를 스승으로 모시고 전국의 장바닥을 일주했다. 배를 타고 멀미를 참아가며 제주도까지 훑고 다녔다. 그러나 그의 그물에 들어오는 돈은 변변치 않았다. 약장수는 이런저런 이유를 들어가며 ─ 약의 원가 상승이며, 뱀을 공급하는 땅꾼들의 협잡이며, 장바닥의 왈패와 파출소에서 나와 째려보는 경관과, 시장 상인회장 등속에게 기름칠을 하는 비용 등등 ─ 차력사인 그에게 잔돈푼을 집어줄 뿐이었다. 이태 동안 집을 떠나 전국의 장터를 걸터듬고 다녔지만 그의 호주머니는 여전히 가볍기만 했다. 이래서는 영영 집으로 돌아갈 수가 없어 보였다.

금룡은 제대로 된 평지의 양옥에서 살아보는 게 꿈이었다.

그런 집을 마련하고, 삯바느질로 고생하는 어미를 쉬게 하고, 이야기를 좋아하는 아우에게 라디오를 사주고, 노래를 잘 부르는 누이동생에게 피아노를 사주려면 큰돈을 벌어야 했다. 모처럼 펜대를 잡고 언제 그런 돈을 모을 수 있는지를 계산해본 결과, 무려 이백칠십오 년이 걸린다는 결론을 얻은 그는 절망했다. 무언가 결단이 필요한 시기였다.

전국의 장터를 돌고 상경하던 날, 금룡은 약장수에게 한 가지 제안을 했다. 배 위로 자동차가 지나가는 걸로는 큰돈을 벌 수 없으니, 큰판을 한번 벌여보자고 설득했다. 큰 운동장을 빌려 시민의 절반을 모아 제대로 한몫을 잡자는 것이었다. 이제 시골 장터를 돌며 잔돈푼이나 긁어모으는 일에 어지간히 지쳐 있던 약장수는 그의 제안에 조금은 구미가 당겼다. 문제는 사람의 배 위로 트럭이 지나가도 시민의 절반을 모으기가 어렵다는 점이었다. 그때, 금룡이 윗옷을 추켜올려 불룩 튀어나온 배를 손바닥으로 탁탁 두드리며 자신 있게 말했다.

"여기에다 총을 쏘는 겁니다."

사람의 배에다 총을 쏘는 장면을 보여주면 제아무리 바쁜 시민이라도 도시락을 싸 들고 달려올 것이라는 게 금룡의 생각이었다.

"도시락을 싸 들고 몰려온다고 치자. 그래서 사람 배에다가 총을 쏜다고 치자. 그 배는 워뜨케 되는디?"

큰돈이라는 말에 솔깃해 귀를 기울이던 다른 차력사들은 행여 제 배에다 총을 쏠까 싶어 슬그머니 자리를 피하였다. 금룡은 자신이 뱀의 두목 격인 구렁이의 점지를 받아 세상에 태어났으며, 세상의 어떤 고통도 느끼지 못하는 능력을 지녔을뿐더러, 죽고 싶어도 죽지 못하는 게 유일한 고통거리인 존재라는 걸 설명해주었다. 그가 고통을 느끼지 않는다는 것이야 장바닥을 돌며 제 눈으로 보아왔지만, 총을 맞아도 죽지 않는 존재라는 말을 어떻게 받아들여야 할지 약장수는 확신을 갖지 못했다.

"흙을 주워 먹으면 되살아나는 비암 새끼두 아니구… 그건 좀 거시기허네."

"장안의 전봇대마다 광고나 붙여주슈. 모월 모일에 배에다 총을 쏘는 차력을 보여준다고. 나머지는 내가 다 할 테니…."

자리를 피했던 차력사들이 총을 맞는 게 제 배가 아니라는 사실을 확인하고서는 슬그머니 다가와 금룡을 거들어주었다.

"자신 있다는데 한번 합시다요."

주저하던 약장수는 패거리들의 부추김과 자신만만한 금룡의 종용에 못 이겨, 크게 다쳐도 원망을 않을 것이며, 죽어도 좋다는 각서를 쓰는 조건으로 마지못해 수락했다. 약장수가 볼펜으로 종이에 적은 광고문의 문안은 다음과 같았다.

금세기 최고의 차력 쑈

"내 배에 총을 쏴라!"

5월 5일 오후 1시 효창운동장

* 어린이날을 맞아 어린이 무료입장

〈오랜만에 찾아온 삼촌, 간첩인가 다시 보자〉

여태껏 장터에서 벌인 차력과는 류가 달랐다. 약장수는 그동안 장터를 돌며 약을 팔아 모은 돈을 몽땅 이번 판에 밀어 넣었다. 운동장을 빌리고, 인쇄소에서 찍은 광고 전단을 시내 곳곳의 전봇대마다 붙였다. 그러고도 남은 전단을 비어 있는 벽과 남의 집 대문에 덕지덕지 붙였다. 한마디로 우두커니 서 있는 것에는 빠짐없이 전단을 붙인 셈이다. 그러고는 총포사에서 멧돼지를 사냥할 때 쓰는 엽총을 빌리고, 그동안 거래하던 땅꾼에게 부탁하여 사람 허리통만 한 굵기의 구렁이를 특별 출연시키기로 하고, 장터에서 얼굴을 익힌 가수와 딴따라패들을 불러 모아 찬조 출연으로 볼거리도 준비했다. 무엇보다 관중들에게 팔 약을 준비하느라 밀가루 삼십 부대와 소금 두 가마, 멸치 대가리 열 포를 주문해 밤을 새워 비약을 제조했다. 뱀 가루는 들어가지 않느냐고? 지금 제정신인가?

모든 준비를 끝냈다. 차력 쇼가 예정된 어린이날이 되려면 이틀이 남았지만, 도처에서 걸려오는 전화로 약장수는 한껏 고무되었다. 반응은 뜨거웠다. 어느 신문사의 기자라는 사람은 '내 배에 총을 쏴라!'는 문안이 비유적인 표현이냐고 물었다. 비유적이라는 말의 뜻을 알아듣지 못한 약장수는, 하여간 자신이 당일에 특별 할인으로 판매할 약이 오장육부의 모든 병을 고치는데, 비위가 약한 사람에게 특효라고 대답했다. 미심쩍은 말투로 기자는, 사람의 배에 총을 쏘는 행사를 준비한 사연을 물었다. 마침 밥상을 받아 막 수저를 들려던 약장수는 허기를 참지 못해, "다 먹고살자고 하는 일 아니겠습니까?"라고 대답하고 전화를 끊었다.

이튿날, 대문 앞에 배달된 조간신문에는 '배고픔에 못 견뎌 주린 배에 총을 쏘라고 절규하는 서민들'이란 제목으로 그들의 차력 쇼에 관한 기사가 큼지막하게 실려 있었다. 약장수와 패거리들은 무릎을 치며 반색을 했다. 신문에 대서특필까지 되었으니, 운동장을 가득 채우고도 남을 일이었다. 좀 더 넓은 동대

문운동장을 빌리지 않은 게 후회가 되었다.

금룡이 이틀 후에 벌어질 차력 쇼에서 내보일 제 배의 묵은 때를 벗기기 위해 동네 목욕탕을 다녀왔을 때였다. 당장 떼돈을 벌 분위기로 만면에 웃음을 숨기지 못하던 약장수와 패거리들이 초상집의 상주 같은 얼굴로 그를 맞이했다. 방 안에는 낯선 사내들이 신발도 벗지 않은 채 그를 기다리고 있었다. 그들이 쓴 검은 안경을 보는 순간, 금룡은 본능적으로 무언가 일이 잘못되었다는 예감이 들었다.

결론적으로 말해서, 어린이날에 예정되었던 금세기 최고의 차력 쇼는 열리지 못했다. 배에 총을 맞아야 할 주인공은 그 시간에 정보기관의 축축한 지하실에서 거꾸로 매달린 채 통닭구이◆가 되고 있었기 때문이다. 이틀 동안 온갖 고문과 협박으로 그들이 알고 싶었던 것은, 백성을 사랑하는 왕의 지극한 마음과 영험한 통치로 유사 이래 최고의 태평성세를 누리고 있는 시점에, 배고파 못 살겠다고 제 배에 총을 쏘라는 쇼를 벌인 저의가 무엇인지, 북쪽 나라의 지령을 받아 해괴한 망언으로 민심을 흐려 국력을 저하시키려는 흉측한 이적 행위를 하려던 것

◆ 일제 순사로부터 전수받은 유서 깊은 방식으로, 팔과 다리 사이에 각목을 끼운 사람을 매달아놓고 마구 두들겨 패는 고문이다.

은 아닌지를 여든아홉 번이나 물었다.

금룡은 자신이 간첩이 아니며, 오로지 타고난 저마다의 소질을 살려서 세계 최고의 차력을 보여주려 했을 뿐이라고 말했다. 고문을 하는 조사관들은 그의 배에 총을 쏴도 괜찮은지에 대해 호기심을 느꼈고, 자기들끼리 패가 나뉘어 말다툼을 벌였다. 급기야 그의 배를 돌아가며 발로 힘껏 차보고, 그걸로도 모자라 쇠파이프로 가격을 해댔다. 그런 짓에도 신음 소리 한번 내지 않는 금룡을 보고는 머리를 내저었다. 그가 좀 비정상적이기는 해도, 간첩이 아니라는 걸 인정하게 된 그들은 친근한 태도로 그에게 담배도 물려주고, 잡담도 나누었다.

그들의 말에 따르면, 늘 나라와 백성들을 걱정하느라 잠들지 못하던 애꾸왕이 새벽에 배달된 조간신문을 읽고, 크게 분노하여 연유를 알아 오라고 지시했다는 것이다. 이를 두고 후대의 사학계에서는 당시 선거를 앞둔 야당의 후보가 내건 "배고파 못 살겠다, 죽기 전에 갈아치우자!"◆라는 슬로건으로 왕의 심기가 심히 불편한 상태였음을 지적했다.

온갖 고문과 조사에도 불구하고, 금룡이 반국가 범죄와 간첩

◆ 강력한 야권 후보의 선거 구호에 대해, 애꾸왕 측이 내건 구호는 "갈아봤자 별수 없다. 구관이 명관이다"였다고 한다.

행위를 인정하지 않자, 조사관들도 제 배에 총을 쏘라는 짓이 별난 인간의 기상천외한 소행으로 인정하지 아니할 수가 없었다. 그렇다고 '배고픔에 못 견뎌 주린 배에 총을 쏘라고 절규하는 서민'을 차마 그냥 내보낼 수가 없어 그들은 금룡에게 짜장면 곱빼기를 세 그릇이나 먹이고, 꾸역꾸역 그걸 먹어치운 그가 체할까 싶어, 코에 고무관을 연결해 물을 먹여주었다. 그런 중에도 행여 맹물이 싱거울까 싶어 얼큰하게 고춧가루를 타주는 세심한 배려도 잊지 않았다.

그 일로 약장수는 의료법 위반 혐의로 옥에 갇히고, 얼마지 않아 파산하고 말았다. 그날, 효창운동장에 얼마나 되는 시민이 모였는지는 아무도 알지 못했고, 알고 싶어 하지도 않았다. 들리는 말로는 특별 출연을 위해 비로드 양복을 차려입은 땅꾼이 어른 허리만큼 굵은 구렁이를 어깨에 걸쳤다가 목이 졸리는 바람에 병원으로 실려 가고, 구렁이는 유유히 강으로 사라졌다고 한다. 두목을 잃은 차력사들은 뿔뿔이 흩어져 장바닥에서 각설이타령을 하며 엿을 팔아 연명했다. 그중 한 사람은 무단히 차도를 건너다 자동차에 치여 복부 파열로 세상을 떴다고 한다. 훗날, 그의 아들이 격투기 선수가 되었다는 소리가 바람결에 들려왔다.

금룡이 장바닥을 떠도는 동안 그의 가족들은 외려 잘 지냈다. 없으나 마나 한 아들이 집에 돌아오자, 아지는 그동안 삯바느질과 빨랫일로 모은 돈을 내어주며 그에게 공부를 권했다. 아지는 장차 허리에 금띠를 두를 맏아들이 공부를 원수로 여기며, 엉뚱한 짓으로 세월을 낭비하는 게 안타까웠다.

한 가지 위로가 된다면, 늦게 얻은 딸이 제 오라비들과 달리 조신하다는 점이었다. 말희는 유난히 노래를 좋아했다. 비단처럼 고운 목소리를 가진 아이는 성악가가 되는 게 꿈이었다. 딸이 부르는 노래를 들으면 세상 근심이 눈 녹듯이 사라졌다. 자신이 살아온 삶을 돌아보면, 앞에는 깎아지른 산이요, 뒤로는 까마득한 낭떠러지였다. 아지는 한 뜸 한 뜸 바느질에 매달리다가도 한숨이 새어 나와 손을 멈추고 생각에 잠기는 시간이 늘었다. 그럴 때면 어린 딸이 다가와 노래를 불러주었다. 그건 얼어붙은 눈을 녹이는 봄바람 같았고, 먹구름을 밀어내는 만월 같았다. 그 아이마저 곁에 없었다면 어찌 살았을까. 하늘이 자신을 불쌍히 여겨 천사를 보내주었다고 아지는 생각했다. 얻는 게 있으면 잃는 게 있게 마련이고, 넘치는 재주가 있으면 모자라는 구석이 있게 마련이었다. 입이 꾀꼬리면 귀가 가시덤불이라는데, 이 고운 아이를 어찌할까.

텍사스촌으로 돌아온 금룡은 한동안 당구장에 들어앉아 얌전히 지냈다. 보지 못한 사이에 체중이 더 늘어난 뚱보는 카운터 의자를 세 개나 부서뜨린 것 말고는 유감스럽게도 별다른 일이 없었다. 내기 당구에 빠진 장인은 사위가 돌아왔는지, 언제 집을 떠났는지도 알지 못했다. 외출 나온 주둔군들과 어울려 내기 당구로 혈맹 간의 우정을 쌓느라 여념이 없었다. 뒤늦게 내기 당구에 입문한 장인은 식탁에 앉아서도 밥사발을 젓가락으로 쑤셔댈 정도로 그 짓에 흠뻑 빠져 지냈다. 금룡은 내기 당구가 벌어질 때마다 심판을 보거나, 지고도 돈을 내지 않는 패들의 멱살을 잡아 혼찌검을 내는 일을 맡았다. 그러나 효창운동장을 빌려 사상 최대의 이벤트를 벌이려 했던 그의 눈에는 내기 당구란 것이 영 시답잖고 좀스럽게 느껴졌다. 밤늦도록 당구를 치는 꾼들을 위해 김밥을 말고, 은행에 달려가 잔돈을 바꿔오는 일이나 하려고 돌아왔나 새삼 후회가 되었다. 얼마 전까지도 배 위로 자동차를 얹던 차력사 체면에 온종일 땀에 젖은 동전이나 주무르고 지내는 현실이 수치스러웠다.

금룡은 이왕 내기라면 제대로 하자고 뚱보를 꼬드겼다. 모처럼 남편이란 자가 살갑게 건네는 제안에 뚱보는 솔깃했다. 며칠 동안 제 아비를 조르고, 체중을 곱절로 늘리겠다고 협박을 한 끝에 가까스로 승낙을 받아냈다. 그건 낮에는 당구장을 운영하고, 밤이면 도박장으로 전업하는 영업 방식의 전환이었다. 훗날 '주다야싸'◆라고 불리는 업종이 여기에서 비롯되었다.

주간의 당구장은 장인에게 맡기고, 금룡은 야간의 도박장을 운영했다. 날이 어두워지면 초록색 우단이 깔린 당구대는 포커를 즐기는 도박판으로 바뀌었다. 자욱한 담배 연기 속에 당구대마다 예닐곱 명의 도박꾼들이 머리를 맞대고 카드를 꼬나 잡은 모습은 라스베이거스의 카지노를 방불했다.

금룡이 도박판을 벌였다는 말을 전해 들은 아지는 격노했다. 서방으로도 모자라 이제 자식까지 그 더러운 버릇에 손을 댔다는 사실에 치가 떨렸다. 금룡은 자신은 카드 한 장 손에 쥐지 않으며, 그것은 엄연히 돈을 벌기 위한 비즈니스일 뿐이라고 변명했다. 그 말은 사실이었다. 금룡은 직접 도박판에 끼지는 않았다. 그는 잔돈을 바꿔줄 때마다 1퍼센트의 환전료를 받고, 돈이 거덜 난 사람들에게 고리로 돈을 빌려주고 '꽁지'를 뜯을 뿐이었다. 미심쩍어 직접 당구장에 들른 아지는 정장 차림에 나비넥타이를 맨 제 자식이 카운터에 앉아 펜대를 잡고 무언가를 적는 모습에 조금은 안도했다. 금룡이 적는 것은 도박

◆ 70년대에 등장한, 주간에는 다방으로 영업하고, 야간에는 싸롱이라 불리는 주점으로 운영되던 영업 형태를 일컫는 말이다.

꾼들이 빌려 간 원금과 밀린 이자에 대한 기록들이었다.

　술집만 즐비하던 텍사스촌에 새로 들어선 도박장은 호황을 누렸다. 뚱보까지 나서서 심부름을 할 만큼 한밤의 도박장은 손님들로 가득 찼다. 그중에는 요구르트를 파는 마마도 끼어 있었다. 금룡은 누구보다 그녀를 반겨 맞았다. 춘월의 근황을 전해들을 수 있는 유일한 통로였기 때문이다. 춘월은 요즘 들어 제 방에 들어앉아 꼼짝도 않는다고 했다. 그는 뚱보의 눈을 피해 그녀에게 편지를 썼다. 내 사랑은 오직 그대뿐이며, 당신을 사랑하는 마음은 변함이 없다는 내용의 편지는 마마를 통해 벌써 여러 통이 전해졌지만 가타부타 답이 없었다. 답장을 기다리다 지친 금룡은 나중에는 쓸 말이 없어 입에서 흘러나오는 대로 적어 보냈다. 이 생명 다 바쳐서 죽도록 사랑했고, 순정을 다 바쳐서 믿고 또 믿었건만, 영원히 그 사람을 사랑해선 안 될 사람, 말없이 가는 길에 미워도 다시 한번, 아아, 안녕!◆

　그 편지를 보내고 나서 얼마 되지 않아 기다리던 답장이 왔다. 그 편지에는 이렇게 적혀 있었다. 떠날 때는 말없이.

◆ 문희와 신영균이 주인공으로 출연한 멜로영화로, 1968년 대양영화사가 만든 〈미워도 다시 한번〉의 주제곡 가사이다.

춘월은 자신이 편지에 적은 것처럼 말없이 떠났다.

그녀가 떠나는 날도 어김없이 미미와 마마는 싸웠다. 시간이 되면 울어대는 뻐꾸기시계처럼 그들은 규칙적으로 싸웠고, 두 사람이 마땅히 해야 할 역사적 사명으로 여겼다. 그것이 얼마나 오래도록 반복되었는지, 나중에는 자신들이 무엇 때문에 싸우며, 왜 싸워야 하는지도 모른 채 싸웠다. 그들은 춘월이 집을 나간 것을 두고도 서로를 탓하며 싸웠다. 그리고 얼마지 않아 그 지겨운 싸움에 마침표를 찍는 사건이 벌어졌다.

자신의 나이도 잊을 만큼 오래 살았던 마마가 죽은 것이다. 춘월이 떠나고 두어 달이 지난 무렵에 일어난 일이었다. 평생 텍사스촌의 골목을 누비며, 요구르트를 팔던 마마는 어느 여름의 무더운 밤에 일어난 화재로 길고도 긴 일생을 마쳤다. 소방대원들이 잿더미가 된 방으로 들어갔을 때, 마마는 침대 위에 누운 채 고스란히 숯이 되어 있었다. 그녀의 죽음을 두고 별의별 이야기가 꼬리를 물었다. 급기야 미미가 그녀를 죽였다는 말까지 나돌았다. 술에 취한 미미가 돈 숨긴 곳을 추궁했고, 마마는 여전히 모른다고 오리발을 내밀었고, 미미가 더 참을 수 없다며 마시다 남은 위스키를 방 안에 뿌리고 성냥불을 댕겼다는 것이다. 그러면 마마가 방 안의 어딘가에 숨겨놓은 돈부터 챙기리라고 생각했다는 것이다. 그런데 그럴 새도 없이 순도

높은 알코올에 젖은 방은 순식간에 불에 휩싸이고 마마는 침대에 누운 채 평생 동안 모아놓은 자신의 쓰레기들과 함께 숯덩이가 되고 말았다는 것이다.

이렇게 동네가 뒤숭숭한 가운데, 소방서는 화재의 원인이 전기 합선이라고 발표했다. 그 당시에는 원인 불명의 화재는 모두 전기 합선으로 단정하던 시절이었다. 말로는 무슨 말을 못하겠는가. 마마의 죽음에 대한 이야기는 그 여름의 끈질긴 장마가 다 끝나도록 눅눅한 골목 안을 질척거리며 흘러 다녔다. 그러거나 말거나 혼자 남은 미미는 여전히 돈에 쪼들렸고, 술에 취해 지내는 날이 더 잦았다.

9.

도박장은 날로 번창했다. 미처 몰랐던 사위의 사업 능력에 고무된 장인은 희색이 만면했고, 금룡은 주머니에 꽂고 다니던 놋숟가락의 위력이 이제야 발휘되나 보다고 흐뭇했다. 그러나 그 정도로 성이 찰 금룡이 아니었다. 비록 성사되지는 못했지만, 애꾸왕이 조반을 거르게 할 만큼 큰일을 도모한 인물이 구겨진 달러 몇 장 오고 가는 카드놀이판에 만족할 수는 없었다.

금룡이 유심히 지켜보니 도박장을 드나드는 주둔군 병사들이 패가 꼬일 때마다 구석에 모여 무언가 열심히 빨아대는 걸 발견했다. 연기가 풀풀 나는 걸로 봐서는 담배 같았는데, 마른 쑥 타는 냄새를 풍겼다. 기이한 것은 그 쑥 냄새 나는 걸 빨고 나면, 아무 데나 다리를 뻗고 자빠져서 초점 잃은 눈으로 실실 웃음을 흘리는 것이었다. 돈을 잃고 잠시 실성을 했나 싶어 다가가 어깨를 두드리자, 눈이 토끼처럼 붉어진 병사 하나가 제가 빨아대던 걸 건네주었다. 호기심에 입에 물고 한 모금 빨던 금룡은 목이 맵고 따가워 눈물이 쏙 빠지도록 기침을 하고 말았다. 나이가 들어 뵈는 주둔군 병사가 너털웃음을 웃으며 그에게 피우는 법을 가르쳐주었다. 그를 따라 대여섯 대를 연거푸 피고 나자 갑자기 머리가 어지럽고 온몸이 나른해졌다. 벽에 걸린 그림의 물레방아가 삐거덕거리는 소리를 내며 돌고, 소나무 위에 앉아 있던 학이 날개를 퍼덕이며 하늘을 날기 시작했다.

　묘한 기분에 금룡은 그 후에도 주둔군 병사들 틈에 끼어 그걸 얻어 피웠다. 턱수염이 하얗게 난 흑인 중사는 그 신비로운 약초에 대한 이야기를 들려주었다. 미시시피강 가의 목화 농장에 햄이라는 흑인 노예가 살았다. 그에겐 마리 조안나라는 애인이 있었다. 두 사람은 노예 처지였지만, 서로를 끔찍이 사랑했다. 온종일 발이 푹푹 빠지는 미시시피강 가의 수렁을 일궈 밭을 만드는 고된 일과 속에서도 두 사람은 행복했다. 노예에게 주어진 행복은 그리 오래가지 않았다. 느릅나무를 베던 햄이 쓰러지는 나무에 깔려 다리를 크게 다쳤다. 매정한 백인 주인은 그를 다른 곳으로 헐값에 팔아넘기려 했다. 조안나가 주인에게 눈물로 호소하며 사정을 했지만 햄은 수레에 실려 머나먼 농장으로 팔려가고 말았다. 사랑하는 햄을 떠나보낸 조안나는 눈물로 날을 보냈다. 그러던 어느 날, 술에 취해 자신을 겁탈하려는 농장 주인을 피해 달아나던 조안나는 낭떠러지로 떨어지고 말았다. 그녀가 죽은 자리에서 이듬해 처음 보는 풀이 돋아났다. 그 풀은 뿌리를 뽑으면 날카롭게 울부짖었고, 그걸 뽑은 사람들은 미쳐버렸다. 사람들은 그것이 정절을 지키려다가 목숨을 잃은 마리 조안나의 혼이 변한 풀이라고 했다. 그 후로 노예들은 그 풀을 '마리조안나'라고 불렀다. 그 풀을 말려 담배처럼 피우면 백인들은 악몽에 시달리지만, 흑인들은 햄과 조안나가 꿈꾸던 천국의 풍경을 보았다. 그 비결은 노래에 있었다. 건드리기만 해도 울부짖던 그 풀은 노예들이 부르는 서글픈 가락의 노래를 들으면 이내 고요해졌다. 흑인 노예들은 힘들 때마다 이 풀을 피우며 천국의 노래를 불렀다. 마리조안나라는 풀이 백인들에게 전해지며 마리화나라고 불리게 되었다.◆

금룡은 자신이 피운 풀 가루가 여자 노예의 혼이 담긴 마리화나라는 사실을 접하고 마음이 슬퍼졌다. 그리고 그 값이 담배의 몇십 배가 넘도록 비싸며, 그 원료가 시골에 가면 널려 있는 대마라는 사실을 알게 되고는 뛸 듯이 기뻐했다. 과연 그 신비로운 풀 가루 속에는 세상의 슬픔과 기쁨이 함께 담겨 있었다. 금룡은 그것을 피운 주둔군 병사들이 울다가 웃기를 반복하는 연유를 비로소 이해하게 되었다.

씨를 구해다가 개울가에 뿌리자 대마는 갈대 속에서 쑥쑥 자랐다. 금룡은 그걸 베어다가 그늘에서 말려 그동안 신세를 졌던 주둔군 병사들에게 나눠주었다. 얼마 지나지 않아 어디서 소식을 들었는지, 주둔군 병사들이 줄을 지어 그를 찾아왔다. 금룡은 담뱃값으로 그걸 팔기 시작했는데 미처 뜯어다가 말릴 틈이 없이 동이 났다. 강물을 팔아먹었다는 어느 건달의 이야기가 마냥 허황된 게 아니었다. 천변에 널린 풀을 베어다가 달러와 바꾸느라 눈코 뜰 새가 없게 된 금룡은 돈을 벌기가 이리 쉽다는 사실에 어이가 없었다.

그러던 어느 날, 방구석에 누워 매캐한 연기를 들이마시는 금룡을 보고, 아지가 딱하다는 얼굴로 혀를 찼다.

"너는 얼마나 궁색하기에 이젠 쑥을 뜯어다 피우냐?"

◆ Hernando de Rossi, 『대마, 그 슬픈 천국의 이면사』(1972) 참고.

그 말에 벽을 쳐다보며 히죽거리고 있던 금룡이 말했다.

"이게 쑥이 아니라 금싸래기 풀이우."

"눈만 뜨면 돈, 돈, 돈 하더니 이젠 실성을 했나 보구나."

"한번 피워보슈. 용궁에 간 토끼가 피웠다는 금광초 맛이우."

아들의 입에서 용궁이란 말이 나오자, 아지는 말을 자르며 손사래를 쳤다.

"너두 니 애비 따라 용궁 가려니?"

"용궁이 어디 따로 있소? 여기가 용궁인데."

버럭 소리를 내지르려던 아지는 엉뚱한 자식이 또 제 배에 총을 쏘라고 나돌아 다니지나 않을까 싶어 이내 입을 다물고 말았다. 눈치만 살피던 아지가 기어코 화를 참지 못한 것은, 너구리 잡을 만치 연기가 자욱한 골방에서 오라비란 것이 제 어린 누이동생에게 노래를 시키고 있다는 사실이었다. 골방으로 뛰어 들어간 그녀는, 금룡이 너무도 고요하고 평화로운 얼굴로 누워 있는 걸 대하고는 할 말을 잃었다. 자욱한 연기 속에서 몽롱하게 들려오는 딸의 노래는 가히 천국에서 들려오는 듯했다. 자신도 모르는 사이에 아지는 복받쳐 오르던 화가 슬며시 꼬리를 감추는 걸 느꼈다. 가슴 깊숙이 개흙처럼 켜켜이 쌓였던 슬픔과 분노와 외로움이 사라지고, 따스한 햇솜 같은 것이 그 자리를 채워나갔다.

낮에 나온 반달은 하얀 반달은

해님이 쓰다 버린 쪽박인가요◆

어떤 오래된 기억이 실비처럼 그녀의 가슴속으로 촉촉이 스
며들어 왔다. 갈래머리를 땋은 계집아이가 풀잎에 매달린 이슬
방울을 두 손에 받쳐 들고 달려가다가, 이내 손에서 깨진 이슬
방울에 울음을 터뜨렸다… 숯검정을 얼굴에 묻히고 사람 좋은
웃음만 털털거리던 아버지도 보이고… 송홧가루가 노랗게 날
리는 뒷동산에서 들려오던 솔바람 소리도 들리고… 그리고 따
스한 손으로 머리를 땋아주던 어미가 누운… 볕바른 금잔디 무
덤도 보였다. 아지는 그 자욱한 용궁에 슬그머니 주저앉아 딸
이 들려주는 노래를 눈물과 웃음을 뒤섞은 채 듣고 있었다. 해
님이 쓰다 버린 쪽박이야말로 그녀 자신이었다.

"어머니는 쪽박이 아니에요."

몽롱한 연기 속에서 다정한 목소리가 들려왔다. 뒤를 돌아
보니, 잔잔한 웃음을 지으며 자신을 바라보고 있었다. 그건 작
은아들의 눈빛이었다. 아지는 밖에 나갔던 은룡이 돌아왔나 싶

◆ 윤석중 작사, 홍난파 작곡의 동요 〈낮에 나온 반달〉 일부분.

어 주변을 둘러보았다. 방 안에는 쑥내 나는 연기만 동그랗게 내뿜고 있는 금룡이 비스듬히 누워 있을 뿐이었다. 버려지는 건 없어요. 봄처럼 오고 가는 것뿐이에요. 뿌연 연기 속에서 안쓰러운 눈으로 자신을 바라보는 것은 분명 은룡이었다.

넌 누구냐?

혼란스러운 아지는 두 손을 모으고 노래를 부르는 딸을 불러 앉혀 물었다.

작은오래비가 이야기를 한다니?

딸은 고개를 끄덕였다.

오빠는 이야기꾼이에요.

그렇다면 그 아이가 자신의 이야기를 듣고만 있었던 것인가. 자식이 벙어리가 아니라, 자신이 귀머거리였단 말인가. 어머니는 쪽박이 아니에요. 그래, 나는 쪽박이 아니었구나. 너는 그렇게 생각하는구나. 방 안을 가득 채운 푸른 연기 속에서 차분히 전해오는 은룡의 이야기를 들으며 아지가 중얼거렸다. 대체 이게 무슨 담배길래 말 못 하던 아이의 입을 열게 한다니.

'떨'이라고 불리는 대마초 장사로 금룡은 큰돈을 벌었다. 그는 개울가에서 기른 대마를 싸구려 럼주에 담갔다가 그늘에서 정성껏 말렸다. 차가운 불의 기운이 스민 대마초는 천국을 보고 싶어 하는 소비자들의 욕망을 충실히 들어주었다. 명품의 진가는 꺼내 보이지 않아도 사람들을 불러 모았다. 얼마 되지 않아 그의 도박장 앞에는 경향 각지에서 몰려온 구매자들이 줄을 이었다.

질 좋은 대마초의 소문은 급기야 왕궁에까지 이르렀다. 근래에 들어 담배의 판매가 줄어드는 걸 기이하게 여긴 전매청장이 수소문 끝에 담배 대신에 대마초를 피우는 이들이 늘고 있다는 사실을 알아냈다. 보고를 받은 애꾸왕은 대수롭지 않은 얼굴로 그걸 나라에서 팔아먹을 방안을 마련하라고 지시했다. 곁에서 듣고 있던 노동부 장관이 귓속말로 왕에게 그 부작용에 대해 속삭였다. 대마초라는 것이 담배보다 해독은 덜하지만, 그걸 피우면 세상만사가 나른해지고, 마음이 평온해져서 굳이 아등바등 살려 하지 않는다고 설명했다. 툭하면 화염병을 들고 거리로 몰려나와 악을 쓰는 대학생들로 골머리를 앓던 왕은 그걸 온 국민에게 널리 장려해야 하지 않겠느냐고 물었다. 노동부 장관은 백성들이 나태해져서 도무지 일할 생각도 않은 채 빈둥거리게 되어 나라 살림을 거덜 낼 것이고, 마음이 평온해진 군인들도 총을 들고 사람을 향해 쏠 생각 없이, 총구에 장미꽃을 매달고 기타만 튕기게 되리라고 경고했다. 이에 왕이 문득 '칼을 쳐서 보습을 만들고, 창을 쳐서 쟁기를 만든다'◆는 망

184

국의 징후를 근심하기에 이르렀다. 무엇보다 왕의 마음을 결정적으로 돌리게 한 것은 대마초라는 것이 베트남전을 반대하는 장발의 히피족들이 애용한다는 말이었다.

그날로 모든 경찰과 검찰과 정보기관을 동원하여 '대마 사범 일제 소탕 작전'이 벌어졌다. 왕은 국민들 사이에 독버섯처럼 번져나가는 마약을 근절하고, 국가 발전을 저해하는 퇴폐풍조를 일소하기 위해 비상조치를 선포했다.

도박장의 구석에서 대마초를 피우고 있던 금룡은 총을 들고 몰려온 경관들에게 '반국가 퇴폐풍조 사범'으로 체포되었다. 경찰서에 붙들려 간 금룡은 자신의 대마초가 옛날부터 전해오는 신토불이 전통 기호품임을 강변했지만 소용이 없었다. 대개 마약사범은 정신병원으로 이송되어 사지가 포박된 채 몇 달을 지내거나, 옥에 갇혀 몇 해 동안 징역을 살았지만 금룡은 벌금형을 받고 몇 달 만에 풀려나왔다. 거기에는 그와 거래하는 고객의 대부분이 주둔군 병사들이라는 점이 크게 작용했다. 질 좋은 마리화나의 공급처를 잃은 주둔군 병사들이 떼를 지어 경찰서 앞에 몰려가 "퍽큐!", "손 오브 비치!", "써킹 마이 애스홀!"

◆ 『구약성서』 미가서 4장에 나오는 말이나, 애꾸왕은 이보다 '너희는 보습을 쳐서 칼을 만들지어다. 낫을 쳐서 창을 만들지어다'라는 요엘 3장 10절을 개인적으로 숭앙하였다.

등과 같은 난해한 영어 욕설들을 퍼부어댔다. 그것은 당시 기초 영어 회화 강습을 다니고 있던 경관들에게 심한 좌절감을 주었다. 게다가 금룡이 양국 간의 친선 도모에 힘썼다고 받았던 주둔군 사령관의 표창장도 한몫을 단단히 했다.

여태껏 벌어둔 돈을 벌금으로 털린 금룡은 다시 당구장에서 큐대를 다듬는 신세가 되었다. 흥청거리며 지내던 그는 졸지에 한심한 처지가 되었다. 무엇보다 아지와 눈이 마주칠 때마다 '송충이는 솔잎을 먹고 살아야 한다'는 말을 들어야 하는 것도 여간 지겨운 일이 아니었다. 그의 입장에서 보자면, 사람은 대마초를 먹고 살아야 했다.

금룡은 이 나라에서 벌어지는 일들의 유효기간이 육 개월을 넘지 못한다는 사실을 알고 있었다. 화덕 위의 냄비처럼 펄펄 들끓다가도 시간이 지나면 언제 그랬나 싶게 조용해졌다.

개울가에 틈틈이 대마 씨를 뿌리며 재기를 꿈꾸던 금룡에게 청천벽력 같은 일이 닥쳤다. 텍사스촌에 주둔하고 있던 부대가 철수한다는 것이었다. 그들에 의지해 먹고살아오던 기지촌의 주민들은 충격과 절망에 빠졌다. 주민 대책위원회를 구성하여, '지역 경제 거덜 내는 주둔군 철수 반대!'라고 적힌 현수막을 57개나 만들어 골목마다 내걸고 근 한 달 넘게 소리쳤지만 소용이 없었다.

주둔군들이 떠나던 날의 텍사스촌은 비장했다. 주둔군의 국기를 손에 든 주민들은 길가에 늘어서서 '올드 랭 사인'을 부르며 이별을 슬퍼했고, 눈화장을 짙게 한 양공주들은 제 주소를 적은 쪽지를 주둔군 병사의 손에 전하며 손수건을 적셨다. "씨유 어게인!" 그러나 제 나라로 돌아가는 대로 초청장을 보내겠다고 굳게 다짐했던 이국의 병사들은 하나같이 함흥차사가 되었다. 미련을 버리지 못하는 양공주들이 연일 보내는 편지를 번역해주는 대서소만 호황을 누렸다. 답장이 오지 않은 채 수없이 띄우는 국제우편 속에는 으레 '나를 잊지 말라'는 내용의 팝송 노랫말이 동봉되었다.

주둔군이 떠난 텍사스촌은 그냥 아무것도 아니었다. 밤이면 오색 전등을 밝히고 흥청거리던 텍사스촌은 깊은 적막에 잠겼다. 눈치 빠른 몇몇 클럽들은 영문 간판을 내리고, '양산박'이니 '토담골'과 같은 한글 간판을 내걸었다. 양주 대신에 막걸리를 팔고, 양공주들은 한복을 입고 쇼윈도 안에 다소곳이 앉아 가뭄에 콩 나듯 찾아오는 내국인들을 기다렸다.

이런 노력에도 불구하고, 텍사스촌은 하루가 다르게 쇠락해 갔다. 빈 가게에 우두커니 앉아 파리채만 휘두르던 주민들은 하나, 둘 짐을 꾸려 떠나기 시작했다. 갈 데 없는 이들만 남아 초췌

해지는 서로의 얼굴을 쳐다볼 뿐이었다. 밤마다 주둔군 병사의 소매를 끌어 술집으로 꾀어 오던 건달들이나, 그들에게 몸을 팔던 양공주들에게는 혹독한 시절이었다. 먹고살려면 일을 해야 했지만 그들이 할 수 있는 일은 아무것도 없었다. 그들에게 남은 건 몸뚱이뿐이었다.

금룡이 새로 시작한 사업도 그와 관련될 수밖에 없었다. 수중의 돈이 떨어져 끼니마저 잇지 못하게 된 건달들은 피를 팔아 연명했다. '쪼록'◆이라고 불리는 매혈은 빈손들의 마지막 생계수단이었다. 병원은 수혈을 위해 피를 사들였지만 아무나 가능한 건 아니었다. 필요한 혈액형에 따라 하루에 소요되는 양만 매입했다. 피를 팔려는 이는 많고, 사들이는 양은 제한이 되어 매혈자들은 통금◆◆이 풀리자마자 병원으로 달려가 줄을 서야 했다. 새벽부터 굶주린 매혈자들이 창백한 얼굴로 병원 앞에 늘어서 있으면, 서류철을 든 간호원이 나와 그날 필요한 혈액형과 인원을 발표했다. 뒤에 서서 순서를 기다리던 이들은 어떻게든 제 피를 팔려고 새치기를 하고, 그때마다 주먹다짐이

◆ 이는 채혈을 하던 유리병에 피가 떨어지며 나는 '쪼록쪼록' 소리에서 기인하였다고 한다.
◆◆ 밤늦게 출출하다고 통닭집을 가거나, 자정이 넘은 시간에 떼를 지어 노래방을 가게 된 것은 그리 오래되지 않았다. 자정부터 새벽 4시까지는 전 국민이 일제히 잠을 자야 했다. 잠이 안 오면 우두커니 앉아 집 안에서 새벽을 기다려야 했다. 이를 통행금지라고 한다.

벌어져 병원 앞은 늘 사람들이 흘린 피로 얼룩져 있었다.

　명색이 보안관인 금룡이 그런 난장판을 외면할 수는 없는 일이었다. 뚱보의 눈을 피해 당구장을 벗어날 기회만 찾던 금룡은 치안 유지라는 이유를 내세워, 새벽마다 병원으로 달려갔다. 새 아침운동 모자를 쓴 금룡은 무질서하게 늘어선 매혈자들을 혈액형별로 줄을 세웠다. 그리고 달력 종이를 찢어 제 도장을 찍은 번호표란 걸 나눠주어 순서를 정해주었다. 날마다 주먹다짐을 벌이던 병원 앞은 조금씩 질서가 잡혀갔다. 아침마다 벌어지는 혈투의 장면에 질려 있던 간호원들도 그의 노고를 치하했다. 필요한 혈액형과 매혈자의 인원을 미리 알려주고 그에게 진행을 맡겼다. 오는 게 있으면 가는 게 있고, 떡을 만지다 보면 고물이 묻게 마련이었다. 매혈자들의 일용할 목숨은 이제 금룡의 손에 맡겨졌다. 그의 비위를 거슬렀다간 아무리 노숙을 하며 일착으로 달려와도 피를 팔 수가 없었다. 그 와중에 '와이로'가 오고 갔다. 예외가 없는 법이 어디 있으며, 새치기가 없는 줄이 세상에 어디 있겠는가. 금룡은 제게 부여된 특권을 이용해 매혈의 순서를 정하고, 그에 따른 약간의 수고비를 받았다. 소주 한 병 분량에 해당하는 피의 값은 공식적으로 4290원이었다. 그 가운데 국가방위세 7%와 소득세 3%를 떼고 남은 3861원을 받았다. 그 돈에서 10퍼센트에 해당하는 수고비를 금룡은 마지못해 받았다. 날마다 그의 주머니에 들어오는 돈은 적지 않았다. 벼룩의 간을 빼 먹고, 개미 다리의 피를 빨아 먹는다며 불만을 내어놓는 이들도 없지 않았지만, 그들은 영원히 매혈의 기회를 잃어야 했다. 그건 피에 관한 아주 오래된 불문율이었다.

새아침운동 모자를 삐딱하게 걸친 금룡이 매혈자들을 모아놓고 연설한 바에 따르면, 피는 고대로부터 생명의 근원이요, 신성한 믿음의 증표였다. 신에게 바치는 대속물이기도 했고, 인간 상호 간의 믿음과 서약을 보증하는 증거이기도 했다. 피의 값은 하늘이 정한 약조에 따라 엄중히 지켜야 했다. 그것은 신의 몫으로 정한 십분의 일이었다. 유감스럽게도 신은 먼 하늘에 계신 데다, 은행 통장도 없어서 부득이 지상의 대리인이 필요했다. 이 텍사스촌에서 누가 그 신성한 사역을 대신할 수 있겠는가. 금룡은 자신이 그 대리인이라는 말은 결코 하지 않았다. 뒤편에서 전당포 주인인 김 씨를 추천한 이가 있었지만, 그는 잠시 후에 채혈하기에 혈색이 너무 안 좋아 보인다는 이유로 쫓겨나야 했다. 결국 하겠다는 사람이 없어, 금룡이 마지못해 대리인이 되어주었다.

금룡이 대리인이 되자 매혈은 화기애애한 분위기 속에서 진행되었다. 피를 판 건달들은 모처럼 주머니에 돈이 들어온 기뿜을 억누르지 못하고, 금룡의 도박장으로 달려왔다. 핏값으로 받은 3475원은 다음에 피를 뽑을 때까지 먹고살기에 턱없이 모자란 금액이었다. 매혈자들은 이래 죽으나 저래 죽으나 한 놈에게 몰아주자고 생각했다. 그들은 그 한 놈이 자신이라는 대책 없는 믿음을 지니고 있었다.

가진 게 몸뚱이밖에 없는 매혈자들에게 피는 먹고살기 위한 유일한 수단이었다. 하지만 피는 무한정 팔아먹을 수 없었다. 병원에서는 매혈자도 기계가 아니라 엄연히 피가 돌아야 살아가는 사람이라는 점을 잊지 않았다. 그래서 뽑은 만큼의 피가 다시 보충되는 기간 동안은 매혈을 금지시켰다. 채혈을 하고 나면 매혈자의 팔뚝지에 거무스름한 멍이 생기는데, 그 흔적이 남아 있으면 아무리 울고불고 매달려도 채혈을 해주지 않았다. 그건 매혈자들이 무분별하게 피를 팔다가 사망하는 사고를 예방하기 위한 인도적인 방침이었다. 일부 매혈자들은 팔뚝에 남은 멍 자국을 여성들의 색조화장품으로 두텁게 발라 연거푸 피를 파는 경우도 있었다. 피가 모자라 쓰러지더라도 당장 필요한 것은 돈이었다.

그런 중에 사고가 일어났다. 채혈의 흔적을 숨기고 연거푸 매혈을 하던 건달 하나가 사망한 것이다. 유난히 눈이 퀭하고 안색이 창백하던 건달은 한 달 동안 무려 여덟 번이나 피를 뽑았다고 했다. 소주병으로 여덟 개나 되는 피를 판 돈은 어디로 갔을까. 유감스럽게도 도박장에서 그가 기다리던 행운의 카드는 번번이 빗나갔다. 마지막 핏값마저 도박으로 날린 그는 금룡에게 돈을 꾸어달라고 사정했다. 앞서 빌려간 돈도 갚지 못한 상태인지라 금룡은 '내일 피를 팔아 갚겠다'는 그의 청을 들어줄 수 없었다. 금룡은 말없이 도박장의 벽에 걸린 문구를 가리켰다.

'오가는 현금 속에 싹 트는 명랑 사회'.

한동안 금룡은 떨떠름한 기분으로 지냈다. 흙을 퍼다 장사할 수는 없는 일이라고 자위해보았지만, 꺼림칙한 기분은 가시지가 않았다. 도박장을 그만둘까도 생각했지만, 그런다고 해결될 일이 아니었다. 도박장이 문을 닫으면 매혈자들은 땅바닥에 주저앉아 '두 장 보기'를 할 것이고, 열에 아홉은 빈손이 될 게 뻔했다. 방에 들어앉아 한숨만 쉬는 그를 은룡이 물끄러미 바라보았다.

"아홉이 굶어서 한 사람을 살리라구?"

은룡은 혈색이 가장 안 좋은 사람에게 목돈을 쥐어주라고 조언했다. 그건 그리 어려운 일은 아니었다. 도박판에서 카드를 나눠주는 금룡이 제 마음대로 패를 주무르는 것쯤은 누워서 떡 먹기였다. 어려서 부친이 무릎에 앉혀놓고 가르친 밑장 빼기,

소매 속으로 패 숨기기, 좋은 패 감추고 돌리기, 패 바꿔치기의 손재주는 수준급이었다. 게다가 동서양의 꾼들이 현란한 기술들을 선보이는 텍사스촌의 도박판에서 실력을 쌓은 금룡은 포커, 세븐 오디, 하이로우, 훌라, 바둑이, 깜깜이에 이르기까지 웬만한 선수들도 감당 못 할 실력을 지니고 있었다. 도박장 주인이 판에 낄 수 없어 그동안 자제해왔을 뿐이었다.

미심쩍기는 했지만 아우가 시킨 대로 낯빛이 창백해 보이는 이에게 좋은 패를 나눠주어 목돈을 쥐게 했다. 혈색으로 보아 그 돈을 잃었다면 연거푸 피를 뽑다가 죽었을 매혈자들에겐 구사일생의 돈이었다. 자연스레 목돈은 골고루 돌아가게 되었다. 돌아가며 한몫씩 잡은 건달들의 얼굴에 모처럼 웃음이 감돌았다. 빈손이 된 이들도 개평을 나눠줘 예전처럼 당장 배를 주리지는 않게 했다. 그러자 연거푸 피를 뽑다가 죽는 이도 나오지 않게 되었다. 금룡은 도박장의 벽에 걸린 구호를 바꾸었다.

'오가는 개평 속에 싹 트는 명랑 사회'.

어느 정도 도박장 분위기가 안정되자, 금룡은 아우의 아이디어로 밥집을 하게 되었다. 병원 앞에서 대리인 노릇을 하며 챙기던 수고비를 반으로 줄이고, 판돈의 일부를 떼어 도박장을 드나드는 매혈자들에게 한 끼라도 밥을 먹이는 것이었다. 자신의 수고비를 줄이는 게 마뜩잖았지만 금룡은 아우의 말을 따르기로 했다. 뭐가 뭔지 모를 때는 그의 말을 따르는 게 옳았다.

돈을 쥐는 대로 도박이나 술로 탕진하고 굶주리다가 쓰러지는 이들을 보아온 터라, 매혈자들은 마다하지 않았다. 적어도 몸 안의 피가 만들어질 때까지는 굶어 죽지 말자는 말에 공감했다.

"말하자면 가부시끼루 생명보험을 들어두자는 거네, 뭐."

금룡은 스무 명 가까이 모인 매혈자들에게, 피로 맺은 사이를 강조하며 결속을 다짐했다. 그렇게 시작된 모임이 날로 늘어 '혈우회'라는 이름까지 내걸게 되었다. 당구장에 붙은 창고를 식당으로 꾸미고, 요즘 들어 한가해진 양공주들에게 돌아가며 부엌을 맡겼다. 실비이기는 해도 주변의 매혈자들이 모여들며 밥집은 날로 번창해갔다.

10.

그렇게 몇 해가 지나고, 아지의 막내딸도 어엿한 숙녀가 되었다. 말희는 여름날의 저녁 아홉 시 무렵이면, 천변에 나가 '남몰래 흐르는 눈물'이나 '어떤 개인 날'을 불렀다. 그녀가 노래를 부르면, 개울 속에서 이를 갈듯 울어대던 개구리들도 입을 다

물고, 술에 취해 싸움을 벌이던 건달패들도 넋을 놓고 노래에
귀를 기울였다.

　그녀는 성악가가 되기 위해 음악대학에 진학하고 싶었다.
유감스럽게도 그녀의 집은 그럴만한 형편이 되지 못했다. 삯바
느질과 빨랫일로 허리가 휘도록 일하는 어미에게 그녀는 그런
이야기를 내어놓지 못했다. 한몫 잡으면 이탈리아로 유학을 보
낼 테니 걱정하지 마라는 큰오라비의 말도 기대할 바가 못 된
다는 걸 일찌감치 알고 있었다. 말희는 제힘으로 꿈을 이루겠
다고 다부지게 마음먹었다. 해가 저무는 방죽에서 개구리들을
앞에 놓고 노래하지만 그녀는 머잖아 자신의 꿈이 이뤄지리라
는 기대를 버리지 않았다.

　그리고 그런 기대에 응답이 왔다. 비록 지금은 형편상 잠시
쉬고 있지만, 한때는 주둔군 병사들이 버글거리는 클럽에서 밴
드를 운영하던 악사가 천변을 산책하다 그녀의 노래를 듣게 되
었다. 그는 단번에 그녀가 뛰어난 가수가 될 재목이라는 걸 알
아챘다. 그는 천변에 주저앉아 그녀의 노래를 개구리들과 함께
경청하고는 뜨거운 박수를 보냈다.

　난데없는 박수 소리에 놀란 말희에게 악사는 정중히 자신을
소개했다. 자신이 한때 유명 악단의 악사였으며, 방송국에도
막역하게 지내는 친구들이 널려 있으며, 이름만 대면 다 아는

유명 가수들을 길러낸 장본인임을 밝혔다. 청산유수 같은 그의 말에 따르자면, 안 되는 일이 없었다. 대학이건, 성악이건, 이탈리아 유학이건 그는 당연히 해야 할 일처럼 고개를 끄덕였다. 다만 그러기 위해서는 약간의 돈과 연습이 필요하다고 일러주었다. 무엇보다 연습은 실력을 제대로 갖춘 지도자에게 받아야 하는데, 그런 점에서 그녀는 행운이라고 축하했다. 바로 자신이 몇 안 되는 지도자 중의 한 사람이며, 그런 자신을 천변에서 우연히 만나게 된 건 엄청난 행운이라고 했다. 그는 이제 그녀의 고생은 끝나고, 화려한 날들이 이어질 것이라고 확언했다. 실의에 빠졌던 그녀에게 그의 말은 큰 힘이 되었다.

이튿날부터 악사는 주둔군들이 버리고 간 컨테이너 박스에서 말희에게 가창 연습을 시켰다. 그는 성악의 발성법 대신에 우선 대중에게 인기가 있는 트로트의 창법을 가르쳤다. 호소력 있는 감정의 전달과, 흐느끼듯 솟구쳤다가 울대를 꺾으며 내는 소리로 — 그건 거의 기러기가 우는 소리를 닮았다 — '동백아가씨'와 '공항의 이별' 같은 노래를 부르게 했다. 그의 견해에 따르면, 그녀의 노래는 지극히 순수해서 천상의 천사들이 즐길 만하다고 칭찬했다. 유감스럽게도 그녀가 오를 무대의 관객들은 노래에 맞춰 엉덩이를 흔들며 어깨춤을 즐기는 인간들이라고 했다. 그래서 약간의 조정이 필요하다는 것이 그의 의견이었다.

몇 달간, 컨테이너 박스에서 약간의 조정 연습을 받은 말희는 '니캉내캉'이라는 변두리의 카바레에서 노래를 부르게 되었다.

"너무나도 그님을 사랑했기에⋯."

이런 노래를 부르는 게 썩 내키지 않았지만, 제 노래로 돈을 벌 수 있으며, 그 돈을 모아 대학에 들어가 성악을 공부할 수 있으리라는 생각에 그녀는 참을 만했다. 그녀는 번쩍거리는 불빛 아래 남녀가 부둥켜안고 춤을 추는 카바레에서 꺾임과 호소력을 더해 열심히 노래를 불렀다. 그러나 악사의 지도와 부단한 조정 연습에도 불구하고, 그녀의 노래는 세상의 모든 고민과 근심을 잊게 하는 힘을 잃지 않았다. 고민과 근심을 잊은 인간이 할 게 뭐가 있겠는가. 잠뿐이었다. 그녀가 노래를 하면 카바레의 손님들은 평안하다 못해 깊은 잠 속에 빠져들었다. 무도장을 가득 메운 손님들은 춤을 추다가 선 채로 잠이 들었다. 어떤 주당도 잠든 채 술을 마실 수는 없었다. 카바레의 매출은 눈에 띄게 줄어들었다.

매상에 지대한 악영향을 준다는 이유로 말희는 얼마 지나지 않아 쫓겨났다. 악사는 포기하지 않고 그녀를 다른 카바레나 나이트클럽에 출연시켰다. 그러나 그녀는 가는 곳마다 몇 달을 넘기지 못하고 무대에서 내려와야 했다.

"노래는 좋은데 졸려."

사장들의 공통된 해고 사유였다. 화평케 하는 자는 복이 있
나니, 저희가 해고를 당할 것이라는 게 카바레의 성구임을 그
녀는 알지 못했다.

이즈음에서 애꾸왕의 이야기가 이어진다.

세계적이기를 바라던 왕은 고속도로를 만들기로 했다. 세상
에서 가장 싸고 빨리 완성하는 고속도로의 비결은 간단했다.
왕이 몸소 지도를 펼치고 자를 대어 일직선으로 그으면 고속
도로가 되었다. 그 선에 걸리는 모든 산은 무너져야 했고, 강은
물길을 돌려야 했으며, 마을은 두 동강이가 나고, 묘지에 묻힌
혼령들은 알아서 제 발로 옮겨가야 했다. 까라면 까는 시절이
었다. 귀신에게도 열외는 없었다.

고속도로 공사에 동원할 인부가 모자랐지만 별문제가 되지
않았다. 다시 '깡패 일제 소탕령'이 내리고, 생업인 주먹질만 성
실히 행하던 깡패들은 줄줄이 포승줄에 묶인 채 군용트럭에 실
려 공사장으로 동원되었다. "만만한 게 또 우리냐"며 '애국깡패
연합회'라는 곳에서 '국민 여러분께 드리는 호소문'을 지방신문
에 5단 광고로 실었다가 깡패 회장은 물론이고, 신문사 편집장

까지 공사장에 붙들려가 삽을 잡아야 했다. 깡패로도 일손이 채워지지 않자 비상수단이 동원되었다. 길거리에서 지나가는 여자에게 눈을 끔벅이던 총각과, 시장 대폿집에서 막걸리를 마시며 왕을 비난하던 촌로와, 고기를 잡으러 갔다가 태풍이 불어 북쪽 바다까지 떠밀려갔다 간신히 돌아온 어부들과, 일없이 밥만 축내며 허튼소리로 세상을 비관하는 시인들과, 이유 없이 머리털과 코털을 길러 남에게 혐오감을 준 사람들도 공사장에 투입되었다.

이런 노력의 결과로 첫 삽을 뜬 고속도로 공사는 공기를 일년이나 단축해 완공되었다. 공사 과정 중에 77명의 노무자가 목숨을 잃었는데, 폭약 때문에 죽은 이들이 상당했다. 이 난공사에 희생된 것은 노무자만이 아니었다. 신분이 공개되는 것을 꺼려하는 한 민속학자의 말에 따르면, 고속도로 공사를 하던 인부들이 매운탕거리로 물고기를 잡으려고 폭약을 강에다 터뜨리는 바람에, 강이나 못에서 등천을 기다리던 이무기들이 떼죽음을 당했다는 충격적인 증언이 있었다. 학계의 보고에 따르면 벼락폭포 밑의 용소에서 살던 길이가 29.75미터나 되는 이무기를 비롯해 총 19마리가 희생된 걸로 알려졌다. 학계의 끈질긴 탐사와 추적에도 불구하고, 그 후로 용의 등천은 목격된 바가 없으며 이무기도 발견된 사례가 없다고 한다.

고속도로를 완성한 왕은 자신의 왕국이 세계에서 가장 행복한 나라라고 선전했다. 그런데 세계 일주를 다녀온 어느 여행가가 등장했다. 그는 자신이 여행한 나라들의 아름다운 풍경과 행복하게 사는 모습을 담은 책을 출간했다. 비행기라는 건 폭탄을 터뜨릴 때나 쓰는 걸로만 알고 있던 국민들은 가보지 못한 외국의 여행기를 읽으며 급격히 불행해졌다. 얼마 후, 집에서 자고 있던 그 여행가는 야심한 시간에 침실 문을 두드리는 소리를 들어야 했다. 그는 얼굴에 복면을 뒤집어쓴 채 어디론가 끌려갔다. 그리고 한 달 후에 한쪽 수염을 뽑힌 채 텔레비전 방송에 나타나, 이 나라야말로 세계에서 가장 아름답고 행복한 나라이니 쓸데없이 외국을 둘러보러 다니지 말라는 이야기를 남기곤 다리를 절며 사라졌다.

애꾸왕은 사실 소심하고 열등감이 많은 사람이었다. 무엇보다 그를 불안하게 하는 것은, 자신이 왕좌를 차지한 일이 너무도 쉬웠다는 사실이었다. 전차 몇 대와 졸개들을 거느리면 누구나 할 수 있는 일이었다. 왕은 누군가 그 쉬운 일을 저지를지도 모른다는 생각에 잠을 이루지 못했다. 왕궁 주변에 엄청난 전차와 군인들을 세워두었지만, 막상 코앞에 늘어선 그 군대와 전차가 자신이 잠들어 있는 침실로 밀고 들어올지도 모른다는 불안에 시달려야 했다.

그런 불안은 가뜩이나 소심한 왕에게서 잠을 빼앗아갔다. 고질이 된 불면증은 그의 골수를 마르게 하고, 신경을 쇠약하게 만들었다. 왕은 불면과 나랏일로 지친 심신을 달래기 위해 밤마다 젊은 여인들을 궁궐로 불러들였다. 왕의 심신이 평안해야 나라가 태평해지는 법이었다. 온갖 난잡한 외도와 젊은 여자들의 육체로도 고질인 불면증은 낫지 않았다. 잠들지 못한다는 사실을 잊기 위해 그는 날마다 만취하였다. 취한 건지 잠든 건지 모를 상태로 왕은 길기만 한 밤을 보내고 다시 새날을 맞아야 했다. 그건 또 다른 밤의 시작이었다.

그러던 어느 날, 나이트클럽에 들렀던 왕의 시종이 말희의 노래를 들었다. 밤마다 왕의 침실에 들일 여자를 구하는 채홍사 노릇을 하던 시종은 세상의 모든 근심을 잊게 하는 말희의 노래에 큰 감동을 받았다. 모처럼 단잠에 빠져들었던 시종은 '이제는 우리가 떠나야 할 시간, 다음에 또 만나요!'라는 마지막 음악 소리에 눈을 떴다. 그리고 동석했던 마누라가 가자미눈을 뜨고 째려보는데도 불구하고, 지배인에게 말희에 대한 신상정보를 꼬치꼬치 캐물었다.

며칠 지나지 않아, 채홍사는 말희를 찾아갔다. 왕궁의 시종이라고 자신을 소개한 그는 그녀의 노래에 깊은 감동을 받았으며, 그 감동을 귀한 분에게도 전해드리고 싶다고 정중히 부탁했다. 그는 싸구려 나이트클럽의 무대에서 노래 부르지 않아도 될 만큼 넉넉한 보수와 그에 합당한 대우를 약속했다. 그의 제안은 정중했고 믿음직했다. 아직도 약속을 지키지 못하는 악사 때문에 실망하고 있던 말희에게 그의 제안은 달콤했다. 중간에 끼어들어 계약상의 문제니, 소속사의 권리를 떠들던 악사는 누군가 잠깐 보자는 말에 밖으로 불려 나갔다. 그리고 악사는 밤이 늦도록 돌아오지 않았다.

이튿날 악사에게서 전화가 걸려왔다. 무조건 시종이 시키는 대로 따르라고 했다. 악사의 목소리는 잔뜩 쉰 데다가 심하게 떨렸다. 말희는 시종의 제안을 받아들이기로 했다.

시종은 악사와 달리 자신의 말을 지켰다. 말희는 며칠 후에 왕궁에 들어가 노래를 부르리라는 약조를 받았다. 딸이 왕궁에서 노래를 부르게 되었다는 말에 아지는 대견스럽기도 하고 걱정스럽기도 했다. 관청을 제집 드나들듯이 하리라던 금룡이 노상 경찰서나 불려 다녀 상심하고 있던 터였다.

"어쩌면 왕이 내 노래를 들을지도 몰라요."

말희는 설레는 목소리로 어미에게 말했다. 그 말을 들은 아지는 왠지 딸의 앞날이 걱정되었다.

"네 노래가 세상을 평안하게 잠재우겠지만, 너는 누가 평안하게 해줄꼬?"

"난 노래를 부르면 돼요."

딸의 노래는 아름다웠다. 아이가 노래하면 노간주나무에 숨어 울던 어치도 입을 다물고, 시렁 속에서 누룽지를 갉던 생쥐나 밤새 장지문을 흔들던 바람도 잠잠해졌다. 아이의 노래는 세상을 잠들게 하고, 끓는 물처럼 펄펄 뛰던 사람도 고요하게 하는 힘이 있었다. 아이의 노래는 모두를 행복하게 만들었다. 아지는 그런 노래가 딸을 행복하게 하지 못하는 게 안타까웠다. 천국이 있다면 바로 거기에서나 들을 듯한 노래였건만 막상 아이는 자신이 부르는 노래의 아름다움을 느끼지 못했다. 너무 아름다워. 이런 칭찬의 말에도 아이는 '그래요?'라고 물을 뿐, 듣는 사람이 느끼는 감동과 평안을 느끼지 못했다. 그러면서도 아이는 잠시도 노래가 없이는 살지 못했다.

아이는 제대로 노래 공부를 하기 원했다. 더 배울 게 없을 만큼 아름답다고 아무리 설득해도 아이는 제 노래에 만족하지 못했다. 그 애는 늘 노래를 부르다가 상심한 채 눈물을 흘리며 잠이 들었다. 아지는 딸의 머리를 쓰다듬으며 위로했다.

"너도 네 아름다운 노래를 들을 수 있으면 좋겠구나."

말희는 왕궁으로 불려가게 되었다. 왕궁으로 향하는 고급

승용차 안에서 시종은 그녀가 왕의 앞에서 노래를 부르게 된 다는 사실을 일러주었다. 그는 몇 가지 당부를 했다. 왕이 묻는 말에만 대답을 할 것, 왕이 시키는 대로 따를 것, 왕궁에서 일어 난 일은 일체 비밀에 부칠 것.

번쩍거리는 대리석으로 둘러싸인 궁궐은 세상의 모든 소리 를 집어삼킨 듯이 적막했다. 미동도 않고 서 있는 경비원들에 게선 숨소리조차 들리지 않았다. 말희는 애꾸왕의 침소로 안내 되었다. 적잖이 당황했지만 그녀는 긴장이 되어 무어라 물어볼 엄두도 내지 못한 채 따라갔다. 술상이 차려진 방 안에는 병풍 이 쳐져 있었는데, 그 뒤에는 악기를 연주할 악사들이 숨소리 도 내지 않고 대기하고 있었다. 한 손에 술잔을 든 왕은 시큰둥 한 눈으로 말희를 훑어보았다. 큼지막한 보료방석에 기대앉은 왕은 입도 열기 귀찮다는 듯 고개를 끄덕였다. 그녀는 떨리는 가슴을 쓸어내리며 노래를 부르기 시작했다.

    깊고 깊은 산골짝에
    오막살이 집 한 채
    금을 캐는 아버지와
    예쁜 딸이 살았네 ◆

노래가 시작되고, 병풍 뒤에서 악기들의 반주 소리가 잔잔히 울려 퍼졌다. 방 안을 채운 노래는 왕에게 이르렀다. 별반 기대를 않고 듣던 왕의 얼굴에 잔잔한 감동의 물결이 퍼져나갔다. 그 물결은 오랜 불면에 지친 왕의 전신을 감미롭게 적셔왔다. 손만 대면 툭 소리를 내며 끊겨 나갈 듯 팽팽한 신경 줄들이 부드럽게 이완되며, 한시도 쉼이 없이 귓속에서 맴돌던 전차의 캐터필러 소리가 어느 결에 잠잠해졌다. 그건 경이롭고 놀라운 일이었다. 왕의 눈앞에는 어느 결에 고즈넉한 산골짝의 풍경이 펼쳐졌다. 잔잔히 불어오는 바람에 나뭇잎들이 흔들리며 풍금을 치듯 숲을 거니는 바람 소리가 들려왔다. 연록의 그늘에 가려진 숲의 가운데에 오막살이가 한 채 놓여 있고, 철모르는 딸이 섬돌에 걸터앉아 금을 캐러 간 아비를 기다리고 있었다. 자신도 느끼지 못하는 사이에 눈이 축축이 젖어왔다. 당황한 왕은 흘러내리는 눈물을 검은 색안경으로 가린 채, 그녀에게 계속 노래를 부르라고 손짓을 했다. 그녀가 몇 곡의 노래를 이어 부르고 났을 때, 왕은 침대에 비스듬히 누운 채 깊은 잠에 빠져 있었다.

◆ 〈클레멘타인〉이라고 소개된 〈Oh My Darling, Clementine〉이란 곡은 미국 서부 개척기의 골드러시를 배경으로, 딸을 잃은 광부의 심경을 담은 민요이다. 퍼시 몬트로즈가 1884년에 작곡한 것으로 알려져 있다.

모처럼 달게 든 잠에서 깨어난 애꾸왕은 말희부터 찾았다. 집으로 돌아갔다는 채홍사의 말에 왕은 당장 그녀를 데려오라고 시켰다. 한 달에 한 번씩 오기로 했다는 말에 왕은 불같이 화를 냈다. 영영 돌아오지 않을 것처럼 여겨졌던 잠을 되찾았다는 사실에 왕은 어린아이처럼 기뻐했다.

그날부터 말희는 왕궁에서 지내게 되었다. 왕은 그녀의 노래를 들어야 잠들 수 있었다. 그건 경이였고, 축복이었다. 가슴 속에서 벌레처럼 날뛰던 시름과 근심들이 그녀의 노래를 들으면 눈 녹듯이 사라졌다. 불면의 밤을 홀로 지새울 수 없어, 여자를 번갈아 들이며 카마수트라의 온갖 체위를 즐기던 왕은, 이제 말희를 만나 참된 평안을 얻었다. 오입쟁이인 왕은 말희를 껴안을 틈도 없이 잠에 빠져들어 다행스럽게도 그녀는 순결을 지킬 수 있었다.

날이 갈수록 왕은 말희의 노래에 깊이 빠져들었다. 그녀를 만나기 전에도 숱한 여가수들이 왕의 침소로 불려왔지만, 한 달을 채우지 못하고 내쳐졌다. 어쩌다가 검은 색안경을 벗은 왕의 용안을 목격한 여자들은 동남아의 후미진 호텔방에 유폐된 채 영영 돌아올 수가 없게 되었다. 변덕 많은 왕의 마음을 사로잡은 말희는 그런 처지는 아니지만, 가족과 헤어져 궁궐에서 갇혀 지내는 게 불만이었다. 왕에게 몇 차례나 외출을 청했지만 거절당했다. 왕은 그녀에게 손가락마다 귀한 보석으로 만든 반지를 끼워주고, 유명한 음악가를 불러다가 성악을 배우게 해주었지만 잠시도 곁을 떠나는 것은 허락하지 않았다.

말희에 대한 집착이 깊어지면서 왕의 가슴속에는 불안이 싹텄다. 언젠가 그녀가 곁을 떠나게 될 상황과 또 자신이 맞이하게 될 불면의 밤은 생각만 해도 끔찍했다. 전전긍긍하는 왕에게 채홍사인 시종이 묘안을 일러주었다. 그녀가 혼자서는 한 발짝도 왕궁 밖으로 나갈 수 없도록 만들자고 했다. 그건 눈을 멀게 하는 것이었다. 아끼는 여자를 장님으로 만든다는 게 꺼림칙했지만, 그녀를 잃는 것보다는 나았다. 그녀를 영원히 곁에 둘 수 있다면 무엇이든 할 수 있었다. 시종은 그녀가 고통 없이 서서히 시력을 잃게 하는 비약을 지어왔다. 부자와 복어의 알과, 석청과 때죽나무 뿌리에 중국의 왕실에서 전해오는 비방의 물질을 섞어 만든 약이었다. 시종은 말희에게 목청이 트이고, 건강에 좋은 약이라며 마시게 했다. 그녀는 시키는 대로 시커멓고 쓴 약을 마셔야 했다.

그런데 시종이 은밀히 비약을 지어가는 한약방에는 젊은 한의사가 있었다. 그는 사람의 시력을 잃게 하는 약을 정기적으로 지어가는 고객이 수상쩍게 여겨져 은밀히 그 뒤를 캐보았다. 지금은 늙어서 진료를 할 수 없는 아버지에게 의술을 전수

받은 한의사는 무전당원이었다. '무전당(無錢黨)'은 왕의 독재를 무너뜨리기 위해 싸우는 지하조직이었다. 그들은 '우리도 한번 잘살아보세'라는 왕의 경제 지상주의에 맞서 '우리도 여러 번 잘살아보세'라는 기치를 내걸었다.

「근대화의 아웃사이더」◆라는 보고서에 따르면, '무전당'은 교도소에서 탈옥한 죄수들이 경찰과 대치 중에 외친 '무전유죄, 유전무죄'라는 말에서 시작되었다고 한다. 돈이 죄를 결정한다는 탈옥수들의 외침에서 깊은 각성을 얻은 이들이, 돈이 지배하는 세상을 무너뜨리고 돈으로부터 인민들을 해방시키자고 뜻을 모아 비밀결사체를 만들었다. 그들은 돈을 원수로 여겨 '돈 없는 세상의 실현'을 강령으로 삼았다. 지폐에 그려진 왕의 두 눈에 구멍을 내거나, 부자들의 집을 털어 '돈 없는 가정'을 만들었고 돈을 무력화하기 위해 위조지폐를 만들어 시중에 퍼뜨렸다. 수채화물감으로 그린 위조지폐는 색이 번지거나, 워낙 조악하여 눈이 어두운 시골 노인들이나 이따금 속아 넘어갈 수준이었다. 무전당원들은 무소유와 무차별을 자신들의 사상으로 삼고 실천해나갔다. 그들은 돈이 없어 금식을 밥 먹듯이 하고, 돈 없이도 살기 위해 부자들의 옷이나 돈을 빼앗았다.

◆ 우리역사연구 집단 논총, 『근대사 총서』 '사회 정파 편' 3권.

그때마다 그들은 '네 것이 내 것이고, 내 것이 네 것이라'는 무차별의 사상을 설파했다. 그러나 '내 것'이라고는 불알 두 쪽밖에 없는 무전당은 항간의 비난에 대해, 아무것도 없는 자신들의 적수공권이야말로 해방된 인간의 이상형이라고 항변했다.

젊은 한의사는 비밀조직망을 통해 수상한 고객이 왕의 심복이며, 눈을 멀게 하는 약을 왕이 총애하는 여가수에게 먹이고 있다는 사실을 알아냈다. 왕의 행복은 그의 불행이었던 한의사는 그날부터 약재들을 눈치 못 채게 바꾸었다. 그리고 약을 가지러 온 시종에게, 비약이 자칫 심장에 치명적인 부작용을 일으켜 생명을 잃게 할 수도 있어 복용하는 사람의 용태를 정기적으로 진단해야 한다고 일렀다. 왕이 귀히 여기는 여인이 변을 당한다면, 그날로 저도 그 곁에 함께 묻힐 것을 번연히 알고 있던 시종은 덜컥 겁이 났다. 고심 끝에 그는 한의사를 왕궁으로 데리고 들어갔다.

말희를 만나게 된 한의사는 구중궁궐에 갇힌 채 서서히 시력을 잃어갈 그녀가 안쓰럽게 느껴졌다. 그는 주변의 감시가 소홀한 틈을 타 그녀에게 왕의 흉계를 일러주었다. 그렇잖아도 약을 먹으면서 눈이 침침해지는 걸 느끼던 말희는 크게 놀라며 두려움에 휩싸였다. 젊은 한의사는 해독의 약을 처방하고 있으니 크게 걱정하지 마라고 그녀를 안심시켰다. 그러고는 눈이 어두워진 시늉을 하면서 기회가 되는 대로 왕궁에서 달아나라고 일러주었다.

한의사가 다녀간 뒤로 말희는 달아날 기회를 살폈다. 마침 모내기 철을 맞아 왕이 지방을 순시하러 왕궁을 비우게 되었다. 하늘이 내려준 기회였다. 그녀는 그 틈을 이용해 왕궁에서 빠져나왔다. 그리고 한의사가 일러준 대로 집으로 가지 않고, 한약방을 찾아갔다. 한의사는 그날로 짐을 꾸려 그녀를 조직원의 집으로 데려갔다.

말희가 달아난 걸 알게 된 왕은 격노했다. 산 채로 땅에 묻힐 위기에 빠진 시종은 검은 안경들을 풀어 그녀를 찾게 했다. 내심 짚이는 데가 있어 한약방에 들렀으나 그곳엔 당분간 휴업한다는 팻말만 붙어 있었다. 시종은 검은 안경들을 통해, 그곳의 젊은 한의사가 무전당원이며 한약방을 거점으로 오래전부터 지하조직에 자금을 제공해왔다는 사실을 밝혀냈다.

그 사실은 왕을 더욱 격분하게 만들었다. 하늘이 보내준 천사를 잃은 충격도 컸지만, 말희가 사상이 불순한 무전당원과 눈이 맞아 달아났다는 사실에 왕은 치를 떨었다. 왕은 눈에 뵈는 모든 것들의 정강이를 걷어차며 분노했다. 지금도 다리 하나가 부러진 채 서 있는 왕궁의 돌사자도 그때 왕이 걷어찬 것이라고 한다. 두어 달이 지난 후, 채홍사 노릇을 하던 시종은 어느 강변에서 다리가 부러진 시신으로 발견되었다.

불똥은 금룡의 집으로도 뛰었다. 느닷없이 검은 안경들이 들이닥쳐 집 안을 들쑤시고, 말희의 행적을 캐물었다. 아지가 덮고 있던 이불 속까지 털어내고도 단서를 찾아내지 못한 그들은 반짇고리를 털어 크고 작은 바늘들과 골무의 용처까지 낱낱이 물어 수첩에 적고서야 돌아갔다.

근 한 달이 넘도록 나라 안을 다 뒤졌지만 말희의 종적은 묘연했다. 왕은 다시 도진 불면증에 시달려야 했다. 새로 채홍사가 된 심복은 밤마다 말희와 닮은 여인들을 돌아가며 왕의 처소에 집어넣었지만 하루를 넘기지 못하고 쫓겨났다. 크게 낙심한 왕이 혼잣말처럼 중얼거렸다.

"아무래도 내가 그 애를 사랑했나 봐."

사랑이든 아니든, 말희의 노래를 들을 수 없게 된 왕은 다시 뜬눈으로 밤을 새워야 했다. 밤마다 주색에 빠져 지내며, 실성한 사람처럼 지내던 왕은 어느 날 검은 색안경을 쓴 채 죽음을 맞이했다. 말희가 사라지고 49일 동안 뜬눈으로 밤을 새운 결과였다. 애꾸왕의 공식 사인은 수면 중 무호흡증으로 인한 심장마비였지만, 국민들은 왕이 어느 여가수의 배 위에서 사망했다는 걸 알았다. 왕이 죽고, 잠깐 찾아온 봄기운에 어느 용감한 가수가 신곡을 발표했다.

꽃밭에 누워서 하늘을 보네
꽃밭에 누워서 꽃잎을 보네
고운 빛은 어디에서 왔을까
아름다운 꽃이여 꽃이여 ◆

그 노래를 들으며 국민들은 꽃밭에 누워 허우적거리다가 죽은 왕을 상상하며 혀를 찼다. 방송위원회에서 음색이 유치하다는 이유로 노래를 금지시켰지만, 국민들은 모이기만 하면 그노래를 웅얼거렸다. 깊은 밤에 왕궁 근처에서 붉은 눈을 한 왕이 이 노래를 흥얼거리며 돌아다녔다. 애꾸왕이 죽은 뒤에도 사람들은 그를 두려워했다. 죽은 왕에 대해 험담이나 욕을 늘어놓다가도 문득 뒤를 돌아보고 제풀에 목소리를 낮췄다. 그런 사람들은 왕을 무서워하는 게 아니라 존경한다고 둘러댔다. 애꾸왕은 밤마다 붉은 눈으로 거리를 돌아다녔고, 그와 마주친 사람들은 여전히 무릎을 꿇고 절을 했다. 그런 짓을 지적하면 사

◆ 조선조 세종 때 최한경의 「반중일기」에 수록된 시에 곡을 붙여 지은 대중가요로, 70년대 국제가요제에서 수상한 바도 있다.

람들은 '그래도 그 양반 덕에 보릿고개를 면하고, 잘살게 됐다'고 둘러댔다. 이래저래 나라 안이 뒤숭숭해지자, 왕의 심복들은 이 모든 게 말희 때문이라고 여겨 혈안이 되어 그 행방을 찾았다.

딸이 어디론가 사라지자 아지는 얼이 나간 채 지냈다. 금룡을 다그쳐 찾아보라고 종용했지만 딸의 행방은 묘연했다. 수시로 들이닥쳐 집의 안팎을 뒤지는 검은 안경들을 보며, 어딘가 무사히 숨어 있기만을 바랄 뿐이었다.

11.

나라에는 새로운 왕이 등장했다. 그동안 군인 출신의 왕 밑에서 툭하면 광장에 불려 나가 궐기대회와 반공 웅변대회에 시달렸던 국민들은 기업가 출신의 왕에게 환호했다. 지독한 안짱다리로 병역이 면제된 그는 군대 근처에도 가본 적이 없다고 했다. 들리는 말로는 건설 현장에서 하도 삽질을 많이 해서 그의 다리가 안으로 굽었다는 소리도 있었다. 그는 남들이 부러워할 만한 재주를 지녔다. 그가 손을 대는 것마다 황금으로 변하게 했다. 이런 재주를 지닌 왕이 나타나는 곳마다 그의 손을 잡아보려는 사람들로 북새통을 이루었다.

어떤 여자는 우연히 왕이 치켜든 손가락이 자신을 향했는데, 그날로 복권에 당첨되었다며 방송에 나와 증언을 했다.

"왕께서 손으로 바로 나를 딱 가리키는 거예요. 그리고 이억짜리 복권이 맞았어요. 할렐루야!"

왕은 몰려든 사람들이 하도 손을 잡는 바람에 붕대를 감고 다녀야 했다. 나중에는 악수 대신에 좌중을 손가락으로 지목하는 방법을 썼다. 그의 손가락이 자신을 가리켰다고 생각하는 사람들은, 할레루야, 옴마니반메훔, 나무관세음보살을 찾으며 뒤로 나자빠져 혼절했다.

새 왕은 자신의 침실을 온통 거울로 둘러쳤다. 아침에 눈을 뜨면 그는 거울부터 들여다보았다. 그건 왕의 오랜 버릇이었다. 지독하게 가난하던 시절에 그는 거울을 들여다보며 물었다. 거울아, 거울아, 세상에서 누가 제일 부자냐? 그리고 어느날, 기다리던 답을 얻게 되었다고 했다.

그 때문인지 그는 잠시라도 거울이 없으면 불안해했다. 시종들은 그가 손을 내밀면 언제든 바칠 수 있도록 거울을 들고 다녔다. 얼마지 않아 그는 거울왕이라는 별명으로 불리게 되었다.

그는 말끝마다 '내가 해봐서 아는데'란 말을 입에 달고 살았다. 그에 따르면 왕은 세상에 해보지 않은 게 없고, 모르는 게 없었다. 그는 자신의 수완을 자랑스럽게 여겨 자서전을 출간했다.

"가난하다고 울지 말라. 슬퍼할 시간에 자신의 거울에게 물으라. 나는 일찌감치 세상을 움직이는 게 돈이라는 답을 내 거울에게서 얻었다. 내가 해봐서 아는데, 정의나 애국이란 건 입에 발린 말이고 세상을 움직이는 건 돈이다. 돈은 더럽고 깨끗함을 따질 수 없는 것이다. 개처럼 벌어서 정승처럼 쓰라는 말도 있지 않은가. 돈이야말로 국적이며 혈통이나 인종을 차별하지 않는 무색무취의 완전한 중성체였다. 세상에 이처럼 공정하고 투명한 보물이 어디에 있단 말인가."

왕의 자서전『내가 해봐서 아는데』의 92쪽에 나오는 말이다.

거울왕은 황금의 손을 강에 담갔다. 그는 '개천에서 용 나다'라는 옛말의 주인공이 바로 자신이라고 내세우며, 쓸모없이 흘러가던 강과 하천을 파헤치는 대규모의 '물 살리기' 사업을 펼쳤다. 금룡이 사는 천변에도 그의 손길이 이르렀다. 고산족들이 빨래를 하던 쌀개울에는 마리골드와 사루비아를 심고, 강물을 끌어 올려 수심이 깊어졌다. 개울이 흘러드는 강에는 수중보가 생기고, 유람선이 개울을 거슬러 올라왔다. 개울가에 붙어살던 천변족들은 이를 축하하는 현수막을 곳곳에 붙였다.

강가에는 환경단체 회원들이 몰려와 모래무지와 마자를 걱정하며, 수중보에 올라가 시위를 벌였다. 구청 앞마당에 모여 물 살리기 사업을 지지하는 집회에 동원된 천변족들은 트럭에 실려 강가로 몰려갔다. 그곳에서 수중보에 올라간 환경단체 회원들을 당장 끌어내 강가에 묻을 기세로 삽을 치켜들고 온갖 야유를 보냈다. 모래무지가 니 할아버지냐? 마자보다 사람이 아름답다, 육시럴 놈들아!

그중에는 강가에서 매운탕집이나 담배 가게를 하는 이들도 섞여 있었다. 그들은 물 살리기 사업을 반대하러 찾아온 환경단체 회원이나 시민들이 매운탕을 사 먹거나, 담배를 사러 오면 반색을 하며 맞아들였다. 보를 막아 강이 썩으면 어쩌느냐고 걱정하는 시민들에게 그들은 은근한 미소를 지으며 이리 말했다.

"그러면 또 허물겠지요, 뭐."

매운탕집 주인은 자식을 시켜 잡고기 매운탕을 먹는 환경단체 회원들의 모습을, 주방 뒤에서 사진을 찍어 인터넷에 올리게 했다. 그 사진 밑에는 '모래무지를 씹어 먹으며, 모래무지를 걱정하는 환경단체 회원들'이라는 설명을 달았다.

무엇보다 천변족들을 고무시키는 것은 개울에 쏟아붓는 750억 원이라는 공사비였다. 세다가 지쳐 쓰러질 그 돈을 누군가 주민 수로 나누어, 두당 526만 7593원이라는 계산을 내어놓았다. 그 돈은 토목업자들의 장부에나 올라갈 숫자에 불과함에도 그들은 제 주머니에 526만 7593원이라는 공돈이 들어온 듯이 얼굴을 달구며 기뻐했다.

물이라면 태생적으로 깊은 인연이 있는 금룡이 그 일에 빠질 리가 없었다. 그는 무엇보다 거울왕이 내건 '개천에서 용 나다'라는 말이 마음에 들었다. 그것이야말로 자신의 가문에 전해오는 오랜 믿음이 아니던가. 구청 마당에서 열린 물 살리기 경축 행사장에서 주민대표로 단상에 올라가 열변을 토한 그는 물 살리기 추진위원이라는 감투를 얻어 썼다. 국회의원과 구청장과 전국 물살리기운동 본부장이라는 배불뚝이가 지켜보는 가운데 그는 물이 생명의 근원이며, 그것을 살리는 게 지역 경제를 살리는 일이며, 애국애족의 길이라는 요지의 발언을 했다.

추진위원이 된 그는 우선 모자부터 바꿨다. 해지고 때에 찌든 새아침운동 모자를 벗어 던지고, 가운데에 삽이 새겨지고 가장자리에 금테를 두른 물살리기운동 모자를 썼다. 금룡은 아침마다 자전거를 타고 강가를 찾아갔다. 그곳에는 환경단체 회원들이 수중보 위에서 농성을 벌이고 있었다. 시원한 바람이 불어오는 강가에서 맨손체조를 하고 나서 그는 보를 향해 욕을 퍼붓고 돌아왔다. 그건 물을 살리기 위해 추진위원이 해야 할 일과 중 하나였다.

강가에서 돌아오면 금룡은 간단히 식사를 마치고 혈우회 사무실로 출근했다. 그의 사업은 무리 없이 굴러가고 있었다. 행방이 묘연해진 말희만 아니라면 모든 게 평안했다. 아지의 성화에 못 이겨 틈이 날 때마다 누이동생이 있을 만한 곳을 찾아가 보았지만 소득이 없었다.

그럴 무렵 난데없는 피 소동이 일어났다. 사람의 피가 건강과 미용에 좋다는 소문이 나면서 암거래되는 핏값이 폭등하기 시작했다. 병원으로 몰려오던 매혈자들의 수가 눈에 띄게 줄고, 피로 맺은 혈우회 회원들도 삼베 바지에 방귀 새듯 빠져나갔다.

"흡혈귀도 아니고, 뭔 사람 피를 먹는대?"

날이 갈수록 빈자리가 늘어가는 밥집을 둘러본 금룡이 투덜거렸다.

언제부턴가 피를 마시는 사람들이 늘어났다. 부유층들이 미용에 좋다며 사람의 피로 피부를 마사지하면서 그 짓은 시작되었다. 사람의 태반이나 호르몬 물질을 화장품으로 쓰기는 했어도 사람의 피를 얼굴에 바른 적은 없었다. 클레오파트라가 신선한 우유로 목욕을 한 것처럼 사람의 피로 몸을 씻으면 피부가 고와지리라는 기대가 사람들 사이에 유행처럼 번져나갔다. 물론 그 비릿한 행위가 전혀 근거가 없는 건 아니었다. 별나 보이기는 해도, 그건 역사적인 사실이기도 했다. 피부가 코끼리 살가죽처럼 변하는 상피병◆을 앓던 이집트의 파라오가 병을 고치기 위해 욕조에 사람의 피를 가득 채우고 목욕을 했다는 기록이 있었다.

피를 마시기 시작한 것은, 어느 유명 기업인의 건강 비술에서 비롯되었다. 그가 정기적으로 제 몸의 피를 뽑아내고, 젊은 사람의 피로 교환한다는 시술이 화제가 되었다. 구순의 재벌 회장이 젊은이 못지않은 체력을 유지하는 비결이 교혈술에 있다는 소문이 퍼지면서 피를 마시는 사람들이 나타났다. 몇몇 사람들이 시작한 음혈은 놀라울 정도의 효과가 있다는 입소문을 타고 급속도로 퍼져나갔다. 병원의 냉장고에 저장된 혈액보다는 금세 뽑은 피일수록 건강과 회춘에 효과가 있다는 소문이 돌면서 핏값은 하루가 다르게 폭등했다. 당장 병원에서 수혈에 필요한 혈액이 모자라는 일이 벌어졌다. 암암리에 만 원 정도

◆ 감염으로 밴크로프트 사상충(絲狀蟲)이 혈액에 기생하게 되면서 림프관이나 정맥의 결합 조직이 증식되어 딱딱하고 두꺼운 코끼리의 피부처럼 되는 질환. 이집트의 아누비스 사당에는 상피병(象皮病)에 걸려 코끼리 발처럼 된 핫셉수트 여왕(기원전 1503~1482 추정)의 부조가 남아 있다.

에 거래되던 소주 한 병 분량의 핏값이 곱으로 뛰며, 병원을 찾아와 헐값에 피를 팔려는 매혈자들의 발길이 끊겼다. 정부 기관에서 사람의 혈액에는 별다른 영양 성분이 없다는 발표를 했지만, 이미 사람들 사이에 번지기 시작한 음혈 열풍은 쉽게 가라앉지 않았다. 그건 죽은 피를 대상으로 한 실험이며, 실제로 살아 있는 사람의 더운 피에는 현대 의학으로 규명할 수 없는 생체 성분들이 들어 있다는 주장들이 설득력을 얻었다.

난데없는 피 소동에 텍사스촌도 모처럼 활기를 찾았다. 그동안 끼니를 걱정하던 창녀와 건달들이 피를 팔아 큰돈을 번다는 소문이 들려왔다. 어느 어린 창녀는 한 달에 두 번씩 피를 뽑아주기로 부유층 여자들과 계약을 맺었다고 떠들고 다녔다.

실제로 유명 배우가 텔레비전 방송에 출연하여 음혈 경험을 털어놓으며, 눈에 띄게 달라진 건강과 피부를 자랑하고서 그건 공공연한 사실이 되었다. 부유층에서는 고급 호텔을 빌려 피를 마시는 파티까지 벌인다고 했다. 새로 등극한 왕도 은밀히 그런 파티를 즐긴다는 소문이 돌았다. 있는 놈이 더해. 사람들은 입을 비죽거리며 수군거렸다. 소문을 접한 왕은 노발대발하여 그런 이야기를 퍼뜨리는 사람들을 잡아들이게 했다. 얼마지 않아, 동네 찜질방에서 왕에 대한 이야기를 늘어놓던 때밀이 아주머니와, 절대 어디 가서 이야기하지 마라며 친구에게 전화로 떠들어댄 사람들과, 그걸 다시 제가 아는 이웃들에게 귓속말로 전한 사람들이 줄줄이 입건되었다. 그는 애꾸왕과 달리 격앙한 가운데서도 이성을 잃지 않았다. 예전 같으면 눈을 가린 채 지하실로 끌려가 온갖 고문을 당하고 옥에 몇 년을 갇혀 지내야 할 사람들이 간단한 재판을 받은 뒤에 풀려났다. 세상이 좋아진 것이다. 그들은 얼마 후에 법원에서 날아온 고지서대로 벌금을 납부하면 되었다. 말 한 마디에 백만 원으로 환산된 왕에 대한 모욕죄는 — 물론 쉼표나 마침표도 한 마디로 계산되며, 말없음표는 표기법에 따라 여섯 도막의 말로 간주되었다 — 납부 기일을 넘길 경우 고리의 과태료를 붙여 내면 되었다. 설령 벌금을 낼 돈이 없다면, 자신의 집이나 월급통장을 대신 납부하면 되었다. 아무것도 자신의 명의로 된 재산이 없다면 친족의 재산을 대납하면 되었다. 실제로 돈도, 집도 없던 여자는 시어머니의 아파트를 압류당했다. 가뜩이나 입이 싼 며느리를 못마땅하게 여기던 시어머니는 아들을 앞에 앉혀놓고, "언제 죽을지 모르는 니 어미를 버릴래, 저 싸가지 없이 조동이를 놀리고 다니는 니 여편네를 모시고 살래"라고 의견을 물었다. 결국 부부는 갈라섰다. 그걸로 모든 게 종결되었다. 예전에 비해 얼마나 깔끔해진 세상인가. 거울왕의 벌금 고지서를 받은 사람들 가운데 일부는 차라리 감옥에 가둬달라고 아우성을 쳤지만 소용이 없었다.

　음혈은 날이 갈수록 널리 퍼져나갔다. 난데없이 불어닥친 이런 소동은 가난한 사람들에게 다행스러운 일이었다. 가진 것이라곤 몸뚱이밖에 없던 텍사스촌의 건달이나 창녀들에게 하루가 다르게 뛰어오르는 핏값은 반가운 일이 아닐 수 없었다. 이제 피를 마시는 일은 부유층뿐만이 아니라 평범한 회사원이나 가정주부들 사이에서도 유행처럼 퍼져나갔다.

　핏값이 폭등하며, 피를 둘러싼 범죄들도 급증했다. 가출한 아이들이 하룻밤 묵을 여관비를 얻기 위해 헐값에 피를 파는 사기 행각이 늘어나고, 으슥한 골목을 걷던 여자들이 납치되어 강제로 피를 뽑히는 사건이 연이어 발생했다. 최근에는 쓰레기 하치장이나 한적한 포구에 피라고는 한 방울도 없이 버려진 시신들이 발견되고, 어느 섬에서는 쇠창살에 갇힌 채 주기적으로 피를 뽑히던 장애인이나 노숙인들이 발각되어 사회적으로 큰 충격을 주었다.

　사람들 사이에는 공공연히 흡혈귀에 관한 이야기가 화젯거리였다. 그럴 무렵, 출처를 알 수 없는 괴소문이 입에서 입으로 전해졌다. 그건 한창 인기를 끄는 유명 댄스가수들의 노래에 관한 괴담이었다. 어느 할 일 없는 이가 그들의 노래가 담긴 테이프를 거꾸로 들어보았다고 한다. 역회전으로 재생된 노래 테이프에서는 "피가 모자라!"라고 절규하는 음울하고 기괴한 악마의 목소리가 들린다는 것이다.

괴담은 그것뿐이 아니었다. 몇몇 산부인과나 집에서 갓난아이들이 사라지는 사건이 잇달아 보도되며 괴담은 꼬리를 물고 번지기 시작했다. 아이들을 잡아다가 개나 염소를 고아내던 건강원에서 중탕을 해 먹는다는 소문이었다. 그건 흡혈의 범죄들과 별개의 것으로 들리지만, 사람들은 자연스럽게 피와 살을 하나로 이어나갔다. 이제는 피로도 모자라 어린아이를 솥에 넣고 고아 먹는 일까지 벌어진다고 믿게 된 것이다.

혈우회가 흐지부지 흩어지고, 빈 식당을 지키던 금룡은 별수 없이 피 장사에 끼어들었다. 그건 그리 어려운 일이 아니었다. 부자들에게 가난한 사람들의 피를 팔고, 그중 어느 정도를 수고비로 챙기는 일이었다. 피를 마시는 일이 열풍을 이루며, 이제 피는 부자들만의 점유물이 아니었다. 제 피를 뽑아 판 건달들도 수중에 쥐어진 돈으로 누군가의 피를 사 마시기도 했다.

"나도 먹어야 살 것 아니오."

필시 노인들의 것일 게 틀림없는 싸구려 피를 컵에 담아 껄떡거리며 마시던 건달 하나가 변명처럼 둘러댔다. 피를 뽑아냈으니, 채워 넣어야 한다는 게 영 그른 말은 아닌 듯했다.

그 무렵, 사람의 피가 중독성이 있다는 소문이 들려왔다. 한 번 사람의 피를 입에 대면 끊을 수가 없게 된다는 것이다. 실제로 사람의 피를 마신 사람들은 놀랄 정도로 활력이 넘치고, 눈에 띄게 젊어졌다. 그런데 그 효력은 오래가지 않았다. 피를 마시지 않으면 급격히 쇠약해지고 시든 풀처럼 무기력해졌다. 정부 기관에서는 근거가 없다고 했지만 음혈의 중독성은 모두가 알고 있는 사실이었다.

"잠자리도 아니고…."

먹을 게 없으면 제 꼬리를 뜯어 먹고 산다는 잠자리를 금룡은 떠올렸다. 주머니가 넉넉지 않은 이들은 제 피를 많이 팔아서, 남의 피를 조금 사 먹을 수밖에 없었다. 갈수록 피가 모자라게 되고, 쇠약해질 수밖에 없었다. 건강이 좋지 않은 사람의 피는 싼값에 팔리게 되어 점점 많은 피를 뽑아 팔아야 했다. 그런 사람들이 맞이할 결과는 뻔했다. 아무도 그에 대해 이야기하지 않을 뿐이었다.

요즘 들어 아지는 뜬눈으로 밤을 새우는 날이 많았다. 딸의 종적은 여전히 묘연했다. 노래밖에 모르는 아이에게 그런 무서운 일이 닥칠 줄을 어찌 알았을까. 딸의 책상에 동그마니 놓인 아코디언이 새삼 쓸쓸하다. 가만히 집어 들고 불어본다. 아이의 따뜻한 숨결이 고스란히 입술 끝에 와 닿는다. 오늘도 눈을 붙이기는 글렀다.

이런 밤이면 아지는 옷감을 늘어놓고 딸의 옷을 지었다. 돌아오면 입히려고 시작한 옷은 벌써 두 번째로 접어들었다. 그녀는 곱게 접은 치마에 한 뜸 한 뜸 정성 들여 수를 놓았다. 바늘은 그녀의 마음을 아는 듯 옷감 위를 날아다닌다. 휘영청 밝은 달이 구름 위로 얼굴을 내밀고, 그 곁으로 눈부시게 흰 학이 미끄러지듯 날아가는 문양이었다. 그런데 어젯밤에 치맛단에 수놓은 학이 보이지 않는다. 그녀는 요즘 들어 부쩍 침침해진 눈을 손등으로 문지르며 찬찬히 치마를 들여다보았다.

아지는 이제 제 눈이 어두워진 모양이라고 생각했다. 그리고 눈이 침침해질수록 죽은 사람들을 보게 되었다. 숯 짐을 진 아비와, 용을 만나겠다고 물로 뛰어든 남편이 요즘 들어 자주 보였다. 그리고 무릎을 베고 콧노래를 흥얼거리는 딸의 모습이 침침한 눈앞에 나타났다. 꿈인가 싶어 그녀는 조바심이 났다. 꿈이라도 상관이 없었다. 손에 쥐면 쏙 잡힐 듯한 딸을 무릎에 뉘고, 참빗으로 곱게 머리를 빗겨나갔다. 이게 꿈이라면 깨어나지 말고 그 안에서 살게 되기를 간절히 빌었다.

아지는 제 울음소리에 화들짝 놀라 눈을 떴다. 수를 놓던 옷감을 손에 든 채 깜박 잠이 들었나 보다. 침침한 눈으로 방 안을 둘러보아도 딸의 모습은 찾을 수가 없다. 꿈이었나 보다고 아쉬워하면서 그녀는 치마에 놓은 수를 가만히 들여다보았다. 달 옆으로 날아가던 학이 보이지 않았다. 학이 날아간 것이다. 그녀의 손에 쥐어 있던 바늘이 맥없이 떨어졌다.

그런 꿈을 꾼 지 사흘이 지나 말희가 돌아왔다. 말희는 비어 있는 산중의 암자에서 발견되었다. 아지는 하마터면 자신의 딸을 몰라볼 뻔했다. 잿빛 승복을 입은 딸은 그 검고 곱던 머리카락을 한 올도 남김이 없이 삭발한 상태였다. 아지는 그런 딸을 부둥켜안고 쉴 새 없이 관세음보살만 찾았다. 대빗자루처럼 마른 딸은 백납으로 만든 인형처럼 창백했다. 딸을 품에 안고 가냘픈 어깨와 가느다란 팔을 쓰다듬던 아지는 그곳에 남아 있는 시커먼 멍 자국들을 보곤 울부짖었다. 뒤미처 그걸 본 금룡은 애꾸왕의 심복들이 제 누이를 붙잡아 피를 한 방울도 남기지 않고 뽑아 죽였다고 격분했다. 그는 뿔이 부러진 소처럼 펄펄 뛰며 말희의 시신을 운구해온 경관들에게 달려들었다. 볼따구니를 한 대 쥐어박힌 경관은 마구 내지르는 금룡의 주먹을 피하면서 다급히 변명을 늘어놓았다. 앞서 체포한 한의사가 일러준 대로 암자에 달려갔을 때 말희는 이미 죽어 있었다고 했다.

며칠 뒤, 경찰은 말희가 과다한 채혈과 영양실조로 사망했다고 발표했다. 뉴스에 나온 의사는 그녀를 부검한 결과, 사망에 이를 만한 의학적인 질환은 발견되지 않았으며, 그야말로 시름 시름 굶다가 죽었다고 했다. 왕의 심복들이 그녀를 애꾸왕의 무덤에 합장하려 한다는 말이 들려왔다. 아지는 서둘러 딸을 화장하게 했다. 그리고 맏아들을 시켜 한 줌도 안 되는 뼛가루를 쌀개울에 뿌리게 했다. 훨훨 날아가거라. 다시는 돌아오지 말거라. 물 위에 뿌려진 말희의 뼛가루들은 개울을 따라 흘러갔다. 엉겅퀴와 환삼덩굴 사이로 거울 조각처럼 반짝이는 천변을 벗어나, 오리가 헤엄치는 개울을 지나, 불가마가 부글거리며 끓고 있는 유리공장을 지나, 물살리기운동 현수막이 걸린 둑방을 지나, 환경단체 회원들이 올라가 있는 수중보와, 그 아래에서 삽을 들고 온갖 욕설을 퍼붓는 천변족들의 곁을 지나, 강으로 흘러갔다.

슬픔의 동굴은 깊고 어두웠다. 딸을 잃은 아지는 그 안에서 넋이 나간 채 지냈다. 은룡은 방문을 안으로 걸어 잠그고 곡기를 끊었다. 그는 어린 새처럼 종알거리는 누이동생을 업어 기르다시피 했다. 밤늦게 천변의 변소에 볼일을 보러 갈 때면 누이는 제 오라비를 거적문 앞에 세워두고, 시커먼 변소 밑에서 피 묻은 손이 튀어나오지 않도록 지키게 했다. 글을 깨우치고 나서는 오라비에게 책을 읽어주고, 그날 학교에서 배운 것들을 들려주었다.

은룡은 며칠 전부터 코에 와 닿는 묘한 냄새를 맡았다. 그건 시큼하면서도 오래된 쇠에서 풍기는 비릿하면서도 눅눅한 냄새였다. 그건 죽음의 냄새였다. 코로 스며든 그 냄새는 이내 한기를 풍기며 가슴살을 에어나갔다. 숨이 턱 막히는 통증에 그는 그 자리에 거꾸러지고 말았다.

그는 서리 맞은 매미처럼 껍질만 남은 기분이었다. 끝없이 솟아나던 이야기도 말라붙어 버리고, 시커먼 굴이 큰 입을 벌리고 그를 집어삼키려 다가왔다. 그는 이를 악물고 소리를 지르기 시작했다. 그의 내면을 찢고 터져 나온 분노가 온몸을 흔들어댔다. 그건 격심한 경련과도 같았다. 그 소리에 놀라 급히 방 안으로 들어온 어미가 온몸에 경련을 일으키며 비명을 지르는 자식을 달랬다. 그래, 슬퍼하는 것보다는 그렇게 화를 내는 게 낫다.

그러나 금룡은 슬픔 속에만 웅크리고 지낼 형편이 아니었다. 가장으로서 그는 어떻게든 집안을 책임져야 했다. 입에 억지로 밥을 퍼 넣고, 며칠째 넋을 잃고 알아들을 수 없는 헛소리를 중얼거리는 어미를 챙겨야 했다.

여름이 지나며 쌀개울은 하루가 다르게 졸아붙었다. 멀리서 보면 사금파리로 그어놓은 듯 푸르스름한 실금으로 보였다. 손톱에 들인 봉선화 물이 바래듯이 슬픔도 조금씩 희미해져갔다. 어떻게 흘러보냈는지 모를 날들이 지는 꽃잎처럼 발아래 쌓여갔다. 금룡은 한동안 등한했던 피 장사를 다시 시작했다. 부지런히 돌아다녔지만 벌이가 예전 같지 않았다. 그가 장사를 쉬는 동안 정부에서 새로운 대책을 내놓았다. 날로 심각해지는 음혈의 중독성을 수수방관만 하고 있을 수는 없었다. 정부는 '국민혈액건강안전협회'라는 것을 만들어, 그곳에서 인증한 혈액만 거래될 수 있는 법안을 제정했다. 상당히 어려운 단어들로 이루어진 정부 발표문의 내용은 다음과 같았다.

"최근들어건강과미용의목적으로혈액을도포하거나섭취하는사례가급증하고있다. 이런추세속에무분별한혈액의거래에서야기될수있는혈액의변질과오염등과같은국민보건상의문제와인간의장기에해당하는혈액매매의윤리적문제를감안하여복잡다단한혈액의유통구조를개선정비하고날로급등하는혈액에대한국민적기호를충족하는한편혈액의안정적인수급을위해공신력있는기관의인증을받도록하는제도를시행하기로했다. 이는국가위생과국민건강선택권의양면을고려해불가피하게내릴수밖

에없는조치임을인지하여국민들의적극적인협조를바라는바이
다."

    설마 이걸 다 읽지는 않았겠지만, 금룡의 식으로 풀이하면
단 한 줄의 문장으로 정리되었다. 피 장사가 돈이 될 것 같으니
까 끼리끼리 해먹겠다는 것이었다. '국민혈액건강안전협회'라
는 해괴한 명칭의 단체는, 돈이라면 뭐든 하고 돈만 빼면 아무
것도 안 하는 박사와 연구원들이 모여 만든 것인데, 이들이 하
는 일은 돈 없는 사람들이 뽑아 판 피를 싸게 사서, 비닐 팩에
담아 비싸게 파는 것이었다. 물론 그 비닐 팩에는 '안전 보증'이
란 금박 딱지가 붙어 있었는데, 그 딱지가 붙은 혈액의 가격은
곱으로 뛰었다. 한마디로 가만히 앉아서 돈을 벌다가, 힘들면
침대에 자빠져서 돈을 세는 일이었다.
    정부의 이번 조치에는 음혈의 중독성에 관한 내용은 아무것
도 없었다. 결국 딱짓값만 덧붙은 셈이었다. 이미 피에 중독된
서민들은 그동안 제 몸의 피를 팔아 저렴한 남의 피를 사 먹으
며 버텨왔는데, 이젠 그 짓도 어렵게 되었다. 그렇다고 피를 마
시지 않고 살 수도 없게 되었다. 제 피를 싸게 팔아 금딱지가 붙
은 비싼 피를 사 먹을 수밖에 없었다. 머지않아 서민들은 피가
모자라 거리에 픽픽 쓰러져 죽을 게 번연한 일이었지만, 정부는

협회가 집어주는 돈만 더끔더끔 삼키며 눈만 껌벅거릴 뿐이었다.

불똥은 금룡과 같은 피치들에게도 튀었다. 정부가 내린 조치로, 그동안 약간의 수고비를 받고 '인간적으로' 영업을 해오던 피 장수들은 졸지에 생업을 잃게 되었다. 골목에 숨어서 암거래를 하며 버텼지만 경찰의 단속이 심해지며 그도 쉽지 않았다. 잠복 중인 사복 경관에게 "피 있어요!"라며 말을 붙였다가 경찰서에 끌려가 엄청난 벌금을 서너 번이나 빼앗기고 난 금룡은 폐업을 선언하고 말았다.

피 장사마저 그만두고 나자 당장 먹고살 길이 막막했다. 날마다 뚱보의 성화에 시달리는 것도 괴로웠지만, 피를 사 먹을 돈이 떨어지자 또 다른 시련이 찾아왔다. 그동안 팔다 남은 피들을 보양제처럼 들이켜던 금룡에게도 금단현상이 나타난 것이다. 주머니가 비어 며칠 동안 피를 굶은 금룡은 파김치가 되어갔다. 누군 먹고 싶어 먹겠느냐고 금룡은 딱하다는 듯이 자신을 바라보는 은룡을 향해 버럭 소리를 질렀다. 죽지 못해 마시는 거라고.

어두컴컴한 방의 한쪽 구석에는 말희가 핏기 없는 얼굴로 앉아 있었다. 요즘 들어 말희는 무시로 찾아왔다. 아무런 말도 하지 않고, 몹시 추운 듯 온몸을 떨면서 금룡을 바라보았다. 그의 입에서 나지막한 신음 소리가 새어 나왔다. 잔잔하던 눈빛이 흐려지며 격렬히 흔들리기 시작했다. 그건 경련과도 같았다. 바람에 흐느끼는 촛불처럼 그의 눈 속에 일렁이던 불꽃이 치익 소리를 내며 타올랐다.

며칠을 방 안에 들어앉았던 금룡은 시장으로 향했다. 채소 가게에 들러 은룡이 시킨 대로 토마토와 달걀, 시금치와 미나리 같은 찬거리들을 샀다. 그걸 받아 든 은룡은 칼질을 하고, 채를 썰어 믹서기를 돌리더니 붉은색이 감도는 야채즙을 만들었다. 그걸 금룡에게 마시라고 건네주었다. 마지못해 한 모금 마셔보니 영락없는 야채주스의 맛이었다. 그런데 놀랍게도 그걸 마시고 나자 갈증이 사라지고, 나른하던 몸에 활력이 살아났다. 그건 거의 피를 마시고 난 뒤의 느낌과 다를 바가 없었다. 금룡은 눈이 휘둥그레졌다. 피라도 섞었단 말인가.

금룡은 며칠 동안 그 붉은 액체를 마셨다. 그리고 팔다 남은 피라도 있느냐고 다 죽어가는 얼굴로 찾아온 혈우회 총무에게 한 잔 따라주었다. 이게 뭐냐는 물음에 금룡은 태연히 신선한 피라고 했다. 반색을 하며 단숨에 들이켠 총무는 입맛을 다시며 감탄의 말을 내어놓았다.

"바로 이 맛이야."

나중에 꼭 갚겠다며 몇 번이고 절을 올리고 돌아간 총무가 떠들고 다녔는지, 얼마 지나지 않아 금룡의 집 앞에는 피를 얻어 마시려는 사람들로 북적거렸다. 혹시 부작용이 있을까 싶어 며칠 동안 실험 삼아 그들에게 야채즙을 먹여보았지만 사람의 피와 다름없는 효과를 보였다. 며칠 동안 피를 마시지 못해 창백한 낯빛으로 찾아온 이들도 그걸 한 잔 마시고 나면 대번에 얼굴에 핏기가 돌며 기운을 차렸다. 그는 은룡이 제 몸의 피라도 뽑아 섞는가 싶어 문틈으로 엿보았지만 야채들을 다듬어 즙을 낼 뿐이었다. 컴컴한 방에 들어앉아 토마토와 미나리로 사람의 피를 만드는 마술이 신기하기만 했다.

그는 구시렁거리는 뚱보를 윽박질러 금고 속에 꿍쳐둔 돈을 받아 들고 장으로 달려갔다. 그리고 산더미처럼 사들인 토마토와 미나리와 찬거리들로 야채즙을 만들기 시작했다.

그렇게 시작한 피인지, 야채즙인지 모를 장사는 입소문을 타고 호황을 맞았다. 아침 밥상을 물리기 전부터 사람들이 집 앞에 장사진을 쳤다. 아지는 금룡을 서둘러 제 처갓집으로 내쫓았다. 그녀는 금룡이 번번이 엉뚱한 일을 벌여 관청에 붙들려가 곤욕을 치르는 걸 보아온 터라, 이제 제 아우까지 꾀어 벌이는 일이 불안하기만 했다.

일찌감치 주당야도(晝撞夜賭)로 사위의 사업적 재능을 인정하고 있던 장인은 달랐다. 우리 속의 암퇘지처럼 툴툴거리는 뚱보 딸을 욱지르며, 사위가 벌이려는 새 사업에 관한 이야기를 관심 깊게 경청했다.

"근데, 그게 사람 피는 맞는 거냐?"

의심스러운 눈으로 통에 담긴 붉은 액체를 지켜보던 장인이 금룡에게 물었다.

"꿩 잡는 게 매입쥬. 피든 뭐든 마시구 힘이 나면 되는 거 아니겠습쥬?"

금룡은 게슴츠레한 눈으로 살펴보는 장인에게 붉은 액체가 담긴 통을 들이밀어 기어코 몇 모금을 마시게 했다.

"메뚜기두 한철이라고, 땡길 때 바짝 채야 합쥬."

"그래도 나라에선 협회 보증서가 있는 것만 거래가 된다던 데…."

장인의 말에 금룡이 답답하다는 얼굴로 대답했다.

"그건 사람 피에 해당하는 말씀입쥬. 이건 엄연히 천연 채소로 만든 친환경 유기농 건강식품입니다요."

그건 사실이었다. 금룡이 파는 야채즙이 텍사스촌을 넘어 평지까지 전해지며 연일 사람들을 불러 모으자, 누가 신고를 했는지 보건소 직원들이 단속을 나왔다. 그들은 유기농 야채즙이라는 말에 몇 가지 시약을 넣어보고, 거름종이를 담가보고, 젓가락에 찍어 혀로 맛을 본 끝에 식물성 액상 성분이라는 결과를 확인하고 빈손으로 돌아갔다.

금룡의 장사는 날로 번창했다. 저녁마다 그날 들어온 돈을 방 안에 펼치면 사람이 묻힐 지경이었다. 돈을 덮고 자던 뚱보가 깔려 죽겠다고 돼지 우는 소리를 낼 정도였다. 금룡은 은룡이 만드는 야채즙을 '식물성 혈액'이라는 상표로 등록하여, 전국에 대리점을 두고 본격적으로 팔 생각이었다.

그러나 이번에도 올 것이 왔다. 돈을 가마니로 짊어지고 온 지방의 대리점 주인들과 계약서를 작성하려던 금룡은 느닷없 이 들이닥친 경관들에게 체포되었다. 벌써 다섯 차례나 겪는 일 이었지만 금룡은 기가 막혀 하늘을 보고 개탄했다.

"이번엔 또 무슨 죄입쥬?"

12.

오늘도 문을 두드리는 소리에 케이는 잠을 깼다. 그건 며칠 째 피를 얻으러 오는 배관공의 방문을 알리는 신호였다. 문에 달린 쇠 장식을 두드리는 소리는 날이 갈수록 커져갔다. 보고 서를 정리하느라 새벽이 다 되어서야 잠깐 눈을 붙인 케이는 그 소리를 무시하려고 이불을 뒤집어썼다. 그러나 문을 두드리는 소리는 끈질기게 이불 속까지 파고들었다.

문을 열자 창백한 안색의 배관공이 떨리는 손을 모아 쥔 채 허리를 굽혀 인사를 건넨다. 그는 케이의 집 뒤편으로 뵈는 산동네에 살고 있었다. 한때 북쪽 나라에서 내려온 피난민들이 산비탈에 움막을 치며 형성된 그 동네는 해방촌이라고 불렸는데, 사람들은 그 동네 사람들을 '삼팔따라지'라고 불렀다. 몇 해 전에 큰불이 나 동네의 삼분의 일이 타버리고, 미처 피하지 못한 사람들이 불길에 목숨을 잃고 말았다. 소방차가 가파른 골목을 올라가지 못해 피해가 컸다. 들리는 말로는 빈민촌을 철거하기 위해 누군가 불을 질렀다는 말도 있었다. 그 말을 증명이라도 하듯, 화재가 나고 나서, 시장은 도시미관을 해치는 빈민촌을 말끔히 밀어버리고, 그곳에 오십 층이 넘는 현대식 아파트를 짓겠다고 발표했다. 거울왕이 등극하며 시작된 재개발사업이 도처에서 벌어지는 중이었다.

해방촌에 재개발 계획이 발표되자 주민들은 결사반대를 외치며 이태 동안 피 터지게 싸웠다. 경찰복과 비슷한 옷을 입은 용역 깡패들이 들이닥쳐 물대포를 쏘고, 행패를 부려도 끈질기게 버티던 주민들도 전기를 끊고 수돗물을 차단하자 두 손을 들고 말았다. 알량한 보상금을 받아 들고 멀리 떨어진 변두리로 때 묻은 살림살이들을 옮겨야 했다. 끝까지 남은 이들은 보상금마저 받지 못한 세입자들이었다. 얼마 남지 않은 그들은 굴삭기에 반쯤 부서진 집에 들어앉아 버렸다. 그들의 용기와 투쟁의 힘은 별게 아니었다. 옮기려야 옮길 집을 구하지 못해 그곳에서 버틸 수밖에 없었다. 적수공권에 속수무책이 그들의 힘인 셈이었다.

케이는 산꼭대기에 있는 약수터에 물을 뜨러 갈 때마다 쥐와 버려진 개들이 쓰레기 더미 사이를 어슬렁거리는 골목에서 흐릿한 눈으로 바라보는 노인들을 마주치곤 했다. '없는 사람 죽이는 재개발 결사반대!' '집이 아니면 죽음을 달라!' 문짝이 떨어지고, 부수다 만 집의 벽마다 붉은 글씨로 쓴 구호들이 어지럽게 적혀 있었다. 얼굴에 주름이 깊게 팬 노인들은 빈집을 뒤져 쓸 만한 물건들을 주워다가 고물상에 팔아 끼니를 이어나갔다. 힘이 남는 가장들은 막일을 다니거나, 어딘가 재개발을 하는 동네에 몰려가 또 누군가의 집을 허무는 철거 작업으로 하루하루를 연명하고 있었다.

피를 꾸어달라는 그의 목소리는 간절하고 예의 발랐다. 막힌 하수관을 고치느라 알게 된 그는 피를 얻으러 무시로 찾아왔다. 며칠 후에 꼭 갚겠다며 그는 문 앞에서 간절한 목소리로 사정했다. 대답이 없자, 그는 지방의 봉제공장에 다니는 딸이 주말에 돌아오는 대로 갚겠다며 끈덕지게 졸라댔다. 케이도 그의 딸을 본 적이 있었다. 유난히 얼굴이 흰 아이는 모처럼 집에 있는 날이면 목까지 올라오는 스웨터를 턱까지 끌어 올린 채 돌계단에 앉아서, 다닥다닥 붙어 있는 집들 사이로 간신히 새어 들어오는 햇빛을 쬐고 있었다. 열다섯 살쯤 되어 보이는 아이는 병색이 완연했다. 가까이 지나갈 때마다 아이가 가쁘게 내쉬는 숨소리가 들렸다. 아비의 말로는 아이가 다니는 봉제공장에 먼지가 많은 탓이라고 했다. 하수관이 묻힌 땅을 파느라 생긴 팔뚝의 알통을 내보이며, 그는 딸이 먼지에 적응을 하게 되면 기침도 멎게 될 것이며, 얼굴이 창백한 것은 얼마 전부터 달거리를 시작했기 때문이라고 설명했다. 그는 자신의 딸이 몸 안의 피를 헛되이 쏟아낸다며 투덜댔다. 억양이 강한 그는 '헛되이'라는 말에 특별히 힘을 주어 말했다.

처음 그가 집에 찾아오던 날, 다급하게 흔드는 문을 생각 없이 열어주었다가 근 한 시간을 시달려야 했다. 케이는 피를 빌려줄 수가 없었다. 그의 집에는 피가 없었다. 케이가 피를 먹지 않는 사람들 중 한 명이라는 사실을 그는 믿으려 하지 않았다. 그뿐만이 아니라, 마을의 다른 사람들도 그런 눈치였다. 케이가 건강해 보이는 게 그런 의심을 키웠는지도 몰랐다. 요즘 들어 피를 마시지 않는 사람은 채식주의자들보다 적었다. 설령 피가 있더라도 빌려줄 수가 없었다. 피를 나눠주었다는 소리가 퍼져나가면 아침마다 문을 두드리는 사람들을 감당할 수 없게 될 일이었다. 대문만 두드릴 것인가. 담을 넘어 창을 깨고 방 안으로 들이닥쳐 칼을 들이댈지도 모를 일이었다. 그런 사건은 심심찮게 뉴스에 보도되었다.

얼마 전에는 한 종교의 교도들 간에도 논쟁이 일어났다. 피를 마시지 말라는 계명에 대한 해석을 둘러싸고 한바탕 소동이 벌어졌다. 음혈을 옹호하는 측들은 '이는 나의 피니 마시라'는 경구를 내세우며, 신도들이 건강을 위해 마시는 피를 금지시키는 계율이 지나치게 교조적이며 형식적 논리로도 모순된다고 비판했다. 다른 쪽에서는 그런 주장이 계율이 지닌 메타포를 왜곡하는 행위이며, 경서에 명시된 계율을 아전인수 격으로 해석하는 이단적 발상이라고 공박했다. 이러한 논쟁은 급기야 보혈파와 율법파로 교단이 나뉘는 계기가 되었고, '국민보건권리수호연대'라는 시민단체에서는 음혈 금지를 천명한 율법파에 대해 헌법에 명시된 국민의 건강 수호권을 침해하는 위헌적 행위라고 소송까지 제기했다. 헌법재판소는 이에 대해 일부 위헌적 요소를 인용하며, 음혈의 문제는 신도들의 자발적인 선택에 맡겨져야 한다는 판결을 내렸다.

이런 논란을 거치면서 이제 피는 비타민제나 미용에 좋은 태반주사처럼 건강하고 아름다운 청춘을 유지할 수 있는 건강식품으로 인식되었다. 아직까지는 피를 마시지 않는 사람들의 자발적 선택권이 법적으로 보장되고 있었지만, 돌아가는 분위기로 봐서 얼마 되지 않은 비음혈자들을 사이비 교도나 반사회적인 근본주의자로 취급하려는 기미가 농후했다. 이는 중독 상태에 빠져 하루라도 피가 없이는 쾌적한 삶을 유지하지 못하게 된 사람들의 자기합리화이기도 했다. 바야흐로 흡혈의 시대가 도래한 것이다.

　지폐 몇 장을 건네고서야 배관공은 마지못한 얼굴로 돌아갔다. 어쩌다 이 지경이 되었을까. 이불을 머리끝까지 뒤쓴 채 케이는 피를 둘러싸고 벌어진 일들을 차근차근 되새겨보았다.
　처음부터 사람들이 피를 마신 것은 아니었다. 사람의 피로 얼굴을 씻으면 소녀처럼 매끈하고 탱탱한 피부를 유지하게 된다는 소문이 발단이 되었다. 수사기관에서 넘겨준 첩보 문건에는 마르그리뜨 강이라는 여자의 이름이 적혀 있었다. 거기에는 '헤리티지클럽'이라고 불리는 고급 사교계에서 여왕 노릇을 하던 그녀의 비방술이 자세히 기재되어 있었다. 외부에 그 규모나 성격이 전혀 공개되지 않은 헤리티지클럽은 적어도 3대 이상을 이어온 명문가 출신들로 구성된 비밀 사교 모임이었다. 그들은 자수성가한 졸부들을 경멸하였으며, 아무리 재산이 많더라도 학벌과 교양을 갖춘 사람들이 아니면 낄 수가 없었다. 한 가문에서 자식을 데뷔시키려면 그 부모가 은퇴한 뒤에나 가능한 일이어서 그 수는 백 명을 넘지 않는다고 한다. 가난한 집안에서 태어나 장관의 지위까지 올라, 카지노 사업으로 억만장자가 된 부호가 문을 두드렸다가 거부당한 일이 전설처럼 전해져 왔다.

한때 그곳의 회장 노릇을 해온 마르그리뜨 강은 노령에도 불구하고 갓난아이처럼 보드랍고 촉촉한 피부를 가졌다고 한다. 그녀의 피부관리사에게서 새어 나왔다는 말에 따르면, 그녀는 일주일에 한 번씩 특별한 피부 관리를 하는데, 사람의 피를 사용한다고 했다. 처음에는 얼굴만 팩을 하였는데 그 효과가 너무 탁월해, 나중에는 욕조에 피를 가득 채우고 그 속에 몸을 담근다는 것이다.

이런 소문이 퍼지면서, 일부 유한층의 부녀자들이 매끈하고 팽팽한 피부와 동안의 미모를 유지하기 위해 피를 몸에 바르기 시작했다. 엽기적이긴 하지만 지난 역사를 돌아보면 그게 전혀 새로운 일은 아니었다. 장 마리니라는 사람이 쓴 흡혈귀에 관한 책에는, 1611년 헝가리의 법정에서 있었던 에르체베트 바토리 여백작에 관한 재판 기록이 실려 있다. 그에 따르면 그녀는 카르파티아산맥의 꼭대기에 있는 자신의 성에서 마을의 수많은 소녀들을 납치해다가 그 피를 마시고, 욕조에 소녀들의 피를 가득 채워 목욕을 즐겼다고 한다. 피를 마시는 것을 금지한 레위기의 계명에도 불구하고, 금지된 마력에 대한 욕망은 은밀히 커져갔던 듯하다. 중세의 유럽에서는 처녀들의 신선한 피가 병을 낫게 하고 젊음을 유지하게 하는 힘을 지녔다는 믿음이 폭넓게 퍼져 있었다.

사람들이 피를 마시기 시작한 데는 또 다른 인물이 적시되어 있었다. '대외비'라는 붉은 도장이 찍혀 있는 첩보 문건 속의 항목에는 이름만 들으면 누구나 알 수 있는 재벌 기업 회장에 관한 내용이 기록되어 있었다. 그가 주기적으로 제 몸의 피를 젊은 사람의 피로 교환한 병원 이름과 담당 의사, 의료기록에 관한 내용이었다. 아흔을 넘긴 나이에도 여전히 건설 현장을 뛰어다니고, 이따금 젊은 여성들과 외도를 벌여 논란을 일으키기도 한 인물에 관한 소문은 이미 널리 퍼져 특별히 보안을 유지할 필요조차 없었다.

사실 여부를 밝힐 수는 없지만, 그런 소문이 돌며 부유층 가운데 병원에서 제 몸의 탁하고 끈적거리는 피를 뽑아내고, 젊은 사람의 피로 갈아 넣는 교혈술을 받는 사례가 늘기 시작했다. 물론 그 이전에도 사람의 피가 의료의 목적으로 사용된 바가 전혀 없는 것은 아니었다. 동상 말기 환자가 얼음 박힌 손을 더운 피에 담가 몇 달 만에 손을 자르지 않고 살려냈다던가, 고질의 류머티즘이나 관절염 환자들이 더운 피로 찜질을 해서 완치되었다는 민간 처방이 없지 않았다. 불치 상태의 백혈병 환자와 회생 불가한 간암 말기의 환자가 사람의 피를 마시고 완치되었다는 이야기는 별로 새로울 것도 없었다. 상투를 튼 민족 의학자라는 이가 방송에 출연하여, 사람의 피가 만병통치의 비술로 사용된 것은 중국의 고대 의학서 『보심정근방』◆에도 기록되어 있으며, 이는 피가 생명력과 기의 원천이기 때문이라고 했다. 그는 그 근거로 조선 시대 남성들이 늙어서 몸 안의 피가 식으면 이칠소음(二七少陰)이라 하여 열네 살 부근의 어린 애첩을 들여 그 체온으로 몸을 덥히며 양생과 장수에 힘썼다고 했다.

한번 놓친 잠은 되잡기 어려웠다. 케이는 벌써 세 번이나 반복한 일을 다시 하기 위해 책상 앞에 다가앉았다. 그건 녹음된 이야기들을 풀어 타자기로 정리하는 일이었다. 사람의 어지러

◆ 진대(晉代)의 사마륜이 천산에 은거하며 하늘의 계시를 받아 저술했다고 전해오는 의서. 양생과 보술의 9책 48권으로 민간의 구급 처방에 관한 비방들이 수록되어 있다.

운 목소리를 기록하는 일은 거의 기계적인 작업이었다. 때로 녹음기에서 흘러나오는 목소리는 한없이 늘어지고, 하품 소리나 방귀 소리가 섞이고, 엉뚱하게 옆으로 새어 나간 중얼거림이기도 했다. 그것뿐인가. 문을 활짝 열고 갑자기 등장한 누군가와 상소리를 섞어가며 다투거나, 귀를 털어내야 할 만큼 지저분한 음담패설을 주고받는 부분도 뒤섞여 있었다. 그런 소리들을 기록하기 위해 몇 번이고 녹음기를 끄고 켜기를 반복하며, 타자기의 자판을 분주히 두드려야 했다.

그동안 금룡을 만나 상담을 하고, 수백 항의 설문과 심리 조사를 마친 뒤에도 괴질에 대한 별다른 혐의점은 찾을 수가 없었다. '경미한 조현 증상으로 인한 과대망상과 환청 이외 특이 사항 없음'이라는 결과를 보고했을 때, 연구원장은 얼굴을 시뻘겋게 달구며 화를 냈다. 지금 필요한 건 병명이 아니라, 그가 괴질을 일으킨 동기와 방법이라며 애써 작성한 보고서를 집어 던졌다. '하다못해 트림 소리 한 톨, 군소리 한마디 놓치지 말고 그대로 녹음하듯 적어 오라'는 게 원장의 지시였다.

케이는 별수 없이 그동안 면담하며 녹음했던 모든 소리를 문자로 적어 올릴 수밖에 없었다.

"그러니까 핏값이 워낙 비싸서 우리 아가씨들이, 아, 그나저나 김 양 임질약을 타다 줘야 하는데, 어찌 됐나 모르겠네. 사실

영업을 하다 보면 그런 일이 없을 수 없거든요. 파이프가 새면 알아서 자제를 해야 하는데, 그저 저만 재미 보자고 몰려오니, 하여간 인간들이 기본 양심이란 게 있어야 하잖아요. 가나마이신 한 방이면 해결될 일을… 이 바닥에도 상도의란 게 있거든요. 건강한 신체에 건전한 연애, 이걸 지켜야 하는데… 캑캑. 죄송합니다. 감기가 걸려서 자꾸 가래가 끓어서요. 하여간 이 조사는 언제 끝납니까?"

며칠 동안 머리를 싸매고 이렇게 정리한 걸 보여주자, 원장은 전보다 더 달궈진 얼굴로 악을 썼다.

"당신은 이게 무슨 소리인지 알아들을 수 있소?"

이런 짓을 케이는 세 번이나 되풀이하는 중이었다. 밑 모를 수렁에 빠져 허우적거리는 기분이었다.

금룡이 불법으로 유통한 가짜 피의 제조법을 알아내려고 동원된 기관만도 서넛이 넘었다. 국립과학수사연구소에서는 가짜 피의 성분을 면밀히 분석해보았지만, 토마토와 미나리, 달걀과 목이버섯, 약간의 염분과 몇 가지의 비타민류만이 검출되었다. 나중에 최신 전자현미경으로 분석한 결과, 정체불명의 성분이 함유된 걸 발견했다. 사람의 피로 보이는데, 워낙 미량이라 정확한 실체를 알 수가 없다고 했다.

어찌하였든 어떻게 아침마다 집에서 마시는 야채주스 같은 것이 음혈의 욕구를 채우고, 사람의 피와 같은 효과를 내는가에 대해선 명쾌한 답을 얻어내지 못했다. 음혈로 인한 사회적 혼란이 날이 갈수록 심각해지면서 정부에서도 무언가 대책을 내어놓아야 했다.

문제가 되는 것은 강력한 중독 현상이었다. 피를 마신 사람들은 처음엔 매끈해진 피부와 가벼워진 몸 상태를 느끼는 정도이지만, 음혈이 거듭되면서 놀라울 정도로 활력이 넘치고 잃어버렸던 젊음을 되찾아가는 걸 실감하게 된다. 얼굴의 주름은 흔적도 없이 사라지고, 축 늘어진 살들이 팽팽해지며 주체할 수 없는 힘이 솟아남을 느낀다. 실제로 아침마다 신선한 피를 마셨다는 늙은 정치인은 벗겨진 머리에 검은 머리카락이 자라고, 주름진 얼굴을 덮었던 검버섯도 말끔히 사라진 얼굴로 방송에 나와 음혈의 놀라운 효능을 역설했다. 그의 말에 의하면, 피는 하늘이 인간에게 내려준 위대한 선물이었다. 그는 이런 유익한 선물을 서로 나누는 게 마땅하다고 목소리를 높였다.

피를 마신 사람들은 어린아이처럼 푸른 광채가 나는 눈빛을 지니고, 얼굴에 발그레하게 홍조를 띠고 매사에 자신감 넘치는 활기를 느낀다고 입을 모아 말했다. 그러나 그 놀라운 효능만큼 부작용도 깊으리라는 건 누구도 깊이 헤아리지 못했다. 음혈에 중독되는 사람이 늘며 비로소 문제가 된 중독 현상은 생각보다 심각했다.

음혈을 중단한 사람들은 며칠 지나지 않아, 급격한 피로감과 무력감으로 손끝 하나 꼼짝할 수 없게 되고, 심리적으로도 깊은 우울감에 빠졌다. 심한 갈증으로 시작되는 피의 금단현상은 시간이 지나면서 점차 안색이 창백해지며 식은땀을 흘리고 격렬한 오한에 빠지게 된다. 개인차가 있지만 일부 사람들은 격심한 공포나 불안감과 함께 환상이나 환각에 빠지거나, 심각한 수준의 공황 상태에서 스스로 목숨을 끊는 일도 발생했다.

케이는 으슥한 골목에서 창백한 얼굴로 식은땀에 젖은 채 구걸을 하는 사람들을 자주 보아왔다. 어제는 으슥한 골목에서 앳된 소녀가 온몸을 떨며 다가와 제 치마를 추켜올려 보이며 구걸을 하기도 했다. 그런 금단현상은 피를 마시는 순간 신기할 정도로 말끔히 사라지고 단숨에 활기를 되찾아주었다. 그건 이전에는 알지 못했던 피의 기적 같은 마법이었다.

이제 사람들은 피가 없이는 살 수 없게 되었다. 이러한 피의 중독 증세는 경제적 부담과 함께 사회적 범죄도 증가시켰다. 날로 가격이 폭등하는 피를 사 먹을 돈이 없는 중독자들이 벌이는 납치나 인신매매, 강제 채혈과 살인이 늘어났다. 사람들은 불안에 휩싸이고, 아무런 대책도 세우지 못하고 있는 정부에 대해 불만의 목소리가 높아져갔다.

정부는 이러한 중독 증세가 오염된 피에서 비롯되었다고 추정하고, 불결한 환경에서 암거래되는 혈액을 그 원인으로 지목했다. 그리고 금룡이 체포되었다. 금룡이 비위생적인 환경에서 불법으로 제조한 가짜 피에 치명적인 오염물질이나 독소가 섞여 있어 이를 마신 사람들이 심각한 중독 증세를 일으켰다고 단정했다. 더욱 놀라운 것은, 그렇게 중독된 사람들의 피를 사마신 사람들도 2차 중독이 되어 증세를 확산시켰다는 정부의 발표였다. 거기에는 어떤 의학적인 근거도 제시되지 않았다. 이런 발표가 방송으로 전해지면서 금룡은 언론의 집중적인 조명을 받게 되었다. 언론에 보도된 그의 연대기는 음습하고 추악하기 그지없었다.

기지촌 근처에서 건달 노릇을 하며 시골에서 상경한 소녀들을 꾀어 매춘을 시키거나, 주둔군들을 상대로 불법 카지노를 운영하였으며, 천변에 대마초를 재배해 대량으로 판매한 이력들이 열거되며 그는 갱생의 여지가 없는 범죄자로 낙인이 찍혔다. 일부 주간지에는 근자에 일어난 소녀 연쇄살인 사건의 유력한 용의자로 그를 지목하는 추정 보도도 등장했다. 그 가운데 백미는 어느 텔레비전의 탐사 프로그램에 출연한 전직 강력계 형사가 제기한 주장이었다. 전직 형사는 자신이 종이에 그린 송곳니를 자로 재어 보이며, 출혈로 사망한 두 소녀의 목에 남겨진 이빨 자국과 금룡의 유난히 긴 송곳니가 정확히 일치한다고 주장했다. 조사 결과, 금룡의 송곳니는 평균치보다 짧았고, 살해된 소녀들의 목에 남겨진 치흔과도 일치하지 않았다. 그러나 전직 형사는 금룡이 조사 기관에서 밤새 이를 부득부득 갈아서 그 길이가 다소 준 것이라고 자신의 주장을 굽히지 않았다.

그보다 더 황당한 보도도 있었다. 어느 보수적인 일간지는, 체포 당시 그의 윗주머니에 꽂힌 동강이 난 놋숟가락을 근거로 그가 한때 산중에 들어가 암약하던 빨치산과 관련된 고정간첩일지도 모른다는 보도를 했다. 동강난 숟가락은 한때 좌익 사상을 지닌 반란군의 증표였으며, 금룡이 괴멸된 빨치산 재건에 필요한 자금을 조성하기 위해 가짜 피를 유통하는 한편, 괴질을 퍼뜨려 치안을 혼란에 빠뜨리고 민심을 동요시키려 했다는 주장이었다. 이 황당한 보도는 백발이 성성한 어느 유명한 교회의 목사를 통해 증폭되었다. 말끝마다 할렐루야와 애국을 부르짖는 목사는 자신이 지난날 빨치산들을 고문하는 전문가로서 나라를 위해 헌신했으며, 수다한 빨치산들을 색출해낸 경험에 비춰보건대, 금룡의 쪽 째진 눈꼬리와 유난히 튀어나온 광대뼈가 전형적인 빨치산 종자라고 장담했다.

그러거나 말거나 수사기관에 끌려간 금룡은 세간의 이야기에 하품만 해댔다. 금룡은 수사관들이 애써 고문을 하기도 전에, 가짜 피의 제조법을 소상히 털어놓았다. 그러나 그가 일러준 대로 토마토와 미나리와 달걀과 목이버섯과, 약간의 염분과 몇 가지의 비타민을 믹서기에 넣고 갈아도 그건 풋내 나는 야채즙에 불과했다. 온종일 그걸 들이켜보아도 피의 금단현상이 사라지기는커녕 올챙이처럼 배만 불룩해진 수사관들은 화가 나서 금룡을 고문하기 시작했다.

몽둥이찜질을 하고, 손톱 밑을 대나무 꼬챙이로 쑤시고, 성기에 전기고문을 가해도 금룡은 고문하는 이들의 얼굴만 멀거니 바라보았다. 고문이 통하지 않자 고민 끝에 수사관들은 은퇴한 고문 기술자를 찾아가 상담을 했다. 그리고 남미의 독재자가 애용했다는 고문술을 쓰기로 했다. 그건 전기뱀장어가 잔뜩 들어 있는 수조에 사람을 발가벗겨 집어넣는 고문이었다. 전기뱀장어 한 마리가 발사하는 650V의 전압은 보통 사람이라면 그 자리에서 감전되어 즉사할 수준이었다. 그런데 어찌 된 일인지 그가 텀벙 물소리를 내며 들어가자 수조 안의 전기뱀장어들은 전기를 내쏘기는커녕 그의 겨드랑이와 사타구니에 파고들며 애교를 부렸다. 이를 보다 못한 어느 성미 급한 수사관이 수조에 손을 넣었다가 입에 거품을 물고 기절하는 사고가 벌어졌다. 웬만한 사람들은 고문에 못 이겨 스스로 혀를 깨물거나,

못을 주워 삼키거나, 신발 끈으로 목을 매거나, 밥을 굶어 시름
시름 앓거나, 물을 잔뜩 먹고 책상을 탁 치는 소리에 '억!' 소리를
내며 죽기도 했지만, 그는 죽지도, 아프지도, 굶지도 않았다.

수사기관의 지하실에서 온갖 고문을 당하는 와중에서도, 수
사관들이 지쳐 잠시 의자에 걸터앉아 쉴 때면 금룡은 이런저런
수다를 떨었다. 수사관의 아들이 기르는 이구아나가 죽은 쥐를
먹고 탈이 났다고 하자, 피투성이가 된 얼굴의 피를 닦으며 그
는 비눗물에 소금을 섞어 먹이라는 처방을 일러주고는 자신의
가문에 이어져 오는 구렁이 이야기와, 텍사스촌 골목에 새로
등장한 여장 남성이 벌이는 해괴한 체위에 대해 그들과 노닥대
었다.

결국 그를 고문하는 수사관들은 넌더리를 내고, 밤마다 악몽
에 시달려야 했다. 만성 무력증에 시달리던 수사관들은 비명을
지르며 두 손을 들고 말았다. 그가 어떤 통증도 느끼지 못하는
특이체질이라는 사실이 보도되자, 급기야 〈그것을 알려주마〉
라는 텔레비전의 프로그램에 삼십 년 동안 중세 퇴마술을 공부
해왔다는 사제까지 등장했다. 그는 구체적인 연도와 사례를 인
용하며, 그가 중세 유럽에 전해오던 전설의 페르도마라고 주장
했다. 그에 대해 이탈리아의 퇴마사가 저술했다는 책에 나오는
내용을 소개하면 다음과 같았다.

"1287년 오스트리아의 잘츠카머구트 소금 광산에서 일하던 볼프강 세네데리 호프만이란 광부는 어느 날 소금을 캐던 도끼에 발등을 찍혀 4센티나 찢기는 부상을 당했다. 그런데 놀랍게도 상처에서 피가 나오지 않고 물처럼 투명한 액체만 흘러나왔다. 이를 이상하게 여긴 마을 의사가 몇 달 동안 그를 치료하며 관찰한 결과, 그의 몸에는 피가 전혀 없으며 일반적인 물에 약간의 염분과 전해질이 섞인 체액만이 들어 있다는 사실을 발견했다. 마을 의사의 신고를 받아 그를 진단한 수도원 측은 그가 피가 없이 사는 전설적 인간인 페르도마라고 공식 발표하였다. 전설의 페르도마는 전쟁터에서 창에 찔려 피를 과다히 흘린 병사가 죽어가는 동료의 피를 빨아 먹고 살아났는데, 이후로 악성 빈혈로 시달리다가 인간의 피를 마셔야 안정이 되었고, 이 병사가 흡혈귀의 시조라고 알려졌다. 이 페르도마는 아무리 피를 마셔도 몸 안의 피가 물처럼 묽어져 더 많은 사람의 피를 빨아 먹어야 했다."◆

이런 보도가 나가자 금룡이 전설의 페르도마이며, 사람들에게 자신의 체액을 섞어 흡혈 중독을 일으키게 했을 것이라는 주장이 꼬리를 물고 이어졌다. 심지어 그와 한때 기지촌에서

◆ 가르발디 카테체레, 「혈액에 관한 악마의 증후(I sintomi del demone sul sangue)」, 로마 지성인포럼 학회지 2권. 1894.

가깝게 지냈다는 창녀는 텔레비전에 나와 그가 마늘을 싫어한다는 사실을 폭로했다. 그로부터 그에게 마늘을 먹여보라는 요구가 빗발쳐, 수사관이 그에게 마늘을 들이대지 않을 수가 없게 되었다. 전말을 전해 들은 금룡은 기가 막힌 얼굴로 이렇게 답했다고 한다.

"마늘은 내가 아니라 여자들이 싫어합쥬."

소문난 난봉꾼인 그는 여자에게 입을 맞추고, 속삭일 때마다 마늘 냄새가 난다고 싫어하여 마늘을 기피했을 뿐이라고 했다. 그러고는 조사관이 건네준 마늘을 두어 쪽이나 어적어적 씹어 먹었다는 것이다. 어찌하였든 서점에서는 흡혈귀에 대한 책들이 베스트셀러가 되고, 드라큘라라는 해묵은 영화가 인기리에 다시 상영되었다.

자식이 풀려나기만 눈이 빠지게 기다리던 아지는 새벽마다 개울에 나가 기도를 올렸다. 방송에선 온갖 흉한 소리를 늘어놓고, 길에서 마주치는 이웃들도 입을 가리고 수군거렸지만 그녀는 제 자식이 어떤 인물인지를 잘 알고 있었다. 제 아비를 닮아 허황된 면은 있어도 남의 피를 빨아 먹는 괴물이 아닌 건 누가 뭐라 해도 보증할 일이었다.

그녀의 기도는 하루도 빠짐없이 이어졌다. 그녀가 기도를 드리는 개울가에는 까마귀들이 둥지를 틀고 살았는데, 그녀는 기도를 드릴 때마다 개울가에 쌀알을 뿌렸다. 그걸 주워 먹으러 까마귀들이 새카맣게 모여들었다. 그녀는 모여든 까마귀들 틈에서 눈부시게 흰 까마귀를 눈여겨보았다. 그리고 그 흰 까마귀가 우두머리이고, 갓 낳은 새끼를 데리고 다니는 걸 알게 되었다. 그녀는 소쿠리로 덫을 놓아 새끼 까마귀를 잡았다. 그리고 그 새끼 까마귀를 데리고 집을 나섰다.

아지의 손에는 새끼 까마귀와 커다란 징이 들려 있었다. 그녀는 왕이 산다는 궁궐의 지붕에 올라가 징을 치기 시작했다. 징 소리에 놀란 새끼 까마귀가 요란스레 울어댔다. 그 소리를 들은 어미 까마귀가 찾아와 그 주변을 맴돌았다. 우두머리를 따라온 까마귀들뿐만이 아니라 얼마지 않아 왕궁 근처의 하늘에는 이루 셀 수 없을 만큼 많은 까마귀들이 몰려왔다. 몰려든 까마귀들로 대낮에도 하늘이 시커멓게 어두워질 지경이었다. 아지가 징을 치면, 새끼 까마귀가 울고, 이어서 왕궁 주변에 몰려든 수천 마리의 까마귀들이 요란스레 울어대기 시작했다. 밤이든 낮이든 그녀의 징 소리는 잠시도 멈추지 않았다. 새끼를 찾는 까마귀들의 울음소리는 듣는 이의 가슴을 찢어내듯 처절했다. 까마귀 울음소리에 질린 사람들이 어떻게든 대책을 세우라고 아우성을 쳤다. 왕도 모른 척할 수가 없게 되었다. 거울왕은 내가 해봐서 아는데, 금룡을 어떻게든 해보라는 지시를 내렸다.

몇 달을 붙들고 있었지만 별무소득이었던 수사기관에서는 그를 '사회정신건강연구원'이라는 곳으로 넘겼다. 들리는 소문으로는 그가 풀려나자 수사관원들은 만세를 부르며 기뻐했다고 한다.

금룡을 연구원으로 넘긴다는 결정에도 아지의 징 소리는 멈추지 않았다. 연구원장이 찾아와 구슬려보았지만 그녀는 대꾸도 않고 징을 두드려대고, 새끼 까마귀는 여전히 울어대고, 몰려든 까마귀들은 더욱 큰 소리로 울어댔다. 왕에게 불려가 정강이를 차인 연구원장은 금룡을 집으로 돌려보내고, 일주일에 두 번씩 상담을 받으러 오도록 했다. 아지는 비로소 궁궐의 지붕에서 내려오고, 새끼 까마귀를 어미에게 돌려보냈다. 그 후로 징을 치면 까마귀가 운다는 말이 시작되었다.

연구원으로 넘겨진 금룡은 케이의 몫이 되었다. 그건 순전히 케이가 발표한 「흡혈에 관한 정신분석학적 논고」라는 논문 탓이었다. 오래전에 발표한 논문의 요지는, 중세와 일부 도착적인 성애자에게서 나타나는 흡혈의 중독성이 생명의 근원적인 한계에 대한 불안감과 보상 심리에 기인한다는 이론적 연구였다. 발표 당시에는 아무도 관심을 보이지 않고, 학술지의 한

구석에 실려 '학문적 근거와 사례가 부족한 낭만적 가설'이라는 혹평만 받았던 그 논문이 뒤늦게 관심을 모으며 그를 옭아맬 줄을 누가 알았을까.

과학적으로도 규명이 되지 않고, 수사기관의 끈질긴 조사와 고문도 통하지 않자, 금룡의 내면적 기저를 해석해보아야 한다는 주장이 설득력을 가졌다. 전자현미경으로도 규명이 되지 않은 비방에 대한 답을 알려면 결국 그의 입을 통할 수밖에 없으며, 그의 답을 이끌어내려면 그가 지닌 반사회적인 성향이나 가치관에 대한 정신적 분석이 필요하다는 의견이었다. 그러나 케이의 입장에서 보자면, 이도 저도 안 되는 정부가 그냥 풀어줄 수가 없어 그를 떠넘긴 것이라고 생각되었다. 고통을 모른다고 그의 육신이 무쇠로 만들어진 로봇은 아니었다. 몇 달 동안 무자비한 고문으로 그의 몸은 망가질 대로 망가져 방치하였다가는 생명이 위험해질지도 모르는 상태였다. 자칫 덤터기를 쓸까 싶었던 연구원장은 서둘러 그를 집으로 돌려보내고 정기적으로 상담을 하도록 했다. 어찌하였든, 연구원에서는 그에 대한 보고서를 내야했다. 물론 그 보고서에는 그가 왜 가짜 피를 만들었는지, 어떻게 만들었는지에 대한 답이 담겨 있어야 했다.

다행스럽게도 금룡은 일주일에 두 번씩 갖기로 한 상담 약속을 잘 지켰다. 이렇다 할 소득이 없는 상담을 몇 달째 이어나가는 동안 케이는 이상한 점을 발견했다. 금룡이 이따금 전혀 다른 사람처럼 바뀌는 걸 느끼게 되었다. 금룡에게 밥은 숨을 쉬는 공기나 다름없었다. 수사기관에 끌려가 군홧발로 — 군화는 태생적으로 그런 목적으로 만든 신발이다 — 입을 걷어차여 혀가 반쯤 찢어지고, 퉁퉁 부은 입으로도 하루 세 끼 밥을 거르지 않았다고 했다. 그런데 그가 밥보다 더 중히 여기는 게 수다였다. 그런 그가 어느 날이면, 묵언수행을 하는 수도자처럼 입을 다물어 케이를 당혹스럽게 했다. 그럴 때는 용이나 구렁이나 글래머 여자에 대한 이야기에도 전혀 반응이 없었다. 그러다가도 다음번에는 언제 그랬나 싶게 기차 화통 삶아 먹은 목소리로 온갖 이야기들을 쏟아냈다. 어떻게 이게 한 사람에게서 나올 수 있는 모습일까. 도무지 같은 사람이라고 여겨지지 않는다고 하자, 금룡은 대수롭지 않은 얼굴로 대답을 했다.

"사람이 늘 푸른 소나무도 아니고. 조용할 때도 있고, 떠들어댈 때도 있쥬."

늘 푸른 소나무라는 말에 케이는 실소를 하고 말았다.

"그나저나 이 지겨운 걸 언제까지 해야 합쥬?"

"그거야 당신이 하기 나름이지요."

"어떻게 하면 됩쥬?"

"가짜 피를 어떻게 만들었는지 말하면 당장 끝낼 수 있어요."

케이도 이 지루한 상담에 어지간히 지쳐 있었다. 수사기관에서는 연구원장에게 하루가 멀다 하고 독촉 전화를 걸어오고, 원장은 그때마다 이맛살을 찌푸린 채 그를 닦달했다.

"다 말했슈."

하나 마나 한 대화였다. 케이는 두어 시간 동안 그가 탁자 위에 엎드려 몸짓까지 해가며 떠들어대는 난잡한 연애 이야기를 듣는 것도 진저리가 날 지경이었다. 그런 이야기들을 받아 적던 서류철을 덮으며 자리에서 일어섰다. 한창 열을 받아 떠들어대던 금룡은 그만하자는 케이의 제지가 아쉬운 듯 선뜻 자리에서 일어서지 않았다.

"지금부터 클라이막스인덴쥬."

며칠 뒤에 들른 그는 언제 그랬냐 싶게 고요했다. 케이는 이제 그의 변신에 익숙해졌다. 눈빛만 보아도 알 수가 있게 되었다. 오늘 같은 눈으로 찾아온 날이면 그는 한마디도 입을 열지 않았다. 케이는 가슴이 답답해졌다. 펼쳐 들었던 상담록을 덮고 나서, 담배 한 개비를 뽑아 불을 댕겼다. 이내 푸르스름한 연기가 꿈틀거리며 방 안을 돌아다녔다.

"담배 노래를 압니까?"

뜻밖의 물음에 케이는 몸을 돌려 어리둥절한 눈으로 그를 바라보았다.

"카리브 해안에 짐 브라운이라는 흑인이 있었지요. 아프리카에서 끌려온 할아버지와 인디언 할머니 사이에서 태어난 그는 담배밭에서 일하는 노예였어요. 룸바 짐이라고도 불리는 그 흑인 노예는 담뱃잎을 따 모으며 노래를 불렀어요. 자신이 딴 담배가 백인들의 폐에 구멍을 내달라는 노래를요."

그 비슷한 이야기를 어느 책에서 읽은 기억이 났다. 백인들에게 땅을 빼앗긴 인디언들이 그 복수로 최악의 발암물질인 담배를 전해주었는데, 이를 '홍인종의 복수'라고 했다는 내용이었다.◆

케이는 떠버리 금룡이 그런 책의 이야기까지 알고 있다는 사실에 놀라웠다.

"세상의 모든 것들은 이야기를 하고 싶어 해요. 아마 담배도 할 이야기가 많을 겁니다."

평소와 다른 말투에 케이는 적잖이 당혹스러웠지만, 모처럼 입을 연 그의 이야기가 끊길까 싶어 조바심이 났다. 앞으로 의

◆ 아서 니호프, 『아서 니호프 교수의 사람의 역사 1』, 푸른숲, 1999, 298쪽 참고.

자를 당겨 앉는 케이를 그는 차분한 눈으로 바라보았다. 호수처럼 깊은 눈이었다. 케이는 조금 전에 들었던 그의 이야기가 그 눈에서 흘러나온다는 생각이 들었다. 케이는 그 잔잔한 눈 속에서 일렁이는 수많은 이야기들을 보았다. 그 속에는 그동안 그가 읽었을 수많은 책들과 그가 들었을 세상의 모든 이야기들이 오래된 도서관처럼 차곡차곡 쌓여 있었다. 그는 그동안 눈으로 말하고 있었던 것이다. 케이는 단도직입적으로 물었다.

"가짜 피는 어떻게 만들었는지 말해봐요."

그가 가볍게 한숨을 내쉬었다.

"사람 몸에서 피를 만들어내는 음식들은 수십 가지가 넘어요. 문제는 돈이지요."

기대했던 답은 내어놓지 않고, 엉뚱한 돈 이야기에 케이는 실망스러웠다.

"돈이야 언제나 문제 아닙니까?"

"돈 없이 살던 시절이 있었어요. 물을 푸려면 바가지가 있어야 하는데, 지금은 그걸 돈으로 사지요. 바가지를 땅에다 묻던 시절이 있었지요."

"돈 놓고 돈 먹는 세상이라지 않습니까?"

"돈은 먹을 수가 없어요. 돈은 이야기니까요. 소는 개울가에서 풀을 먹고, 풀이 잠들면 볏짚을 먹지요. 돼지는 뜨물을 먹고, 닭은 낟알을 주워 먹었지요. 그것들은 살이 되고 똥이 되어 사람과 밭을 기르지요. 모든 게 계절처럼 새끼를 낳았지요. 박 씨는 땅을 만나 바가지를 낳고, 바가지는 재를 낳지요. 재는 밭을 만나 박씨를 기르지요. 모든 건 이야기를 낳아요. 사람이든 물건이든 그렇게 이어진다 해서 이야기라 하지요."

그의 이야기는 선뜻 알아듣기 어려웠지만 무언가 흥미로웠다. 케이는 진지하게 그의 이야기에 귀를 기울였다.

"얽힌 건 풀어야 하고, 밤이면 잠들어야 해요. 밤이 되면 밭도 잠들고, 외양간에 걸어놓은 쇠스랑도 잠들고, 황소와 개울도 잠을 자야 해요. 벼를 벨 때는 겨울새들이 먹을 낟알을 남기고, 감나무는 키를 높여 까치밥을 남겨두었어요. 겨울이면 모두 풀어야 했지요. 매달아놓은 종자 주머니처럼 옹기종기 모여서 이야기를 풀지요. 추녀 밑에 잠든 박새와 초가이엉 속의 구렁이와 다락의 새앙쥐와 부엌 살강에 그물을 친 집거미와 바람벽 속을 드나드는 바다리벌이, 개똥에서 자란 참외와, 논에 숨어 우는 뜸부기와, 어치가 숨겨놓은 도토리가 풀어가는 이야기를 말이오. 고개 하나 넘으면 또 고개가 나오고, 겨우내 얼었던 개울을 봄이 녹이고, 눈석임물이 강으로 흘러 하늘에 오르고, 비가 되어 다시 샘이 되듯이, 돌고 돌다가 막히면 풀어내야 하는 거지요. 이야기라는 걸 풀이라고도 하지요."

케이는 그가 말하는 '풀이'라는 걸 얼핏 들어본 적이 있었다. 성주풀이나 제석풀이처럼 무가(巫歌)에 나오는 이야기 같은 걸 말하는 모양이라고 짐작했다.

"그렇게 이야기로 풀었지요. 뜨거운 설거지물을 버리며 지렁이들에게 피하라고 풀고, 하늘에서 내리는 비님과 반갑다고 풀고, 오래 묵어 꽃이 하얗게 핀 고추장이며, 나뭇등걸에서 잠자는 가물치와 지붕에 올라간 개나, 오래 묵은 느티나무 속에 사는 구렁이나 밤마다 장지문에 모래를 끼얹는 호랑이와 이야기로 풀었어요."

그의 이야기는 노래 같았다. 여태껏 들어본 적이 없는 그의 낯선 이야기를 어떻게 받아들여야 할지 케이는 난감했다.

"이야기는 푸는 거예요. 돈도 그런 이야기였지요."

케이는 호수처럼 그의 눈빛에 이끌려 아무 생각도 할 수가 없었다. 도대체 이 사람이 누구란 말인가.

그 뒤로도 금룡은 수시로 변신하며 케이를 혼란스럽게 했다. 다행스러운 것은 온종일 입을 다물어 그를 무력하게 만드는 일이 눈에 띄게 줄어들었다는 사실이다. 호수 같은 눈빛으로 찾아올 때도 그는 차분히 눈을 열고 이야기를 늘어놓았다.

"난 그동안 당신에게 많은 이야기를 해왔어요. 이야기는 꼭 입으로만 하는 게 아니지요. 귀를 열면 나팔꽃이 아침마다 꽃을 여는 소리, 바다를 건너온 바람이 부는 피리 소리를 들을 수 있지요. 듣고 싶은 것만 들으려니까 못 듣는 거지요. 이야기는 나누는 것이거든요. 그건 쓸모의 귀엔 들리지가 않아요."

그의 이야기는 때로 모호하고 생뚱맞기도 했지만, 난잡한 창녀들의 이야기를 늘어놓을 때보다 훨씬 진지하고 흥미로웠다.

그런 중에 어느덧 세 번째 보고서를 제출할 날이 돌아왔다. 이번에도 가짜 피의 제조법에 대해서는 특별히 알아낸 게 없었지만, 그동안 그와 나눈 이야기는 흥미로웠다. 한 가지 다행스러운 건 그리 들볶아대던 상부의 성화가 요즘 들어 잠잠해졌다는 점이다.

아직 한 차례 더 상담을 할 여유는 있었지만, 케이는 이렇게 차분한 눈으로 찾아온 금룡과 헤어지는 게 좋겠다는 생각이 들었다. 저 맑고 고요한 눈이 희번덕거리며 변하는 걸 다시 보고 싶지 않다는 게 솔직한 그의 심정이었다.

모든 조사가 끝났으니 돌아가도 좋다고 하자, 금룡은 잠시 머뭇거리다가 아직 하지 않은 말이 있다고 했다. 그건 놀랍게도 가짜 피를 만든 방법에 관한 이야기였다. 이미 밝혀진 재료들 외에 자신의 피를 바늘에 찍어 넣었다고 했다. 케이가 놀란 얼굴로 좀 더 상세한 이야기를 듣고 싶다고 하자, 그는 대수롭지 않다는 표정으로 손을 내저었다.

"그건 거의 마음에 점을 찍는 거나 다름없어요."

왜 그런 걸 만들었느냐는 말에 그는 정색하며 이리 말했다.

"나는 화가 났을 뿐이오."

케이는 그가 말하는 분노가 누이동생 때문이냐고 물었다. 그의 얼굴에 쓸쓸한 기색이 스쳐지나갔다.

"말희는 굶어 죽었어요."

그는 자신의 누이동생을 애꾸왕의 심복들이 죽이지 않았다고 했다. 길게 한숨을 쉬고서, 그는 누이동생이 들려주었다는 죽음의 전말을 털어놓았다.

암자에 숨어 지내던 말희는 돈을 원수로 여기는 한의사 덕에 지독한 가난을 감수해야 했다. 골수 무전당원인 한의사는 돈이라는 말만 들어도 치를 떨었다. 돈이 눈에 띄면 버럭 화를 내며, 그걸 들고 나가 그날로 써버려야 했다. 어두침침한 게임방에서 온종일 내기를 하든지, 사설 경마장에서 끼니를 거르며 추악한 돈들을 말끔히 없애버렸다. 말희는 그런 남자를 굶길 수는 없었다. 고결한 그에게 차마 돈 이야기를 할 수 없었던 그녀는 이따금 암자를 드나들던 노파의 주선으로 제 몸에서 뽑은 피를 팔았다. 그 돈으로 그녀는 한의사가 먹을 양곡을 사고, 전철역으로 나가 무전당원에게 공작 자금을 전해주고, 그가 좋아하는 생선회를 사 오고, '무소유의 철학' 같은 책들을 사다 주었다. 물론 그는 그런 물건들을 어떻게 구하는지 묻지 않았다. 입에 올리기도 싫어하는 돈에 대해서는 더 말할 것도 없었다.

한의사는 수사기관에 붙들려 혹독한 고문을 받았다고 한다. 가슴에 단검을 지니고 다닐 만큼 투철한 무전당원인 그에겐 한 가지 치명적인 약점이 있었다. 그건 배고픔이었다. 고문을 하던 수사관들이 배달되어 온 국밥을 먹는 걸 보고 그는 극심한 고통에 사로잡혔다. 눈치 빠른 수사관들은 당장 그에게 공급되던 식사를 중단시키고, 그의 눈앞에서 고기를 굽고, 구수한 찌개들을 끓였다. 두 끼를 굶고 난 뒤에 그는 무전당원들의 명단과 말희의 거처를 털어놓았다.

금룡이 들려준 이야기는 그동안 알려진 한의사의 말과 많이 달랐다.

수사관들은 단식으로 버티는 한의사에 두 손을 들었다. 석방을 앞두고, 정중하게 식사를 차려주었다. 제 앞에 놓인 국밥을 천천히 숟가락으로 떠넘겼다. 사십 일만에 목구멍으로 넘기는 음식이었다. 그는 어두웠던 눈이 일시에 밝아지며, 무지근하던 머릿속이 새털처럼 가벼워지는 걸 느꼈다. 그리고 사방에 향기가 진동하며 쇠북을 두드리듯 큰 소리가 그의 귀를 때렸다. 그는 정신없이 퍼먹던 국밥에서 자신이 그토록 찾아 헤매던 진리를 보았다. 국밥 한 그릇에서 생사를 꿰뚫는 오묘한 진리를 발견하여 대오견성(大悟見性)하는 순간이었다. 환희에 가득 찬 그가 외친 오도송은 이러했다.

'할! 사는 건 다 먹자고 하는 일이로다.'

그가 옥중에서 깨우친 국밥의 진리를 소개하는 『밥이 하늘이다』라는 자서전에 실린 내용이다. 옥에서 풀려난 무전당 출신의 한의사는 요리사가 되었다. 개량한복을 입고, 말총머리를 한 그는 방송에 나와 '철학적으로 끓이는 대구탕'을 조리하고, 돈 없이 남의 집을 두드려 밥을 얻어먹는 〈얻어먹는 밥의 즐거움〉이라는 방송 프로그램에 출연하며 인기를 모으고 있었다. 그는 유명 인사가 되어 있었다.

"누이동생을 만났나요?"

그는 말희가 죽던 날, 달빛 사이로 날아가는 학을 보았다고 했다. 그 학은 딸이 돌아오면 입히려고 아지가 치마에 놓은 자수였는데, 그게 날아가는 걸 보고 누이동생이 죽은 걸 알았다고 했다. 요즘도 누이동생이 밤마다 찾아와 집 주변을 서성거린다고 했다. 창백한 얼굴로 춥다고 그의 창가에서 호소한다는 것이다.

케이는 난감했다. 그의 이야기를 어디까지 믿어야 할까. 눈앞에서 진지한 표정으로 이야기를 들려주는 금룡이 새삼 낯설게 느껴졌다. 도대체 이 사람은 누구인가.

"내가 누군지 아십니까?"

자신의 마음을 들여다보듯 깊고도 고요한 눈으로 그가 물었다.

"남들은 당신을 흡혈귀라고 하지만 난 그리 생각하지 않아요."

"흡혈귀라구요? 밤이 되면 관 뚜껑을 열고 무덤에서 기어 나와, 사람의 피를 빨아 먹는 흡혈귀 말이오? 지금 가난한 이들의 목에 송곳니를 꽂고 피를 빨아 먹는 사람들은 누구인가요? 흡혈귀들은 썩은 관 속에서 잠을 잔다는데, 대리석이 깔린 호화주택에서 금을 입힌 침대에 누워 잠을 자는 이들은 누구인가요? 손끝 하나 움직이지 않으면서도 남의 피를 빨아 먹고, 나이를 먹어도 늙지 않고, 날이 갈수록 힘이 강해지는 괴물은 뭐라고 부르나요?"

케이는 그의 차분하던 눈이 격렬한 불꽃을 일으키며 타오르는 걸 느낄 수 있었다. 그러나 그 눈빛은 이내 재처럼 식었다.

"나는 화가 났소. 그러나 분노는 슬픔을 이길 수 없었어요."

공식적인 상담은 그렇게 끝이 났다. 케이는 보고서의 마지막 장을 정리했다. 몇 번을 고민한 끝에 금룡이 마지막으로 들려준 이야기는 적지 않았다. 무언가 그래야만 될 듯싶었다. 보고서를 가방에 넣고 원장실로 향하는 그의 발걸음은 비장했다. 이번에도 무어라 꼬투리를 잡으며 다시 하라면 그는 못 하겠다고 단호하게 거부할 생각이었다.

최종 보고서를 건네받은 원장은 시큰둥한 얼굴로 훑어보았다. 보고서를 들여다보는 그의 눈길이 전과 다르다는 느낌이 들었다. 그건 읽는다기보다 건성으로 낱장들을 뒤적거린다는 표현이 옳았다. 무언가 김이 빠진 느낌이었다. 얼마 전에 발표된 정부의 성명을 들으며 조금은 예상했던 일이지만, 하루가 멀다 하고 독촉하던 예전과는 너무 큰 변화였다.

그건 정부가 취한 혈액 유통에 관한 긴급조치와 연관이 있어 보였다. 그동안 일어난 혈액 중독 현상이 비위생적으로 제조되어온 가짜 피의 오염에 있었다는 조사위원회의 최종 발표와 함께, 정부는 혈액 유통에 관한 강력한 관리 방안을 마련했다. 그동안 외부 기관에 맡겨두었던 혈액 인증 제도를 폐지하고, 국민들의 보건과 건강을 지키기 위해, 국가가 직접 나서서 혈액 관리를 하겠다는 조치였다.

아울러 정부에서는 그동안 음혈을 둘러싼 국민들의 불안을 의식한 듯, 공신력 있는 전문 기관에 맡겨 연구한 결과를 발표했다. 사람의 혈액이 건강과 미용에 괄목할 만한 효능이 있다는 사실을 과학적으로 검증했으며, 만성질환자나 노약자에게는 탁월한 건강보조제라는 내용이었다.

이런 정부의 노력과 언론의 집중적인 홍보에 힘입어, 음혈에 대한 불안감도 한풀 가라앉았다. 정부는 혈액전매청을 신설하여 안전하고 건강에 좋은 혈액을 대량으로 공급하였고, 사람들은 담배나 차를 사서 즐기듯 간편하게 피를 음용하게 되었다.

경찰청은 피를 둘러싼 범죄들이 눈에 띄게 줄었다고 발표했다. 가짜 피로 인한 사망 사고나, 채혈을 위한 인신매매와 납치, 살인, 유기 등의 강력범죄들은 거의 절반 이하로 줄었는데, 여기에는 정부의 안전한 혈액 관리와 충분한 혈액 공급 시책이 주효했다고 분석했다.

이제 사람들은 피를 마시기 위해 누군가의 목덜미를 깨물거나, 기둥에 묶어놓고 얼굴이 창백해지도록 피를 뽑지 않아도 되었다. 누구나 편의점이나 동네 약국에서 손쉽게 비닐 팩에 든 혈액이나, 건조한 혈청 분말을 사서 음용할 수 있게 되었다.

케이는 법률용어나 어려운 한자어로 나열된 이런 발표문들이 빠뜨린 행간들을 알고 있었다. 그건 돈에 관한 부분이었다. 아무리 안전하고 편리하게 공급되는 피라고 해도, 돈이 없는 사람에게는 있으나 마나 한 이야기였다. 비교적 저렴하게 책정되었던 정부의 공식 혈액가는 시간이 지나면서 슬금슬금 오르고 있었다. 혈액전매청에서는 국민의 선택권을 넓힌다며, 다양한 신제품을 쏟아냈다. 미용 전문용, 노인을 위한 실버 전용, 만성질환자를 위한 의료 전문용에 이어, 스페셜급, 프리미엄급, 하이퀄리티급, 로열패밀리급 등으로 다양한 등급의 혈액 제품이 출시되었다. 물론 용도와 등급이 나뉜다고 혈액가가 내려가는 것은 아니었다. 오히려 그 반대였다.

여전히 문제는 돈이 없는 사람들이었다. 이미 음혈에 중독된 서민들은 혈액전매청의 비싼 피를 사 먹을 수가 없었다. 혈액전매청에서는 공식적인 매혈소를 운영하며, 가난한 사람들의 피를 무한정으로 사들였다. 당연히 혈액 제품의 가격에 비해, 매혈가는 턱없이 낮았다. 가난한 매혈자들은 제 몸의 피를 팔아 비싼 피를 사 마시게 되었다. 피가 모자라게 된 그들은 점차 체력이 떨어지고, 몸을 써서 하던 일은 감당하기 어렵게 되었다. 일을 못 하게 되면서 그들은 더욱 가난해졌다. 일을 하려면 힘이 있어야 하고, 그러려면 피를 마셔야 했다. 그러나 그들의 주머니는 비어 있었다. 그들은 절망하지 않을 수가 없었다. 그때 천사가 다가와 속삭였다.

"신선하고 건강한 피로 행복한 하루를 시작하세요. 공공은 행이 함께합니다."

은행은 누구나 피를 사 먹을 수 있도록 돈을 꾸어주었다. 건강하고 매력적인 미녀들이 장밋빛 혈색으로 매혹적인 웃음을 지으며, 유리잔에 담긴 신선한 피를 들이켜는 광고는 아직 피를 마셔보지 않은 아이들까지 은행 앞에 줄을 세웠다. 그렇다고 은행이 거저 돈을 빌려주는 건 아니었다. 약간의 이자를 붙여 갚으면 되었다. 그마저도 부담이 되면 수십 개월에 나눠 갚는 할부 제도도 마련했다. 물론 이자는 조금 더 오르지만⋯. 아이들에게는 생애 첫 음혈을 위한 무이자 대출이 이뤄졌다. 그야말로 돈이 없어서 피를 사 먹지 못하는 사람은 없게 되었다.

은행의 빚을 갚지 못하는 사람들은 피를 팔면 되었다. 정부의 엄중한 조치에도 불구하고 암거래는 남아 있었다. 뒷골목의 사설 업자들이나 핏값의 상당액을 선납으로 떼는 사채업자들에게 피를 팔면 해결될 일이었다. 그도 저도 안 되는 이들은 알아서 살아야 했다. 태양에도 그늘이 있고, 가난은 나라님도 구하지 못한다는 말이 있지 않은가. 남의 돈을 거저 쓰고, 제 몸의 피는 아까워하는 사람을 누가 도울 수 있겠는가. 으슥한 숲이나 개울가에는 창백한 시신들이 버려졌고, 그것들은 수군거릴 틈도 없이 구급차에 실려 어디론가 사라졌다. 들리는 말로는 행려자들의 화장 시설로 간다는 말도 있고, 의과대학생들을 위해 해부용으로 거룩한 헌신을 한다는 소문도 있었지만, 그들의 종적은 어떤 신문이나 방송에도 보도되지 않았다. 세상은 조용하고 태평했다.

연구원장은 별 관심도 없으면서도 보고서를 여전히 뒤적거리고 있었다. 그런 원장을 우두커니 선 채로 지켜보고 있는 것도 멋쩍은 일이었다. 케이의 입술이 뒤틀리며 쓴웃음이 스며 나왔다.

"요즘 그 인간은 뭐 해?"

뒤적거리던 보고서를 책상에 탁 소리가 나도록 덮고는 원장이 물었다. 다른 생각에 잠겨 있던 케이는 바로 답을 하지 못했다. 원장이 보고서를 손가락으로 가리켜 보였다.

"아무것도 안 하고 있습니다."

원장은 맥 풀린 얼굴로 쓴웃음을 지었다.

"그래. 그 인간은 세계평화와 인류 발전을 위해 아무것도 않는 게 도와주는 거야."

그걸로 「흡혈 중독에 관한 사회병리학적 정신분석」이라는 연구 보고는 끝이 났다. 그동안 들볶아대던 원장이 인사치레로라도 수고했다는 말 한마디 없는 게 야속했지만 내색하지 않았다. 케이는 그 지겨운 조사 보고서에서 풀려난 것만으로도 다행이라 여겼다.

보고서를 넘겨받은 수사기관에서도 별다른 말이 없었다. 그곳에서도 금룡을 붙들어둘 필요가 없게 된 것이리라. 잡아들일 때와 달리 그라는 존재는 이제 누구의 관심도 받지 못한 채 세간의 기억에서 지워졌다. 물론 조사 과정에서 일어난 일은 일체 불문에 부치겠다는 각서에 지장을 찍어두긴 했지만.

13.

세계평화와 인류 발전을 위해 금룡이 아무것도 않고 있는 건 아니었다.

피 장사를 하다 관에 불려가 곤욕을 치르고 난 뒤로도 그는 여전히 분주히 지냈다. 남들이 흡혈귀니 뭐니 지껄여대도 아랑곳하지 않았다. 이 나라에는 숯불을 피워놓고, 누군가를 끓여대는 커다란 냄비가 놓여 있었다. 운이 나쁘게 그가 냄비에 담겼을 뿐이었다. 그는 툭툭 털고 제 하던 일을 챙기기 시작했다.

세상은 넓고 돈이 될 일은 널려 있었다. 잘나가던 혈액 사업이 뜻하지 않게 암초에 부딪혀 곤궁한 처지가 되었지만 그는 결코 낙심하지 않았다. 도깨비가 쓸어주듯 돈벼락을 맞아본 그는 아직도 대책 없는 의욕에 사로잡혀 있었다. 돈이 되는 일이라면 무엇이든 할 준비가 되어 있었다. 그는 잉걸불처럼 타올랐고, 그 열기에 모여드는 이들이 있게 마련이었다. 그는 그런 이들이 들려주는 이야기에 이끌려 몇 개의 '아이템'에 호기롭게 달려들었다. 예를 들자면, 남극에서 펭귄을 사육하는 사업이나, 강가에 널린 자갈에 방사선을 쬐어 백금을 만드는 일이나, 서해에 가라앉은 보물선을 끌어 올리는 일에 뛰어들었다. 그건 그야말로 투신이었다. 그는 앞뒤 가리지 않고 제 몸을 던졌고, 그 결과는 허망했다.

그런 아이템에 매달리느라 혈액 사업으로 벌어놓았던 돈마저 바닥이 났다. 뚱보는 길길이 날뛰고 싶었지만, 더욱 늘어난 자신의 체중을 감당하지 못해 침대에 누운 채 세상의 온갖 악담과 욕설을 퍼부어댔다. 그러나 그런 것도 금룡에게는 괴로움을 주지 못했다. 모두가 알다시피 태생적으로 그에겐 괴로움을 감지할 감각이 부재했기 때문이다. 그는 사업 구상에 골몰한 나머지 정기적으로 받으러 가야 하는 상담을 아우에게 떠넘기기도 했다. 다행히 조사관은 자신보다 은룡을 더 반기는 듯했다. 보다 못한 그의 장인이 뚱보를 대신하여 당구 큐대를 집어 들고 길길이 날뛰었지만 그는 그런 노인을 상대할 시간이 없었다. 요즘 그는 노병과 머리를 맞대고 새로운 아이템을 궁리하는 데 열중했다.

태극기 장사로 온종일 시내 골목을 헤집고 다니면서도 빈손으로 고주망태가 되어 돌아오는 게 일이었던 노병은 금룡과 죽이 잘 맞았다. 모두가 그를 흡혈귀 취급을 하며 멀리할 때도 노병은 변함없이 그의 편이 되어주었다.

"나만 살겠다고 튀면 그게 방아깨비지 어디 인간이여. 사람은 의리가 있어야 해. 전우의 시체를 넘고 넘어 몰러? 충성!"

노병에게 한 가지 문제가 있다면 육신은 전쟁터에서 돌아왔지만, 아직 그의 정신은 전쟁 중이라는 사실이었다. 그는 술만 취하면, 지나가는 아이들에게 제식훈련을 가르치고, 아무에게나 빨갱이라고 눈을 부라리고, 지붕에 올라가 새총으로 행인들을 향해 쏴댔다. 그것만 아니라면 그는 조용하고 성실하게 살아가는 사람이었다. 그의 주름지고 마디진 손은 잠시도 쉬는 일 없이 무언가를 하며 규칙적인 하루를 보냈다. 날이 밝기 무섭게 자리를 박차고 일어나, 온 동네 사람이 놀라 깨도록 고함을 지르며 마당에서 재건체조를 하는 게 하루의 시작이었다. 그러고 나선 빗자루를 들고 골목길을 말끔히 쓸고, 차들이 복잡한 네거리에서 교통정리를 하고, 밤이 되면 호루라기를 불며 어두운 골목을 순찰하는 게 그의 정해진 일과였다.

미미는 그를 밥버러지라며 괄시했지만, 그는 놀고먹는 사람이 아니었다. 사시사철 태극기와 성조기를 어깨에 메고 팔러 다녔다. 그의 말에 따르자면 장사가 아니라 애국 사업이었다.

그는 교육 사업에도 열심이었다. 봄이면 자전거를 타고 개울로 나가 올챙이나 송사리를 잡아다가 시내의 초등학교 앞에서 팔았다. 뒷다리가 나온 올챙이는 더 비싸게 팔았다. 파리만 보아도 무섭다고 비명을 지르는 아이들에게 생생한 생태교육을 하려고 하는 사업이라고 했다. 나라가 잘되려면 인재를 길러내는 교육에 힘써야 한다는 게 그의 철학이었다. 그는 잠시도 쉬지 않고 이런저런 애국 사업에 매진했다. 그는 일하고 싸우기 위해 태어난 사람 같았다. 그는 죽은 애꾸왕을 존경해 그가 남긴 '일하며 싸우세'란 말을 자신의 좌우명으로 삼았다. 무언가 일을 하고 있지 않는다면 누군가와 싸워야 했다. 상대가 없으면 지나가는 개하고라도 입을 벌리고 싸웠다.

당연히 그는 하는 일 없이 골방에서 빈둥거리는 금룡(사실은 은룡)을 비난하다가 아지와 싸우고, 끝없이 허황된 일을 벌이는 금룡(사실은 진짜 금룡)의 주변에서 어정거리며 온갖 참견을 아끼지 않았다. 그는 금룡이 이따금 '셧 더 마우스'한 채 방 안에 들어앉아 있지만 않다면 어느 하나 버릴 데가 없는 사람이라고 칭찬했다. 그 때문인지 노병은 다른 사람 말에는 콧방귀도 안 뀌면서도 금룡의 말은 잘 들어주었다. 금룡이 시키는 대로 성경책을 찢어 대마초를 말거나, 도박판을 벌이는 당구장 문 앞에 버티고 서서 행여 누군가의 신고를 받고 경관이 달려오는지 살피는 문지기도 마다하지 않았다. 그는 평생을 '나라의 융성이 나의 발전의 근본임을 깨달아, 자유와 권리에 따르는 책임과 의무를 다하며, 스스로 국가 건설에 참여하고 봉사하는'◆ 삶을 기꺼이 살아온 위인이었다. 그러나 누가 그에게 자신을 위해서는 무얼 했느냐고 묻는다면, 그는 아무것도 한 게 없다고 말할 수밖에 없었다. 미미의 말에 따르자면, 막상 무얼 하려고 해도 자신이 누군지도 알지 못하는 사람이라고 했다. 나중에 묘비를 세운다면 거기 적힐 그의 일생은 아주 단순명료했다. 일하며 싸우세.

"뭐니 뭐니 해도 유에스에이가 최고여. 여기 텍사스만 해두 그동안 뉘 덕에 먹구살아 왔는데. 민주구 자유구 나발이구 간에 한국은 유에스에이가 없으면 말짱 헛거여. 메드 인 차이나? 노 땡큐. 메드 인 유에스에이, 넘버원!"

이런 소리를 마주 앉아 들어주는 게 쉬운 일은 아니지만, 금룡은 그런 노병에게 막연한 친근감을 느꼈다. 그 친근감 속에는 춘월의 부친을 자처하는 그에 대한 은근한 호의도 섞여 있었다. 다정히 붙어 있는 두 사람을 볼 때마다 뚱보가 버럭 소리

◆ 우매한 국민을 교육하기 위해, 일본의 메이지 천황 시대에 제정한 교육칙어를 본떠 1968년 12월 5일 발표된 국민교육헌장(國民敎育憲章)의 일부.

를 지르며 성질을 부리긴 했지만 그런 건 지나가는 가랑비쯤으로 여기면 될 일이었다.

"아주 지랄들을 허셔. 돼먹지 않은 잡담 할 시간에 돈 벌 궁리나 해보셔들."

그런 궁리라면 언성을 높일 필요가 전혀 없었다. 요즘 그들의 관심은 돈보다 귀한 보물에 관한 것이었다. 몇 달 동안 관에 불려가 고초를 겪고 나온 금룡에게 노병이 귀가 솔깃해지는 사업 아이템을 들려주었던 것이다.

그것은 전설로 전해오는 신비로운 향료에 관한 것이었다. 세상에 존재하는 향료 가운데 3대 기물로 알려진 용연향은 고래의 똥에서 얻어졌다. 해저의 기화요초를 삼킨 향유고래의 배 속에서 숙성되어 만들어지는 이 신비한 향료는 견디기 힘든 악취로 덮여 있다. 그 고약한 고래의 숙변을 염기 있는 해풍에 쏘이고, 햇빛에 말려 구증구포의 과정을 거치면 천상에서나 맡을 수 있는 오묘한 향기를 내게 된다. 그렇게 만들어진 용연향은 검은 다이아몬드라고 불릴 만큼 고가로 거래된다.

문제는 향유고래의 숙변을 손에 넣기가 하늘에 별 따기만큼 어렵다는 사실이었다. 고래가 평상시에 쏟아내는 생똥이 아니라 배 속에 눌어붙었다가 내깔기는 숙변이 언제 나올지는 고래도 모르고, 하나님도 모를 일이었다. 그렇다고 마냥 화장지 들고 고래를 쫓아다닐 수도 없는 일이 아닌가.

그런데 노병은 그 보물이 지천으로 떠다니는 곳을 알고 있다고 했다. 상륙작전 때, 적의 흉탄에 죽어가던 주둔군 장교가 알려주었다는 그곳은 쿠릴열도에서 동남향으로 687킬로미터에 있는 무인도라고 했다. 노병은 때가 묻고 물기에 젖어 쉽게 알아보기 힘들지만, 무언가 영어가 적힌 지도 한 장을 그에게만 은밀히 보여주었다.

"말하자면 요기가 고래들 캬바레인 셈이여."

향유고래들이 짝을 찾아 일 년에 한 번씩 모인다는 그 섬 주변에는 기이하게도 사시사철 물결이 잔잔하고 바람이 없는 해류 지역이 있는데, 고래가 싸지른 숙변들이 해류를 타고 떠다니다가 그곳으로만 모인다고 했다. 고래 배 속에 눌어붙었던 배내똥이 밖으로 나오는 건 죽을 때와 사랑을 나눌 때라고 한다. 새카맣게 모인 향유고래들이 사랑을 나누느라 죽기 살기로 힘을 쓰다 보면, 배 속에 숙변이 쏟아진다는 것이다. 죽을 똥 싼다는 말이 여기에서 비롯되었다.

노병의 말에 따르자면 배를 띄워 고래들의 카바레에 가서 떠다니는 보물들을 건져오기만 하면 된다는 것이었다. 문제는 배를 구하는 일이었다. 거기에는 약간의 돈이 들며, 유감스럽게도 두 사람에게는 그만한 돈이 없었다. 요즘 그들이 머리를 맞대고 고심에 고심을 더하는 게 바로 그 돈을 마련할 궁리였던 것이다. 그건 아주 간단하면서도 쉽지 않은 일이었다. 그럴 즈음, 동남방에서 귀인이 찾아왔다.

춘월이 돌아왔다.

그녀는 떠날 때 그러했듯이, 돌아올 때도 아무런 예고 없이 나타났다. 번쩍거리는 검은 세단이 페인트칠이 벗겨져 볼썽사납게 변한 세븐클럽 앞에 멈추었다. 양복을 말끔히 차려입은 운전수가 문을 열어주자 고급 양장을 걸친 춘월이 우아한 자태로 차에서 내렸다. 몇 해 동안 떠나 있던 그녀는 몰라보게 성숙해졌고, 빈약했던 가슴과 궁둥이에도 살이 올라 한결 농염해졌다. 한 뼘도 넘는 하이힐을 신고, 선정적인 매니큐어를 칠한 손가락에는 척 보기에도 비싸 보이는 반지들이 꿰어 있었다. 그녀는 추녀 밑에 더부룩하게 자란 명아주 이파리를 천천히 쓰다듬고는 사람들을 향해 눈웃음을 건넸다. 그 웃음이 어찌나 그윽하던지 주변에 모여들었던 사람들은 자신도 모르게 허리를 굽혀 인사를 하고, 한 젊은이는 개똥이 굴러다니는 마당에 제 손수건을 펼쳐 그녀가 밟고 지나게 했다. 고마워요. 그녀가 살짝 고개를 숙여 인사를 건네자, 젊은이는 넋이 나가 그 자리에 털썩 주저앉고 말았다.

사람들은 한눈에 그녀가 성공했다는 것을 알아차렸다. 쓸쓸하던 텍사스촌은 일시에 활기를 되찾았다. 사람들은 모이기만 하면 춘월에 대해 수군거렸다. 그녀가 홀연히 집을 떠난 이유와, 그동안 도시에서 보낸 그녀의 사연과, 다시 돌아온 목적에 대해 온갖 추측과 억설을 주고받았지만 언제나 그들의 이야기는 '낸들 알 게 뭐야'로 봉합되었다. 그녀는 부싯돌처럼 사람들의 머릿속에 불티를 일으켰고, 먼지만 풀풀 날리던 골목에 어수선한 열기를 일으켰다. 세븐클럽은 모처럼 사람들과 음악 소리로 들끓었다.

그날 저녁, 공식적으로 벌어진 춘월의 환영식에 금룡은 뚱보의 집요한 방해와 감시의 눈을 피해 가까스로 참석할 수 있었다. 몰라보게 성숙한 춘월에게 그는 허리를 꺾어 정중하게 인사를 했다. 그녀는 웃음을 지으며 손을 내밀었다. 그는 자신도 모르게 무릎을 반쯤 굽힌 채 그녀의 손에 입을 맞추었다. 누군가 그의 등을 떠미는 바람에 앞으로 고꾸라질 뻔했는데, 그녀가 재빨리 붙들어주었다.

"댄스파티!"

딸이 돌아온 기쁨에 벌써 반쯤 혀가 꼬부라진 미미가 소리쳤다. 곧이어 블루스 곡이 흘러나왔다. 나는 너무 오랫동안 당신을 사랑했어요. 그 노래를 들으며 두 사람은 춤을 추지 않을 수가 없었다. 금룡은 떨리는 손으로 그녀의 버들가지 같은 허리를 잡았다. 그의 입에서 한숨 같은 소리가 새어 나왔다. 나는 너무 오랫동안 당신을 사랑했어요. 나는 너무 오랫동안 당신을 사랑했어요. 엘피판이 튀고 있었지만, 아무도 신경을 쓰지 않았다. 너무 오랫동안 당신을 사랑한 건 수백 번을 말해도 사실이었다.

감미로운 음악과 오색의 조명 속에서 두 사람은 마음껏 서로에 취하였다. 그건 너무 오랫동안 사랑한 사람의 당연한 몫이었다. 싸구려 위스키와 가짜 럼주에 흥건히 취한 춘월과 금룡은 누가 보거나 말거나, 서로 끌어안고 춤을 추기도 하고, 소리 내어 웃기도 하고, 툭툭 치며 애정 어린 장난도 마다하지 않았다. 어디선가 뚱보가 보거나 말거나 세상에는 두 사람만이 있었다. 취해서 딸꾹질을 해대던 미미는 카운터에 앉아 돈통을 끌어안고 잠이 들었다.

북적거리는 술집에서 빠져나온 춘월이 금룡의 손을 끌고 간 곳은 으슥한 산자락이었다. 그곳은 마마가 묻힌 곳이었다. 밤이슬이 축축이 내린 무덤 앞에서 두 사람은 담배를 나누어 피웠다.

"너를 만나러 온 건 아니야."

그녀는 할머니를 만나러 왔다고 했다. 그녀는 자신이 떠난 뒤에 일어난 일을 빠짐없이 들려달라고 했다.

　춘월이 떠나고 얼마 되지 않아 마마가 혼자 자던 방에서 불이 났다. 불은 마침 불어온 바람을 타고 허름한 집 전체를 순식간에 잿더미로 만들었다. 소방차가 도착했을 때는 흔적도 없이 타버린 뒤였다. 방에서 잠을 자던 마마는 숯덩이가 되어 뼈 한 조각 건질 수가 없었는데, 미미가 숯덩이를 헤집어 침대 밑에 깔려 있던 돈뭉치들을 찾아냈다고 했다. 돈들은 한 장도 남김없이 불에 타 재가 되었지만 신기하게도 백 달러 속에 그려진 대머리 아저씨의 퀭한 눈만은 고스란히 남아 있었다고 했다. 미미는 눈알만 남긴 채 재가 된 지폐 다발을 두 손으로 받쳐 들고 은행으로 달려갔는데, 난데없이 불어온 돌개바람이 재가 된 돈들을 일순간에 날려버렸다고 했다.

　그런가 하면 남의 뒷이야기에 능통한 미장원 여주인의 말은 달랐다. 불이 나던 날, 저녁 무렵에 오줌이 마려워 변소를 가는데, 마마의 방에서 쥐들이 꼬리를 물고 나오더라는 것이다. 쥐들은 입에 달러 한 장씩 물고 끝도 없이 줄을 지어 어디론가 갔다. 기이하게 여겨 그 뒤를 쫓아가니 개울 한가운데 쪽배가 한 척 놓여 있는데, 쥐들이 물고 온 지폐들을 부지런히 그 배에 싣더란 것이다. 놀랍게도 쪽배에는 머리를 풀어헤친 마마가 앉아 있었는데, 산더미처럼 쌓인 지폐의 무게를 감당하지 못한 배가 물속으로 가라앉고 있었다. 미장원 여주인이 황급히 남편을 데리고 물에 빠진 마마를 구하러 돌아왔을 때엔 ― 달러를 구하러 달려왔겠지만 ― 산더미처럼 쌓인 돈다발도, 머리를 풀어 헤친 마마도, 쪽배도 흔적 없이 사라졌다고 했다.

그 말에 사람들은 미장원 여주인이 오래전부터 야매 파마약을 써서 정신이 혼미해졌나 보다고 입을 모아 비난했다. 그러나 그 말이 있고 난 이튿날, 날이 밝기도 전부터 개울가에는 허벅지까지 물에 담근 사람들이 황새처럼 허리를 굽히고 개울 바닥을 뒤지고 다녔다.

이야기를 들은 춘월은 한숨을 길게 내쉬었다. 그녀는 마마의 돈이 숨겨진 곳을 알고 있었다고 털어놓았다. 무엇이든 긁어모으던 마마의 방에는 늘 쥐가 들끓었다. 벽에는 쥐들이 드나드는 구멍들이 여기저기 뚫려 있었다. 언젠가 마마가 없을 때 들어간 그 방에서 그녀는 유난히 늙고 큰 쥐가 허공에 매달려 있는 걸 발견했다. 전깃줄을 타고 내려오다가 다리가 얽힌 모양이었다. 빗자루를 집어 들고 후려치려는데, 천장에서 쥐들이 요란스레 울어댔다. 그건 한 마리가 아니라 수십 마리가 울어대는 소리였다. 기이하게 여겨져 빗자루를 내려놓고 있자, 천장에서 쥐들이 줄지어 기어 나왔다. 쥐들은 백 달러짜리 지폐를 물고 와 그녀 앞에 내려놓았다. 호기심에 이끌려 천장 구멍 속을 들여다보니, 그 안에는 꽁꽁 묶어둔 백 달러짜리 지폐 더미가 차곡차곡 쌓여 있었다.

그 가운데 두 뭉치를 집어 들고 그녀는 그 길로 집을 나섰다. 그 돈으로 춘월은 시내에 의상실을 차렸고, 운이 좋게 유명 디자이너의 눈에 들어 패션모델이 되었다. 인기와 명성을 얻으며 큰돈을 벌게 되어 훔친 돈의 몇 배를 갚으러 왔는데, 마마가 세상을 뜨고 말았다며 슬퍼했다. 밤이슬이 축축이 젖은 무덤 속에서 기침 소리가 들려왔다. 그녀는 풀물이 시퍼렇게 든 치마를 툭툭 털며 자리에서 일어섰다.

"그때 왜 함께 떠나지 않았니?"

난데없는 그녀의 물음에 금룡은 멀거니 바라만 보았다. 그녀는 한숨을 내쉬며, 제 앞에서 큰 눈만 멀뚱거리는 남자의 얼굴을 노려보았다.

춘월은 금룡이 제 꽁무니만 따라다니는 걸 일찌감치 알았다. 어려서부터 남녀가 눈을 맞추고, 배를 맞추고, 귀에 꿀물을 붓는 것만 보고 자란 그녀가 그걸 모를 리 없었다. 그러나 그녀는 금룡을 안중에도 두지 않았다. 그 이유는 그가 이 끔찍한 동네에서 즐거이 살고 있다는 사실만으로도 충분했다. 쥐들이 설설 기어 다니는 공중변소에서 양공주들과 함께 쭈그리고 앉아 볼일을 보며 평생을 살아간다는 건 끔찍한 일이었다. 남들은 그녀가 늘 담벼락에 기대어 멀거니 땅만 내려다본다고 수군거렸지만, 그녀는 사실 아주 먼 세계를 바라보고 있었다.

사춘기에 들어서면서 그녀는 그레타 가르보에 빠졌다. 그리고 그녀를 화려한 은막의 무대 위로 모셔갈 남자가 나타나리라는 막연한 기대감에 부풀어 지냈다. 그게 누구인지는 몰라도, 적어도 금룡이 아니라는 건 알고 있었다. 그녀는 그가 밤중에 담을 넘어 뚱보를 자신으로 여기고 하룻밤을 보낸 일을 다행스럽게 여겼다.

그런데 사람의 운명은 한 치 앞을 내다볼 수가 없었다. 그녀가 그레타 가르보처럼 방죽을 우아한 걸음으로 산책을 하고 있을 때, 맞은편에서 한 사내가 걸어왔다. 그리고 그의 눈과 마주치는 순간 그녀는 자신이 오매불망 기다리던 운명의 남자를 만난 사실에 경악했다. 그건 금룡이었다. 그런데 여태껏 그녀가 알고 있던 금룡이 아니었다. 잔잔하고도 서늘한 그의 눈을 마주 대하는 순간, 그녀는 밤하늘을 채운 대기 속에서 누군가 옥합을 깨뜨린 듯 향기가 진동하고, 후줄근하던 천변의 풍경들이 금박을 입힌 듯 반짝이는 걸 느낄 수 있었다. 무어라 말을 건넬 기운도 없었다. 온몸의 힘이 빠지며 자석에 들러붙는 쇳가루처럼 그녀의 모든 게 그의 눈 속으로 빨려 들어갔다.

금룡은 아무 말도 않고 그녀를 지나쳤다. 몽롱한 눈으로 그 뒷모습을 바라보던 그녀는 자신이 치유 불가한 열병에 빠지게 되었음을 알게 되었다. 그날부터 그녀는 금룡의 집 주변을 맴돌았지만 만날 기회를 갖지 못했다.

그때, 운명은 그녀에게 또 다른 남자를 보냈다. 세븐클럽에 드나들던 주둔군 샘 상사가 그녀를 찾아왔다. 오래전부터 지켜본 결과, 그녀가 이런 변두리에서 썩기에는 너무 아까운 미모를 지녔으며, 그 미모를 살려 스타가 될 수 있으리라는 이야기를 꼭 해주고 싶었다고 했다. 그러면서 자신이 조만간 다른 부대로 전속이 될 것인데, 언제든 그 기회를 살리려면 찾아오라며 주소를 적어주었다. 그건 듣기만 해도 가슴이 설레는 말이었다. 그녀는 자신이 오래전부터 품어온 그레타 가르보의 꿈을 드디어 실현할 수 있는 때임을 직감했다. 그건 악다구니와 싸구려 술 냄새와 지린내에 젖은 동네를 떠나, 땅바닥만 들여다보지 않아도 되는 삶을 의미했다.

당장 짐을 꾸려 그를 따라가고 싶었지만 문제는 금룡이었다. 며칠을 고민하며 그의 집 주변을 맴돌던 그녀는 산책을 나온 금룡과 만날 수 있었다. 어두운 둑방을 그의 뒤를 따라 걷던 그녀는 용기를 내어 물었다. 자신과 함께 떠나지 않겠느냐고 ─ 제

발 함께 떠나달라고 — 간절히 물었다. 예상과 달리 금룡은 아무런 대꾸도 하지 않았다. 말없이 그녀를 깊고 잔잔한 눈으로 바라보다가는 이내 발길을 돌렸다.

그녀는 결국 혼자 떠났다. 그리고 미키 마우스가 그려진 분홍색 트렁크를 끌고 평택의 어느 기지촌 부근에 있는 샘 상사를 찾아갔다. 샘은 반색을 하며 그녀를 맞았다. 자신의 친구가 할리우드에서 수많은 스타들을 길러낸 인물이며, 그에게 연락을 해두었으니 곧 반가운 소식이 올 것이라고 그녀를 안심시켰다.

그녀는 샘의 집에서 반가운 소식을 반년 동안 기다렸다. 반년을 아무것도 하지 않고 지낸 것은 아니었다. 연기에 필요한 일이라며 샘은 밤마다 베드신을 연습시켰고, 연기의 몰입을 위해 그녀의 순결은 소도구로 사용되었다. 얼마를 조른 끝에 그녀는 샘의 주선으로 주둔군 부대 안의 클럽에서 노래를 부르게 되었다. 사실 그녀만 모르고 있었지만 그녀의 노래 솜씨는 형편이 없었다. 그녀는 오래지 않아 노래 대신에 춤을 추었다. 그냥 춤이 아니라 옷을 하나씩 벗어가며 추는 스트립 댄스였다.

그녀를 제외하고는 다 알고 있던 결말이지만, 결국 샘은 밀린 방세만 남긴 채 아메리카로 말도 없이 떠났고, 혼자 남은 그녀는 스트립 댄서로 하루하루를 연명했다. 그런 차에 그녀는 떠나온 집을 생각했고, 일부만 가져온 할머니의 돈들이 어떻게 되었을지 안부가 궁금해졌다. 그녀는 있는 돈을 다 털어 새 옷을 사고, 리무진 차를 빌려 텍사스촌으로 돌아왔다.

"난 내일 떠날 거야."

그녀는 자신이 다시는 이곳에 돌아오지 않을 것이며, 금룡과도 다시 만날 일이 없을 것이라고 말했다.

그날 밤, 금룡은 잠을 이룰 수가 없었다. 결국 그는 춘월을 찾아갔다. 몇 차례 문을 두드린 끝에 그녀가 시답잖은 얼굴로 창문을 열고 용건을 물었다.

"함께 떠나자."

금룡의 말에 그녀는 조롱 섞인 웃음을 지었다.

"뭘 먹고 살려고?"

자신을 무시하는 듯한 그녀의 반응에 그는 들고 있던 가방을 들어 보였다. 큼직한 가죽 가방 속에는 돈다발이 가득 들어 있었다. 한동안 생각에 잠긴 듯하던 그녀가 문을 열어주었다. 건넌방에서는 술에 취해 곯아떨어진 미미의 코 고는 소리가 낭자했다.

"정말 떠날 거야?"

금룡은 굳게 입을 다물고 고개를 끄덕였다. 그동안 모아두

었던 돈으로 해운 사업을 할 생각이며, 그녀가 앞으로 돈 걱정
은 하지 않게 만들어주겠다고 장담했다. 차마 그는 고래 똥을
건지러 간다는 소리는 할 수가 없었다.

"돈은 나도 많아."

그녀의 말에 금룡은 고개를 저었다.

"돈은 많을수록 좋은 거야. 세상에 쓰고 남는 돈은 없거든."

그의 말뜻을 제대로 알아들었는지는 모르겠지만, 그녀는 말
없이 자리에서 일어나 전등을 껐다. 그리고 침대에 누워 옷을
벗었다. 어둠 속에서 잠자리 날개 같은 그녀의 옷이 사각거리
며 벗겨지는 소리를 들으며 금룡은 침을 삼켰다. 가늘고 부드
러운 손이 이끄는 대로 그는 그녀 곁에 몸을 뉘었다. 호흡이 가
빠지며, 심장이 기차 소리를 내며 어디론가 달려갔다. 가슴이
터질 것 같았다. 이런 걸 고통이라고 하나.

금룡은 떨리는 손으로 제 곁에 누운 그녀를 껴안았다. 손끝
으로 매끄러운 금붕어 같은 속살이 만져졌다. 너무 많이 돌아
온 세월이었다. 담장을 넘어 엉뚱한 뚱보를 품던 날부터 실로
얼마나 오랜 세월이 지나갔던가. 오래도록 꿈꿔왔던 일이 현실
로 닥쳐오자, 그는 소년처럼 얼굴을 붉힌 채 온몸을 떨었다.

창틈으로 스며든 달빛을 받은 그녀의 나신은 눈이 부시게 희
었다. 천하의 난봉꾼답지 않게 그는 몸을 부들부들 떨며 그녀

를 품에 안았다. 그의 입과 코에서 쉴 새 없이 뜨거운 숨소리가 새어 나왔다. 그는 자신이 그녀를 얼마나 사랑했는지에 대해 끊임없이 주절거렸다. 새끼 고양이처럼 제 몸을 맡기고 있던 춘월이 참다못해 한마디 쏘아붙였다.

"제발 입 좀 다물면 안 되겠니?"

금룡이 입을 다물자, 그녀는 눈을 감고 이제 제 몸 위로 오른 이 사내의 그윽한 눈길만을 생각하기로 했다. 여름날 저녁의 개울가에서 자신을 바라보던 그 눈길만을… 꿈에 그리던 그녀를 껴안고 있던 금룡은 문득 지난날의 악몽이 되살아났다. 어둠 속에서 제가 껴안고 있는 여자를 눈을 크게 뜨고 몇 번이고 살펴보았다. 그러고도 마음이 놓이지 않아 기어코 입을 열어 물었다.

"너, 춘월이 맞지?"

모처럼 지난 생각에 잠겨 있던 춘월이 어이가 없어 그를 발로 걷어찼다.

"돌다리도 두드려보고 건너라잖아."

멀쑥해진 그가 변명이랍시고 주절거렸다. 기분을 망친 그녀를 달래느라 그는 황금 같은 시간을 적잖이 허비해야 했다. 그리고 다시는 입을 놀리지 않겠다는 약조를 한 뒤에야 간신히 그녀를 다시 품에 안을 수 있었다. 긴 숨을 몇 번이고 내쉬며 그는 그동안 쌓여 있던 한이 풀릴 때까지 몇 차례나 그녀와 엉겨 붙고서야 잠에 곯아떨어졌다.

얼마나 잤을까. 날이 훤히 밝아서야 잠에서 깨어난 금룡은 곁에 누워 있어야 할 춘월이 없어진 걸 알게 되었다. 이리저리 집 안팎을 둘러보았지만 그녀를 찾을 수가 없었다. 무언가 석연치 않아 급히 그녀의 방으로 돌아온 금룡은 머리맡에 있어야 할 돈 가방도 사라진 사실을 알게 되었다. 경황없이 돌아치며 춘월을 찾는 그를 보고 노병이 넌지시 일러주었다. 이른 새벽에 춘월이 마마의 방을 한참 들여다보다가는 묵직한 가죽 가방을 들고 어디론가 길을 나서더라는 것이다.

"돈 앞에는 사랑도 없는가 보네."

"돈이 사랑을 이긴 게 언제 적 이야기여. 이수일과 심순애 때 벌써 쇼부 난 이야기를 아직두 재방송하는 이가 있네."

허탈한 얼굴로 서 있는 금룡의 어깨를 두드리며 노병이 이죽거렸다.

"근데, 난데없이 나타난 걔가 어쩌 재 가루만 남은 할미 방을 어정거렸을까?"

영문을 몰라 눈만 껌벅이는 그에게 노병이 한쪽 눈을 찡긋거려 보였다.

"결론은 돈이여."

금룡은 별 수 없이 노병에게 어젯밤에 일어난 일들을 소상히 털어놓았다. 사업 자금으로 꿍쳐두었던 돈 가방마저 춘월이 들고 튀었다는 대목에 이르자 노병은 닳아 없어지도록 제 혀를 찼다.

"그래서 여자를 여시라고 하는 게여. 이제라도 정신 바짝 차리고, 토론을 해보자구."

그리하여 그들은 행여 술이 깬 미미가 들을까 싶어 목소리를 낮춰가며 이 난국을 타개할 방도에 관해 토론을 벌였다. 용연향을 얻기 위해선 무엇보다 약간의 돈이 필요한데, 꿍쳐두었던 돈마저 날려 빈손이 되었고, 이 난국을 헤쳐나가려면 여전히 돈이 필요하다는 결론에 도달했다. 그 돈을 얻기 위해서는 무엇보다 '경애와 신의에 뿌리박은 상부상조의 전통을 이어받아, 명랑하고 따뜻한 협동 정신'이 있어야 한다는 데에도 쉽게 의견의 일치를 보았다. 그들은 자신들이 펼치려는 사업이야말로 거울 왕이 입만 열면 내어놓는 녹색 성장의 취지에도 부합된다는 사실에 고무되었다. 왕은 기회가 있을 때마다 '좁아터진 땅을 벗어나 이제 물로 눈을 돌려야 한다'고 떠들어댔다. 뜨거운 논쟁과 토론 끝에 그들은 쿠릴열도의 작은 섬으로 떠날 배를 빌릴 해답을 얻었다. 그 해답의 주인공은 텍사스촌의 영원한 대모이며, 건달과 창녀들의 정신적 지주이며, 불로장생의 요구르트를 수십 년 동안 먹여준 마마였다.

"딸라 몇 장이 문제가 아녀."

노병의 말에 따르자면, 이번 세상에서 150년을 넘게 살다간 마마가 평생 동안 긁어모은 재산은 달러 몇 다발로 끝날 게 아니라는 것이었다. 그건 클럽에서 술 취한 주둔군 병사들이 흘린 걸 쥐들이 물어다 모아둔 것에 불과하다고 했다.

"자고로 동서고금을 통틀어 인간이 제일 귀히 여긴 보물이 뭐여? 종이 쪼가리에 그림 찍어 넣은 딸라?"

코웃음을 치며 노병이 제 입을 벌려 누런 금으로 덮인 어금니를 손가락으로 가리켰다.

"하늘에 계신 하나님이건, 산에 모신 신령님이건, 궁궐에 점잖게 앉아 있는 임금님이건 힘 좀 있다 싶으면 뭘루 뒤집어쓰냔 말여. 금 아녀? 골드! 살아서두 누렁이, 죽어서 컴컴한 관속에 들어가서두 금 칠갑을 하잖여. 죽으나 사나 결론은 금이여."

그러면서 그는 자신이 마마라고 해도 언제 휴지 쪼가리가 될지 모를 지폐를 사 모으지는 않았을 것이라고 했다. 결론은 금이었다. 여전히 미심쩍어하는 금룡의 귀를 잡아당겨 지독한 구취가 풍기는 입으로 들려준 노병의 이야기는 다음과 같았다.

그는 자신이 마마의 방이 있는 클럽 뒤꼍의 움막에서 지낸다는 사실을 상기시켰다. 마마의 방은 주둔군 부대 철조망과 붙어 있었는데, 바로 그 뒷마당에 금덩이가 묻혀 있다는 것이었다. 요즘 들어 요실금이 심해진 노병은 한밤중에도 몇 차례나 깨어 소변을 보러 나가곤 했는데, 달이 없는 그믐이면 마마가 마당에 쭈그리고 앉아 무언가 뒤적거리는 걸 보았다고 했다. 어두운 밤인 데다가 먼발치에서 보아 그게 정확히 무언지는 모르지만, 노병은 그게 필시 금덩이를 숨겨두는 것이라고 했다. 그 때문인지, 마마는 마당 근처에선 고추 한 뿌리 심지 못하게 하고, 발끝으로 땅을 되작거리기만 해도 흉한 짓 하지 마라고 야단쳤다는 것이다.

마마가 죽고 나서 당장 그 마당을 파보고 싶었지만, 그랬다간 욕심 많은 미미에게 몽땅 빼앗길 것 같아 기회만 엿보고 있었다는 것이다. 노병은 마당 어딘가에 엄청난 금덩이가 묻혀 있을 것이며, 그걸 찾는 대로 배를 빌려 용연향을 건지러 가자고 했다.

마마의 죽음은 무수한 서사를 남겼다. 그녀는 숯이 되었지만 그녀가 남기고 간 유산은 심심찮게 불씨를 살려냈다. 그녀의 유산을 둘러싼 이야기들은 아주 다양하고 구체적이었다. 그녀가 잘 아는 주둔군 장교의 주선으로 전 재산을 스위스 은행에 맡겨두었다거나, 믿을 건 땅밖에 없다며 여기저기 전국의 부동산에 투자를 해두었다거나, 심지어 외국에서 들어온 노동자들의 피를 싸게 사들여 암거래에 투자했다는 설까지 분분했다. 헤아려보면 수십 개가 넘고도 남을 풍설 중에서도 금을 사서 땅속에 묻었다는 설과 그녀의 체력으로 보아 무거운 금보다는 가벼운 백 달러 지폐를 숨겨두었다는 설이 가장 유력했다. 은행이나 사람을 전혀 믿지 않는 그녀의 성정상 그녀가 평생 긁어모은 재산을 제 주변에 숨겨두었으리라는 게 동네 전문가들의 공통된 의견이었다. 그 전문가의 우두머리 격에 해당하던 금룡은 노병의 은밀한 언질에 어떤 영감 같은 걸 받았다. 그는 자신이 무수한 세월 동안 놋숟가락을 무르팍에 문지르며 키워오던 꿈이 땅속에서 아우성치는 소리를 들을 수 있었다. 그것이야말로, 눈물의 개울과 땀의 산을 넘고, 피의 바다를 건너온 그를 기다리는 보물이었다.

보물을 향한 그의 첫행보는 지극히 공손했다. 미미의 사양에도 불구하고 금룡은 풀에 덮여가던 마당을 말끔히 치워주겠다며 소매를 걷어붙이고 나섰다. 그는 삽으로 마당을 여기저기 쑤셔대고 나선, 내친김에 막힌 하수구까지 고쳐주겠다고 두더지 잡듯 파헤치기 시작했다. 나중에 들려온 소문으로는 그가 일부러 하수관에 야구공을 쑤셔 넣었다는 말도 있었다.

멀쩡하던 마당이 난장판이 되자 이를 보다 못한 미미의 불만이 터져버렸다. 당장 마당에서 떠나라는 말에 금룡은 결국 시세의 두 배나 주고 마마가 거처하던 뒤채에 딸린 마당을 빌렸다. 길길이 날뛰는 뚱보의 반대에도 불구하고 그는 땡볕에 새카맣게 그을려가며 마당에 구멍을 뚫기 시작했다.

이런 이야기를 전해 들은 아지가 아들을 불러들여 타일렀다. 대마초를 팔든, 토마토주스를 만들어 팔든 아지는 그저 아들이 하는 걸 지켜만 보아왔다. 그건 말로 타일러 되는 일이 아니었다. 미꾸라지를 따라온 사내가 숯 굽는 움막으로 찾아들었을 때부터 그녀는 세상에는 다 정해진 바가 있다는 걸 알았다. 나무가 불을 피우고 그 불이 숯을 만들듯이, 세상에는 사람의 힘으로 바꿀 수 없는 길이 숨어 있었다.

아지는 땀투성이가 되어 죽을 둥 살 둥 남의 집 마당을 파헤치는 자식에게 이렇게 물었다.

"넌 왜가리가 어째서 외다리로 서 있는 줄 아니?"

온통 머릿속에 금덩이 생각만 가득 찬 금룡의 귀에 왜가리가 들어올 리가 없었다.

"옛날 어느 웅덩이에 왜가리가 살았단다. 그 웅덩이에는 개구리도 살고 있었지. 웅덩이 바닥에는 큰 구멍이 뚫려 있었는데, 개구리가 엎드려 그 구멍을 막고 있었단다. 그걸 알면서도 왜가리는 배가 고파 개구리를 냉큼 잡아먹었단다. 개구리가 없어지자 웅덩이의 물이 구멍으로 빠져나가기 시작했지. 왜가리는 놀라서 구멍을 한쪽 발로 막았단다. 그때부터 비가 오나 눈이 오나 왜가리는 한쪽 다리로 서 있어야 했단다."

"한쪽 다리라도 쉬는 게 어디유."

"네 개구리는 잘 있니?"

바쁜 중에 불러들여 개구리 타령을 하는 어미가 생뚱맞아 금룡은 두덜거리며 삽질을 이어나갔다.

술에 취한 노병의 입에서 새어 나갔겠지만, 금룡이 마마가 숨겨둔 금덩이를 찾는다는 소문은 얼마지 않아 온 마을에 퍼졌다. 소문을 접한 미미는 언제든 누런 금빛이 비치기만 하면 당장에 제가 빌려준 마당을 되돌려받을 요량으로 노병을 꼬드겼다. 미미는 노병에게 난생처음 불러보는 아버지라는 호칭을 사용하기에 이르렀다. 그녀는 자신이 대여한 부동산에 매장된 자산의 상속적 권리를 찾는 일에 아버지가 함께하자고 제안했다. 그런 이야기를 털어놓는 그에게 금룡이 그래서 어쩔 거냐고 물었다. 그는 심각한 표정으로 단호하게 잘라 말했다.

"피보다 진한 게 금이여."

신중한 사람들은 금룡이 파대는 구멍을 호기심 어린 눈으로 지켜볼 뿐이었지만, 그의 광기 어린 집념은 마을의 할 일 없고 시간만 남은 남자들을 부추기기에 충분했다. 입에서 입으로 전해지며 엄청나게 부풀려진 마마의 금덩이는 쓸쓸하기만 하던 마을을 서서히 달궜다. 인접한 고추밭의 주인이 곡괭이를 들고 마당을 파기 시작하더니, 얼마지 않아 마마의 뒤채 주변을 사방으로 파헤쳤다. 나중에는 마마가 이따금 쭈그리고 앉아 쉬던 산자락의 생강나무 주변이나, 그녀가 부쳐먹던 철로변의 호박밭이며, 심지어 마마가 달밤에 땅을 파는 걸 본 것 같다는 말이 끝나기 무섭게, 외진 공동묘지 언저리까지 삽을 들고 몰려든 사람들로 북적거리게 되었다. 반신반의한 눈으로 지켜보던 사람들은 행여 제 밭이나 마당에 묻혀 있을지도 모를 금덩이 생각에 자다가도 벌떡 일어나 삽을 걸머메고 파대기 시작했다. 파고, 또 파고 그야말로 삽질의 시대가 도래했다.

텍사스촌은 난데없는 골드러시를 맞았다. 진실과 거리는 반비례한다는 소문의 법칙에 따라 잔뜩 부풀려진 헛소문들은 멀리 떨어진 동네 사람들까지 불러들였다. 누군가 어린아이의 머리통보다 큰 금덩이를 찾아냈다느니, 치매기가 있는 마마가 금덩이를 엉뚱한 곳에 묻어두었다는 소문들은 텍사스촌과 연고가 없는 외지 사람들에게도 대책 없는 희망을 심어주었다.

외지에서 몰려온 사람들은 닥치는 대로 땅을 사들였고, 파리

299

만 날리던 부동산중개소는 모처럼 호황을 맞았다. 누군가 항아리에 넣어둔 옛날 동전들을 발견한 포도밭은 며칠 사이에 삽을 들고 몰려든 사람들로 발 디딜 틈이 없이 뒤덮였다. 심지어 남의 묘지까지 파헤치는 바람에 하루가 멀다 하고 고성이 오가고 멱살잡이가 벌어졌다.

그러거나 말거나 금룡은 마당을 파고 또 팠다. 옆집에서 담장 밑으로 은근히 파 들어오는 바람에 쇠말뚝을 박느라 며칠을 허비한 걸 빼고는 그는 땅굴 속에 들어가 하루를 보냈다. 개미굴처럼 땅속을 헤집으며 이리저리 파 들어가던 금룡과 노병은 발밑에 고이는 시커먼 물에 삽질을 멈춰야 했다. 퍼내기 무섭게 고이는 물은 끈적거리며 역한 냄새를 풍겼다. 우연히 노병이 담배를 피우려 성냥불을 댕기는 순간, 그 시커먼 물은 파란 빛을 내뿜으며 타올랐다. 그건 물이 아니라 기름이었다.

악취를 풍기는 기름이 흘러나와 낙심했던 금룡과 달리 노병은 환호작약했다. 그건 금보다 더 비싼 보물이었다. 기름이 한 방울도 나오지 않아 바다 건너 중동에서 사다 쓰던 나라에서 석유가 나온다는 건 역사적인 사건이었다. 드디어 산유국이 되는 것이다. 산유국. 그건 듣기만 해도 황홀한 말이었다. 그날, 두 사람은 땅굴 속에서 온몸에 시커먼 기름을 바른 채 서로를 부둥켜안고 뒹굴었다.

들리는 소문으로는 금룡이 땅속에 고인 기름을 사발로 퍼서 마셨다는 이야기도 있었다. 기름은 며칠을 두고 쏟아져 나왔다. 이대로 가면 그는 석유 재벌이 될 판이었다. 머리에 터번을 두르고, 길게 늘어뜨린 흰옷을 걸치고 발가락이 나오는 샌들을 신고 다녀야 했다. 그건 민족의 경사이며, 자유 민주의 승리였다. 금룡은 환희에 찬 목소리로 이렇게 소리쳤다.

"어머니, 내 개구리가 여기 있어요!"

금룡이 파는 마당에서 석유가 나온다는 소문은 들불처럼 번져나갔다. 마마가 일찌감치 매장된 기름내를 맡고 그 땅을 사들였으며, 외국의 다국적 정유 회사와 비밀리에 시추 작업 계약을 추진 중이었다는 이야기까지 나돌았다. 사람들은 사창가 골목에서 요구르트나 파는 줄 알았던 노파가 일찌감치 자원 개발 사업에 뜻을 두고 투자를 했다는 사실에 감동했다. 이런 이야기들은 어느 지역신문에 보도되면서 마침 중동에서 벌어진 분쟁으로 에너지 파동을 겪고 있던 국민들에게도 큰 관심을 모았다.

그런데 땅속에서 한없이 쏟아질 것 같던 기름이 날이 지나면서 눈에 띄게 양이 줄어들었다. 그마저 방송국 기자들이 카메라를 들고 들이닥친 날에는 언제 그랬냐는 듯이 뚝 멎고 말았다. 당황한 금룡이 삽을 들고 땅속으로 들어가 한나절을 파고, 그걸로도 모자라 굴삭기를 불러다 그 주변을 움푹하게 퍼냈다. 그런데 시커먼 기름의 흔적은 마당을 가로질러 바로 곁에 붙은 주둔군 기지의 철조망 쪽으로 이어졌다. 주둔군 기지 쪽으로 파 들어갔을 때, 땅속에서 나타난 건 시커멓게 기름때가 낀 채 녹이 슨 드럼통들이었다. 그건 얼마 전에 떠난 주둔군들이 버리고 간 폐유 통들이었다.

기대가 큰 만큼 실망도 컸다. 금룡은 수북하게 쌓인 흙더미에 주저앉아 시커먼 기름이 고약한 냄새를 풍기는 마당을 하염없이 바라보았다. 윗주머니에 꽂힌 놋숟가락을 꺼내 들고 무심히 제 허벅지에 문질렀다. 아무런 일도 일어나지 않았다. 그는 비로소 제가 살아온 날들이 손안에 든 미꾸라지처럼 빠져나가는 걸 깨달았다. 그는 시커멓게 기름때가 묻은 제 손바닥만 물끄러미 들여다보았다.

언제 왔는지 그가 하는 양을 지켜보던 아지가 다가와 위로했다.

"얘. 기름이든 금덩이든 사람이 그걸 먹고 살 수는 없지 않니?"

어미의 말에 금룡은 여느 때와 달리 공손한 태도로 반문했다.

"그럼 솔잎을 먹고 살아야 하나요?"

아지는 자신의 말을 귓등으로 흘리는 아들을 불러 앉히고, 차분히 이야기를 들려주었다.

"넌 아직도 용이 어딘가 숨겨두었다는 보물이 뭔지 모르니?"

아직도 머릿속에 금덩이만 가득한 금룡이 그걸 알 리가 없었다.

사발로 마신 폐유의 부작용 탓인지, 어미의 간곡한 타이름 탓인지 금룡은 며칠을 누워 지냈다. 그러곤 다시 삽을 챙겨 든 금룡은 마당을 다시 파헤치기 시작했다.

어찌나 열심을 다해 파는지 아침에 땅속으로 들어간 금룡은 날이 저물어서야 땀투성이가 되어 돌아왔다. 그러던 어느 날, 집으로 돌아온 그의 손에 돌멩이 하나가 들려 있었다. 그건 제법 금빛처럼 누르스름한 빛을 띤 데다 얼핏 그렇다고 생각하고 보면 네 다리를 펼친 용으로 보일 수도 있는 형상을 하고 있었다. 금룡은 그것이 바로 자신을 위해 용이 준비해둔 증표라고 했다. 그 누런 돌을 물로 씻고, 아지의 화장 유액까지 거의 한 통을 발라 문지르고는 그 앞에 엎드려 하루에도 몇 번씩 절을 올렸다. 그렇다고 당장 금이 쏟아지거나 별다른 일은 일어나지 않았다. 절을 하느라 허리를 구부리던 그의 바지춤이 뿌직 소리를 내고 찢어진 것 말고는….

금룡은 그래도 그게 제멋대로 생긴 돌멩이라는 사실을 인정하지 않았다. 며칠을 바지춤에 문지르고 껴안고 지내도 별일이 생기지 않았지만, 그게 보물로 가는 길을 알려주는 계시라는 생각은 변함이 없었다. 군것질거리가 떨어졌다고 뚱보가 성화를 부리고, 아지가 정색을 하며 만류를 해도 그는 날이 밝기 무섭게 삽을 들고 땅굴로 향했다. 요란스레 떠들어대던 수다도 끊어지고, 그의 얼굴에는 어떤 비장함마저 감돌았다.

며칠이 지나, 금룡은 쌀과 소금, 북어 다섯 쾌가 든 배낭을 짊어지고 땅굴 속으로 들어갔다. 금덩이를 찾기 전까지는 돌아오지 않을 듯한 기세였다. 그래봐야 하루를 못 버티고 돌아오겠거니 여기던 뚱보는 남편이 며칠째 땅속에서 나오지 않자 걱정이 되기 시작했다. 그런 걱정은 이내 남편이 그 속에서 은밀히 춘월을 만나고 있는지도 모른다는 의심으로 바뀌었다. 컴컴한 땅굴 속에서 부둥켜안은 그들의 모습이 눈앞에서 어른거리자 뚱보는 기어코 손전등을 들고 지하의 세계로 들어갔다. 신체적 특성상 쉽게 들어갈 수 없는 땅굴을 간신히 비집고 들어선 그녀는 얼마 지나지 않아 이리저리 나뉜 미로에서 길을 잃고 말았다. 덜컥 겁이 난 그녀는 울음을 터뜨리며 남편의 이름을 목이 메어 불러댔다. 그건 심히 가상하고 슬픈 장면이었다.

남편을 찾아 지하의 세계로 들어선 한 여인의 애끊는 울음소리에 감읍했는지, 명부의 신은 그녀를 바깥세상으로 토해냈다. 들리는 말로는, 손전등마저 잃어버린 그녀는 그 아비가 굴 입구에서 굽는 돼지갈비 냄새를 따라 컴컴한 미로를 빠져나왔다고 한다.

그 후로 금룡의 소식은 아무도 알지 못했다. 그가 사라졌지만 기지촌의 주민들은 대체로 그 사실을 알지 못했다. 저녁이면 후줄근한 옷을 입은 그가 여전히 둑방 어름을 거니는 걸 보았기 때문이다. 다만 전에 없이 과묵하고 차분해진 그를 두고 사람들은 이제야 철이 들었나보다고 수군거렸다. 안 하던 짓을 하는 걸 보니, 갈 때가 되었나 보다고 떠드는 사람들도 있었다. 마을에 불어닥쳤던 골드러시의 열풍도 시나브로 난로 속의 재처럼 싸늘히 식어갔다. 이따금 검은 안경을 쓴 이들이 그 주변을 어정거리다가 돌아갔지만 얼마지 않아 그들의 발길도 뚝 끊겼다.

금룡이 사라진 뒤 아지는 우두커니 방에 앉아 있는 시간이 늘었다. 그런 시간이면 살아온 삶의 풍경들이 주마등처럼 눈앞에 펼쳐졌다. 숯가마를 진 채 떠난 아비와, 비로 만나 빗속에 사라진 남편과, 제 몸의 피를 다 주고 떠난 딸과, 부러진 놋숟가락을 주머니에 꽂고 평생 허황된 용꿈만 꾸다 땅속으로 들어간 자식을 생각했다. 이제 그녀 곁에 남은 건 있으나 마나 한 자식과 실을 꿰기 힘들 정도로 닳아버린 바늘뿐이었다.

세상은 채울 수 없는 항아리였다. 가득 채우는 순간 이내 물은 썩어버리고, 항아리는 깨졌다. 그래서 세상의 모든 항아리에는 보이지 않는 구멍이 열려 있었다. 뼈가 부러져도 아픈 걸 모르는 첫째와, 입을 다문 채 그림자처럼 살아가는 둘째와, 세상에서 가장 고운 노래를 부르면서도 평안을 얻지 못한 딸에게도 하늘은 그런 구멍을 하나씩 열어두신 것이리라. 그리 생각하면서도 흐르는 눈물은 어쩔 수가 없었다. 인생이라는 항아리에도 보이지 않는 구멍이 열려 있었던 것이다. 비극은 언제나 그걸 억지로 메우려는 데서 시작되었다. 그녀는 자신의 눈물로 채워지는 항아리를 물끄러미 바라보았다.

밤이 깊도록 아지의 눈에서는 눈물이 멈추지 않았다.

너희는 어디로 갔느냐. 네가 찾으려던 보물과 네가 듣지 못한 아름다운 노래와, 말하지 못하는 이야기들을 들려다오. 너희는 지금 어디에 있느냐.

아지는 시커먼 입을 벌린 밤하늘을 향해 울부짖었다. 그리고 자신의 자식들이 찾아 헤매던 보물이야말로 바로 그들 자신이었음을 알게 되었다.

그녀의 입에서 짐승처럼 낮고 긴 울음이 이어지는데 그 소리는 장마를 부르던 능구렁이 울음처럼 사방 십 리를 넘게 퍼져나갔다. 때아닌 심야의 곡성에 잠을 깬 이웃들은 덩달아 영문도 모른 채 눈물을 흘리거나, 자신의 살아온 삶을 돌아보며 잠자는 가족을 깨워 통성기도를 올리거나, 냉장고의 문을 열어먹다 만 술병을 꺼내 마시지 않을 수가 없었다.

얼마를 울었을까. 달도 울고 별도 울던 밤에 슬며시 윗방 문이 열리고, 있으나 마나 한 자식이 울고 있는 어미에게 다가왔다. 그는 털썩 어미의 무릎을 베고 누워 걸쭉한 소리로 떠들어댔다. 아지는 천연덕스럽게 지껄여대는 아들의 얼굴을 유심히 살폈다. 그건 분명 은룡이었지만, 금룡과 다름없었다. 아니 금룡이었다. 그렇다면 은룡은 어디에 있는 것일까.

"네가 금룡이냐, 은룡이냐?"

"금이면 어떻고 은이면 어떻소. 새삼스럽게."

새삼스럽다는 말이 어미의 가슴속에서 무거운 종처럼 울었다. 그래, 그건 새삼스러운 일인지도 몰랐다.

땅굴이 무너진 건 장마가 시작될 무렵이었다. 비에 불어난 강물이 수중보에 막혀 역류하며 평지의 텍사스촌까지 물에 잠겼다. 한밤중에 밀려든 물에 땅굴은 천둥소리를 내며 무너지고, 구멍은 순식간에 메워졌다.

그 뒤로 땅굴이 있던 마당엔 아무도 찾는 이가 없었다. 흙더미에 묻힌 땅굴은 이내 청미래덩굴과 며느리밑씻개와 환삼덩굴과 엉겅퀴와 쇠비름과 명아주와 억새로 뒤덮였다. 이따금 어린 박새 몇 마리가 찾아들었다간 가시에 찔려 이내 날아가 버렸다. 그곳은 여름내 덤불에 덮인 채 잊혀갔다. 이따금 땅굴을 찾아와 온갖 저주와 악담과 욕설을 퍼부어대던 뚱보마저 당구장을 드나들던 어느 놈팡이와 눈이 맞은 뒤로는 발길을 뚝 끊었다. 세상의 단 한 사람만이 그곳을 찾아와 귀밑까지 흘러내린 흰머리를 밀어 올리며, 한숨을 길게 내쉬다 갈 뿐이었다. 사람들은 그녀가 어느덧 늙어 정신이 온전치 못하다고 혀를 찼다. 이따금 그 굴속으로 사라진 사내와 그 안에 있을지도 모를 금덩이를 이야기하는 늙은이들이 있었지만 누구도 귀담아듣지 않았다. 사람들에겐 금보다 더 진한 피에 관심이 많았다. 어떻게 하면 남의 피를 더 많이 마실 수 있을까. 그건 아무 쓸모가 없는 덤불이나, 그것에 덮인 땅굴과 이따금 그 앞에서 한숨 짓는 노인과는 아무런 관련이 없는 것이었다.

아지는 금인지 은인지도 모르는 아들과 살아갔다. 온 집 안이 떠나갈 듯 요란스레 떠들어대는 걸 보면 첫째인 듯했고, 그러다가도 문득 입을 다물고 호수 같은 눈으로 자신을 바라보는 걸 보면 둘째 같기도 했다. 말하자면 아지는 여전히 두 아들을 데리고 사는 셈이었다. 생활은 전과 크게 달라진 게 없었다. 아지는 있으나 마나 한 아들과 없으나 마나 한 아들 틈에서 살아갔다.

그러다가도 문득 이 모든 게 비 오는 날 불쑥 숯막으로 들어서던 한 사내가 흘리고 간 그림자이며, 이제 그걸 둘둘 말아 누군가 어디론가 메고 갈 것이며, 그녀는 여전히 누군가를 기다리며 그림자처럼 남게 될 것이라는 생각에 절망했다. 그럴 때면 그녀는 메워진 땅굴을 찾아가야 했다. 그곳에 쪼그리고 앉아, 구멍을 막고 있는 돌들을 하나씩 들어내며 자식에게 미처 들려주지 못한 이야기를 하곤 했다.

"옛날에 항아리 장수가 있었단다. 온종일 무거운 항아리를 지고 팔러 다녔지. 하루는 땡볕 속에 어느 동네를 지나가는데 나무 한 그루조차 없어 잠깐 쉬었다 갈 곳이 없었단다. 한참 가다 보니, 그늘이 눈에 띄어 그 밑에 쉬려는데, 곁에 앉아 있던 사람이 손을 내밀며 돈을 내라는 거야. 자기가 데리고 다니는 그림자 밑에서 쉬려면 돈을 내야 한다고 했지. 항아리 장수가 가만히 보니, 시원한 그늘을 늘어뜨린 그림자란 게 그이가 움직이는 대로 제 발로 따라다니는 게 여간 편해 보이지 않았어. 온종일 땡볕에 무거운 항아리를 지고 다니던 항아리 장수는 그게 너무 부러웠단다. 그래서 사정을 해서 그림자와 항아리를 바꾸자고 했지. 마지못해 승낙을 한 그림자 장수는, 이놈이 달아날지 모르니, 큼지막한 바위로 눌러놓으라고 일러주었어. 항아리 장사가 산으로 올라가 바위를 들고 와보니 그림자 장수도 안 보이고, 그림자도 달아나고 없었단다. 한참을 찾아다니는데, 옳다구나, 바로 발밑에 그림자가 누워 있지 않겠니? 항아리 장수는 이때다 싶어, 들고 있던 큰 바위로 제 그림자를 쿵 소리가 나게 눌러놓았단다. 그러고는 달아날까 봐 그 자리에서 꼼짝도 않고 지키고 섰지. 조금만 움직이면 달아나버리는 그림자를 지키던 항아리 장수는 그곳에서 선 채로 죽었는데, 지금도 그곳에 가면 커다란 바위와 항아리 장수의 그림자가 남아 있단다."

그렇게 늙은 어미는 날마다 땅굴을 찾아와 이야기를 들려주었다. 오고 갈 때마다 땅굴을 메운 돌멩이들을 들어내는 것도 잊지 않았다. 얼마나 지났을까. 어느 결에 땅굴 앞에 쌓였던 돌멩이들이 말끔히 치워지고, 땅굴이 다시 열리게 되었다. 땅굴은 한여름에도 얼음이 얼 만큼 찬 바람이 돌았다. 아지는 그 속에 새우젓 독이나 김장독을 넣어두었다. 그곳을 안보교육관으로 쓰자고 노병이 꼬드겼지만 그녀는 거절했다. 예전에 북쪽 군대가 몰래 파고 들어온 땅굴이 화제가 된 적이 있었는데, 노병은 그걸 새 사업 아이템으로 생각해냈던 것이다. 그는 땅굴에 들어간 금룡이 무사하다며 아지를 위로하는 유일한 사람이었다. 그는 사람이 죽는 건 게으름 때문이라고 주장했다. 죽음이라는 것이 결국 숨통이 막히는 것인데, 아무리 힘들어도 숨 쉬는 걸 게을리하지 않으면 죽지 않는다고 했다.

"숨 쉬면서 죽은 사람 봤수?"

암에 걸리든, 물에 빠지든, 땅속에 들어가더라도 부지런히 숨을 쉬면 절대 죽지 않는다고 장담했다. 금룡이 이따금 방 안에 틀어박혀 게으름을 피우긴 해도, 비교적 부지런한 젊은이라 무사할 것이라고 장담했다.

"부지런히 일하는 사람은 죽을 틈도 없슈. 누구 마음대로 죽어. 한가하게 죽을 틈이 있으면 나라를 위해 부지런히 일해야지."

곁에서 듣고 있던 미미가 두 팔을 벌려 한껏 기지개를 펴며 한마디 쏘아붙였다.

"그 잘난 나라 걱정 말구 당신 걱정이나 해요. 쓸개 빠진 인간 같으니라구."

그러다가 〈세상에 그런 일이〉라는 텔레비전 프로그램에 땅굴이 소개되었다. 유난히 더위가 심했던 여름에 그곳은 단숨에 관광 명소가 되었다. 한여름에 얼음을 만져보려는 사람들이 몰려들었기 때문이다. 아지는 낯선 사람들이 땅굴을 드나들며 새우젓 독에 함부로 손을 대고, 술판을 벌이고, 심지어 굴속에다 소변을 보는 일도 있어 탐탁히 여기지 않았다. 그러나 뚱뚱하고 목소리가 큰 며느리의 주장을 뿌리칠 수 없었다. 뚱보는 땅굴 입구에 '얼음 궁전'이라는 간판을 걸고, 몰려든 관광객들에게 표를 팔았다. 어린애들이나 쓸 왕관을 머리에 얹은 뚱보는 자신을 얼음 궁전에 잡혀 있는 공주라고 소개하느라 연일 비지땀을 흘리고 있었다. 그녀는 온종일 그런 설명과 돈 세는 일에 지치면 비닐 팩에 담긴 프리미엄급 혈청액을 수시로 마셔댔다. 관광객이 돌아가고, 얼음 궁전이 문을 닫는 저녁이 되어서야 아지는 그곳을 찾았다. 여전히 땅굴 속의 아들이 돌아올까 싶어 그 부근을 기웃거리는 아지의 모습은 하루가 다르게 늙어갔다. 그런 그녀를 볼 때마다 며느리는 빈정거리기를 잊지 않았다.

"어머니두 팍 늙었소. 세상에 늙지 않는 건 돈뿐이우. 뭐니 뭐니 해도 머니뿐이라잖우."

아지는 아까부터 대추나무 가지에 앉아 울고 있는 새만 바라보고 있었다.

어젯밤에도 딸이 찾아왔다. 아이는 잠든 어미의 머리맡에 앉아 노래를 부르기도 하고, 수를 놓아 장롱에 넣어둔 옷을 꺼내 입고 소리 내어 웃기도 했다. 처음엔 꿈속에 찾아오던 딸이 요즘은 한낮에도 찾아왔다. 그럴 때마다 딸은 여전히 고운 목소리로 노래했다. 새가 되어 훨훨 날아간다던 객승의 말을 비로소 알게 되었다. 아지는 그런 딸에게 조심스럽게 물었다. 애야. 이젠 네 노래가 들리니?

아무리 딸이 찾아와 노래를 불러주어도, 아니, 그 노래를 들을수록 가슴속에 매단 커다란 종이 울어대는 건 어쩔 수 없었다. 그럴 때마다 아지는 하늘이 무너지도록 깊은 한숨을 내쉬며 중얼거렸다. 네 고운 노래에도 평안을 얻지 못하는 이가 여기 있었구나.

그러던 어느 새벽이었다. 뜬눈으로 지새우던 아지의 귀에 울음소리가 들려왔다. 문을 열고 나가보니, 대문 앞에 때가 꾀죄죄한 계집아이가 서 있었다. 얼굴은 며칠을 씻지 못한 듯 땟국물이 흐르고, 비쩍 마른 발에는 아무런 신도 신겨 있지 않았다. 아이는 대뜸 그녀에게 엄마라고 부르며 울음을 터뜨렸다. 아지는 맨발로 우는 아이를 와락 껴안고는 서둘러 집 안으로 맞아들였다. 어딜 갔다 이제 왔니?

아지는 흙투성이가 된 아이의 맨발을 손으로 감싸고는 목욕물을 데워 아이를 씻겼다. 비누로 닦고 수세미로 문지르며 공을 들여 씻기자 아이는 몰라볼 정도로 뽀얗게 바뀌었다. 목에는 줄로 매단 동전 같은 게 걸려 있었는데, 때가 꼬질꼬질하게 묻어 있었다. 께름칙하여 벗기려 하자 아이는 자지러지게 울며 그것에 손도 대지 못하게 했다. 그깟 동전 쪼가리를 누가 가져간다던. 아지는 아이의 하는 양이 우스워 입을 비죽거리고는 재빨리 밥상을 차려주었다. 아이는 제집에 돌아온 듯 밥상에 차려진 된장찌개와 고등어자반과 참기름에 무친 시금치를 허겁지겁 먹기 시작했다. 그날 밤, 아이는 아지의 목을 끌어안고 한 이불 속에서 곤히 잠들었다.

아지는 눈가를 적시지 않게 되었다. 틈날 때마다 목에 걸린 동전을 손가락으로 문질러대는 걸 빼고는 아이는 제집처럼 잘 지냈다. 아이와 함께 지내면서 그녀의 마른 얼굴에도 화색이 감돌았다. 마을을 온 이웃들은 그 아이가 얼마 전 철거된 집의 어린 딸이라는 걸 한눈에 알아보았다. 아이의 부모는 집이 철거되던 날, 대들보에 목을 매어 목숨을 끊고 말았다. 혼자 남겨진 아이는 쓰레기장에 버려진 음식 찌꺼기를 주워 먹으며 살았다. 그런 아이를 아지는 집을 나갔던 딸이 돌아왔다고 천연덕스럽게 이웃들에게 이야기했다. 그녀가 실성했다는 소문이 돌자, 뚱보가 땡볕에 비지땀을 흘리며 찾아와, 아이의 주먹만 한 코와 메기처럼 벌어진 입을 지적하며 말희가 아니라고 수없이 말했지만 그녀는 들은 척도 하지 않았다. 그동안 숨어 사느라고 굶주려 말라 보이는 것이라고 했다. 심술맞은 뚱보가 아이의 불거진 뱃살을 손가락으로 잡아 늘여 보여도 그녀는 요지부동이었다. 어미의 눈엔 영락없는 딸 말희였다.

아이는 무척이나 노래를 좋아했다. 앞에 앉혀놓고 가르쳐주는 노래를 따라 부르는 아이의 얼굴엔 행복이 가득했다. 사실 아이는 지독한 음치였고, 세상의 모든 음치가 그러하듯 전혀 맞지 않는 박자와 음정에 걸맞지 않게 엄청난 성량을 지녔다. 그건 거의 구유를 뺏긴 수퇘지의 울음소리를 닮았다. 영락없는 말희라고 빈말로 위로를 하던 이웃들도 그 소리만은 감당을 못해 "창법이 바뀌었나벼"라며 서둘러 자리에서 일어서게 했다. 그러나 아이의 그 지독한 괴성이 그녀에겐 세상에서 가장 평안하고 고운 노래였다. 밤마다 눈물로 지새우던 어미는 그 괴성을 들으며 푸근히 잠들 수 있게 되었다.

14.

그 뒤로도 듣거나 말거나, 피도 안 되고, 살도 안 되며, 더욱이 돈도 안 되는 이야기는 신기할 정도로 오래도록 이어졌다. 그런 이야기들은 여전히 어미의 눈을 짓무르게 했다. 슬픔은 길고 여름의 습지처럼 깊었다. 다행히 세상은 그런 슬픔을 이겨내도록 더 급하고 슬픈 일들을 쌓아두고 있었다. 사람들은 오래지 않아 그 일을 잊게 되었다. 그렇다고 아주 잊는 건 아니었다. 문득 늙은 개가 서쪽 하늘을 돌아보듯이, 지난 이야기를 나눌 때면 뜬금없이 그 일을 되살려냈다. 그리고 돈도 안 들지만, 돈도 안 되는 이야기를 이어나갔다. 그 가운데 몇 가지만 소개하면 다음과 같다.

땅굴로 들어간 금룡은 이루 말로 다 할 수 없는 고생 끝에 금덩이로 가득 찬 굴을 찾았으나, 불행하게도 오랫동안 굴속에서 어둠에 익숙해진 그의 눈이 갑자기 만난 금빛을 감당하지 못하고 시력을 잃게 되었으며, 지금도 금덩어리가 가득 든 자루를 짊어진 채 어두운 굴속을 헤매고 있다 한다. 황금에 눈이 멀었다는 말이 공연히 있는 게 아니었다.

어떤 이들은 요즘도 쌀개울이 푸른 저녁 그림자에 덮일 무렵이면 땅굴에서 두런두런 이야기를 나누는 소리를 들었다. 심지어 금룡을 보았다는 이도 등장했다. 미국에 4박 6일 패키지 관광을 갔다가 길에서 우연히 마주쳤다는 이발사는, 금룡이 태평양 해저를 건너 미국의 서부 지역에서 금맥을 찾았는데, 캐낸 금광석들을 은밀히 나라 안으로 들여올 방도를 고심 중이라고 했다. 아무도 그의 말을 믿지 않았다. 남자들이 모두 미용실에서 머리를 깎는 바람에 이발소 문을 닫은 뒤로 그는 여장을 하고 다니며 헛소리를 해댄 지가 수년이 넘었기 때문이다. 그런가 하면, 지구 반대편의 어느 섬나라에서 금룡이 편지를 보내왔다는 소문이 잠깐 돌기도 했다. 그 소문을 입증이라도 하듯, 원양어선을 타고 갔다가 좌초하여 죽다 살아 돌아온 선원은, 남반구의 어느 이름 모를 섬에서 황금 의자에 걸터앉은 금룡이 머리에 꽃을 단 여인들에 둘러싸여 금니를 한 입을 활짝 벌리고 웃는 걸 보았다고 했다. 또 어떤 이는 배들의 묘지로 불리는 중앙아시아의 사막에서 고철 장사로 떼돈을 번 금룡이 그곳의 유일한 호텔 수영장에서 개헤엄을 치는 걸 보았다는 이야기도 떠돌아다녔다.

이런 이야기를 들을 때마다 아지는 아무런 반응도 보이지 않았다. 호기심이 병적으로 많은 어느 이웃이 찾아와, 은근한 목소리로 지구 반대편의 섬나라에서 보내왔다는 편지를 보여줄 수 있느냐고 하자, 아지는 달나라 토끼가 치킨 배달시키는 소리 그만하라고 버럭 소리를 질렀다고 한다. 실제로 아지는 이상한 소포를 받기는 했다. 보낸 이를 알 수 없는 소포 속에는 악취가 풍기며 시커멓고 진득거리는 게 담겨 있었다. 거름으로나 쓰려고 호박밭에 던져둔 걸 노병이 용케 알고 냉큼 주워갔다. 그가 보기에 그건 용연향이 틀림없었다. 일찌감치 그 보물의 어마어

마한 가치를 알고 있던 노병은 그걸 냉장고에 넣어두었다. 그리고 이리저리 그걸 살 작자를 물색했다. 드디어 어디에서 돈 많은 장사꾼 하나를 데리고 와서 그걸 꺼냈다. 시커멓고 진득거리는 덩어리는 냉장고에서 나오자마자, 흐물흐물 녹으며 검은 연기가 되어 하늘로 날아가 버렸다. 남은 건 아무리 씻어도 지워지지 않는 악취뿐이었다. 그때부터 노병은 버스나 전철을 타고 다닐 수가 없었다. 그의 몸에서 풍기는 악취 때문에 옆자리의 승객들이 눈을 흘기기 때문이었다. 별수 없이 경로석에 앉자, 곁에 앉은 노파가 코를 틀어쥐고 고함을 쳤다.

"나이가 들수록 좀 씻구 다니슈. 이러니 젊은 애들한테 틀딱◆이라는 소릴 듣는 거요."

망신을 당하여 얼굴이 벌게진 중에도 노병은 노파에게 틀딱이 무슨 뜻이냐고 물었다.

"틀림없이 닦지 않는 놈이라는 뜻이지, 뭐요!"

피도 안 되고, 살도 안 되며, 더욱이 돈도 안 되는 이런 이야기들은 얼마지 않아 굴착기 소음에 묻혀버렸다. 거울왕의 친척

◆ '틀딱'이라는 말의 뜻을 몰라 각주를 들여다본다면, 당신은 '틀딱'일 가능성이 높다. 다 아는 말이지만, 틀딱은 애꾸왕과 거울왕 시대에 생겨난 신조어로, '틀니를 딱딱 부딪치는 노인'을 지칭하는 뜻을 지닌다. 유의어로 '꼰대'가 있다.

이 우중중한 천변에 눈독을 들이더니 도시환경 정비라는 이름으로 난데없는 재개발 공사가 벌어졌다. 천변족들은 몇 푼 쥐어주는 보상금을 받고 떠나야 했다. 갈 데가 없다고 버티던 사람들은 방 안에 앉은 채로 자신의 집이 굴삭기에 무너지는 걸 보아야 했다. 경찰 제복과 비슷한 옷을 걸친 깡패들이 얼마 남지 않은 천변족들을 각목으로 두들겨 몰아냈다. 누가 대들보에 목을 매었다느니, 몸에 기름을 붓고 불을 질렀다는 소리가 들려오긴 했지만 어느 방송에도 보도되지 않았다. 온종일 일일연속극과 야구 중계뿐이었다. 버려진 집들을 철거하는 일은 고산족이 맡았다. 한때 그들이 겪은 일인지라 그 분야에서는 그들의 솜씨를 따를 사람이 없었다. 그들은 어느 결에 철거 전문가가 되었다. 쌀개울에서 쫓겨난 천변족들도 사정은 크게 다르지 않았다. 제집을 허무는 일에 끼어들거나, 새로 들어설 공원이나 자전거 길을 만들기 위해 날품을 팔았다. 고산족이니 천변족이니 하는 말도 흐지부지 사라져갔다. 한때 천변족들이 움막을 짓고 살던 쌀개울에는 고층아파트가 들어서서, 해가 저물 무렵이면 새 주인이 거실에 앉아 핏빛으로 물드는 개울의 풍경을 감상했다.

요행히 아홉 평짜리 임대아파트라도 얻어 들어간 고산족이나 천변족들은 아침결에 잠깐 새어 들어오는 햇빛에, 금잔화

화분을 내다 놓고 바라보는 게 행복이었다. 고급아파트에 철망이 둘러쳐져, 자신의 아이들이 학교를 갈 때마다 멀리 돌아가는 게 가슴 아프기는 했지만, 그쯤은 견디는 게 인생이라고 생각했다. 그게 억울하면 돈을 벌면 될 일이라고 아이들을 타일렀다. 드물기는 하지만 실제로 그렇게 돈을 벌어 고급아파트에 살게 된 고산족이나 천변족이 없지 않았다. 그런데 아파트 주변에 철망을 둘러치자고 목소리를 가장 높인 사람들이 그들이라고 했다.

그런 걸 가슴 아파하기보다는 새로 짓는 아파트에 경비원으로 채용될 수 있을지 고민하는 게 더 유익한 인생이었다. 번쩍거리는 금테로 둘러친 모자를 쓰고, 밤새 아파트를 지키다 보면 그게 제집이나 다름없이 느껴지지 않겠는가. 인생이라는 것이 별게 있는가. 그렇게 열심히 살다 보면 쥐구멍에도 볕 들 날이 있는 법이었다. 그들은 그걸 꿈이라고 믿으며 자식들에게도 희망을 갖고 살라고 가르쳤다. 가진 게 없어도 네 몸속에는 아직 싱싱한 피가 있지 않느냐. 개천에서 용이 난다지 않느냐. 거, 뭐더라? 응, 보이스 비 엠비씨… 소년이여, 꿈을 가져라!

재개발로 재미를 본 투기꾼들은 마침내 평지의 텍사스촌에도 손을 벋었다. 주둔군이 철수하면서 버려진 부대 자리뿐만이 아니라, 양공주들이 껌을 씹으며 외출 나온 주둔군들에게 치마를 들어 올리던 골목에도 고층아파트로 가득 찬 조감도가 걸리고, 전국에서 몰려든 복덕방과 복부인과 그냥 구경 나온 어중이떠중이들로 들끓었다. 사람들은 금룡이 찾는 금덩이보다 몇 곱으로 뛴다는 부동산 투기에 사로잡혀 땅속에서 들려오는 소리나, 한여름에 얼음이 어는 땅굴 따위엔 관심도 두지 않았다. 하늘까지 닿을 만큼 높이 짓는 고층아파트는 황금알을 낳는 사업이었다. 거기에 한몫 끼려고, 미미는 세븐클럽과 금룡에게 세를 주었던 마당을 재개발업체에 팔아넘겼다. 그리고 금룡이 들어간 땅굴은 엄청난 차들이 실어온 흙과 쓰레기와 자갈에 흔적도 없이 묻혀버릴 판이었다.

아지는 갈 데도 없었지만 떠날 생각도 없었다. 날마다 땅굴 앞에 쭈그리고 앉아 아이에게 입힐 옷을 짓던 그녀는 자꾸 바늘을 놓쳤다. 가느다랗게 닳은 바늘은 잠깐만 방심을 해도 손에서 미끄러져 달아났다. 놓친 바늘을 침침한 눈으로 더듬던 그녀는 요란한 소리에 고개를 추켜들었다. 언덕바지의 집 한 채가 풀썩 먼지를 일으키며 무너졌다. 얼마 전까지 자전거포를 하던 강 씨네 가족이 노란 백열등을 켜고 둘러앉아 저녁밥을 먹던 집이었다. 집 뒤에 서 있던 오래 묵은 벚나무가 몸을 떨며 흰 꽃들을 떨어뜨렸다. 얼마지 않아 먼지바람이 매캐한 냄새를 풍기며 날아와 길가에 늘어선 명아주들을 뽀얗게 뒤덮었다.

그리고 굴삭기를 앞세운 철거반원들이 땅굴을 메우기 위해 몰려왔다. 지축을 울리며 다가오는 굴삭기는 조금의 망설임도 없이 그녀가 앉아 있는 땅굴 앞으로 다가왔다. 아지는 들고 있던 바느질거리들을 팽개치고 굴삭기를 가로막았다.

"저 안에 사람이 있소. 내 아들이 있단 말이오."

그녀의 목소리는 요란한 굴삭기와 먼지를 일으키며 몰려온 트럭의 엔진 소리에 묻혀버렸다.

철거반원들이 강제로 끌어내려 하자, 그녀는 땅굴 속으로 들어가 버렸다.

"병신들, 노인네 하나 못 들어내느냐?"

반장의 호령에 몇몇이 땅굴로 몸을 숙이고 기어 들어가자, 아지는 땅굴 속으로 더욱 깊이 몸을 숨겼다. 그녀의 행적을 찾지 못한 인부들이 나오자 철거반장은 배를 두드리며 소리쳤다.

"내버려둬. 배고프면 기어 나오겠지."

그러나 아지는 이튿날이 되어도 나오지를 않았다. 굴삭기를 세워놓고 땅굴 앞에서 기다리던 반장이 확성기를 들고 아지를 설득했다.

"할머니, 아들은 집에 있잖아요. 그러다 땅굴 무너지면 큰일

납니다."

아지는 그런 말에도 전혀 나올 생각이 없어 보였다. 이 안에 아들이 있다는 소리만 되풀이할 뿐이었다. 양복을 입은 시공사 간부가 찾아와 사람들이 보는 앞에서 현장소장의 정강이를 발로 차며 고함을 질렀다.

"하루 늦어질 때마다 손해가 얼만 줄 알아?"

정강이를 맞은 현장소장은 철거반장의 정강이를 걷어차고, 철거반장은 곁에 서 있던 철거반원들을 차려고 했지만 재빨리 피하는 바람에 헛발질만 했다. 반장의 성화에 못 이겨 땅굴로 들어간 인부들은 반나절이 되도록 땅굴을 뒤졌지만, 토끼굴처럼 갈래가 이리저리 나뉜 땅굴에서 길을 잃고 저녁 무렵이 되어서야 흙투성이가 되어 돌아왔다.

땅굴 매립이 늦어진 시공사에선 대형 로펌에 법률 자문을 구했다. 로펌의 변호사들은 머리를 맞대고 하룻밤을 꼬박 새워 이 난국을 빠져나갈 구멍을 찾았다. 그리고 땅굴을 매립하는 것이 법적으로 아무 문제가 없다는 결론을 얻어냈다. 말하자면 치매 걸린 노파가, 땅굴 속으로 들어갔다고 주장하는 '미확인 매장 물체(Unidentified Burying Object)'는 서류상으로나 어떠한 기록으로도 그 존재를 증명할 수가 없었다. 말하자면 그는 법률적으로 존재하지 않는 존재였다. 따라서 땅굴을 당장 메꾸어도 법률적으로 아무 문제가 없었다. 산 사람을 묻었다는 걸 문제 삼으려면 먼저 땅굴 속으로 들어갔다는 사람의 존재를 법률적으로 증명해야 하기 때문이었다.

문제는 이 나라의 주민등록번호를 가진 노인이었다. 그녀만 끌어내면 간단히 해결될 문제였다. 그들은 집에 남은 아지의 자식을 찾아가 금일봉을 전하며 협조를 부탁했다. 노모를 설득해 땅굴 밖으로 나오게 해달라는 부탁이었다. 금룡인지 은룡인지 모를 자식은 잽싸게 금일봉을 챙겨 넣고는 마지못해 땅굴로 들어갔다. 자식의 목소리를 들은 아지가 어느 후미진 땅굴 구석에서 모습을 드러냈다. 음식과 옷가지를 전한 아들의 호소에도 불구하고 그녀는 밖으로 나오려 하지 않았다. 자식마저 허탕을 치고 돌아오자, 현장소장은 여태껏 참고 있던 화가 폭발하여 그냥 땅굴을 메우라고 소리쳤다.

"산송장 되기 싫으면 기어 나오겠지."

소장이 이리 격앙된 데에는 허탕을 친 노파의 아들이 낙장불입이라며 금일봉을 돌려주지 않았던 탓도 있었다.

소장의 말은 마침 현장을 찾았던 여기자의 손에 의해 이튿날 조간신문에 고스란히 실렸다. 얼마 전에 양로원에 맡겨두었던 노모가 작고하며 슬픔과 자책에 빠져 지내던 여기자는 자식을 찾으러 땅굴로 들어가 며칠째 버티고 있는 늙은 어미와 나눈 인터뷰 기사를 실었다. 공사비를 줄이려 모자를 산 채로 묻으려 한다는 신문 기사는 독자들의 가슴을 북처럼 두드리기에 충분했다.

쏟아지는 질타와 비난의 전화를 받느라 목이 쉰 현장소장은 아침부터 몰려온 텔레비전 카메라 앞에 서서 고개를 숙이느라 목 디스크가 걸릴 지경이었다. 뉴스마다 텍사스촌의 땅굴이 보도되고, 그 안에 들어간 모자의 이야기는 주변 이웃들의 인터뷰 영상과 함께 세간의 이목을 모으고 있었다. 그리고 아지에게 있으나 마나 한 아들과 없으나 마나 한 두 아들이 있었으며, 그 가운데 하나가 땅굴에 들어갔는데 정확히 그게 누구인지조차 알려지지 않고 있다는 가족사는 시청자들의 호기심과 끝없는 상상력을 자극하기에 충분했다.

세간의 화제가 되면서 이 기구한 형제들에 대한 온갖 사연들이 이어졌다. 알아야 할 것은 하나도 모르고, 몰라도 되는 것은 빠짐없이 통달한 푸줏간 안주인의 말에 따르자면, 원래 태중에선 은룡이 형이있는데, 욕심 많은 금룡이 제 형을 밀치고 먼저 세상 밖으로 나와 맏이 행세를 한다고 했다. 금룡이 어미의 몸에서 나올 때 은룡의 양기를 움켜쥐고 나왔다고 떠들어댔다. 그래서 은룡은 양기가 없고, 금룡에겐 두 개의 양기가 있어 뱀처럼 꼬박 이틀을 감당할 정력을 지니게 되었다는 것이다. 고기를 끊으러 왔던 이들이 말도 안 되는 소리라고 무시하자, 푸줏간 안주인은 고기 썰던 칼을 집어 든 채 못 믿으면 가서 보라고 큰소리를 쳤다. 그러는 당신은 보았느냐고 묻자, 그 여자는 썰어낸 고기를 입에 넣고 질겅질겅 씹으며, 고기 맛을 눈으로 꼭 보아야 아느냐고 대꾸했다. 그녀의 말에 따르자면, 남녀상열지사는 동서고금을 막론하고 불을 끄고 벌이는 일이라서 그런 건 보지 않아도 아는 일이라고 둘러댔다.

자신의 가족사가 연일 보도되는 걸 남의 일처럼 지켜보던 금룡에게 한 통의 전화가 걸려왔다. 춘월이었다. 그녀의 용건은 간단명료했다.

"내가 그날 잔 게 금룡이니 은룡이니?"

여론이 집중되자 굴삭기를 들이대며 공사를 강행하려던 업체와 발주자인 왕실의 친척들은 난처해졌다. 이들에 대한 비난의 목소리가 높아지자, 왕실에서도 비상 대책회의를 열었다. 왕의 친척들은 시공업체 사장을 불러들여 해결을 종용했고, 고심 끝에 결국 그들이 얻은 최종 결론은 뭐니 뭐니 해도 머니가 제일이라는 진실이었다. 그들은 황금을 찾아 땅굴로 들어간 아들을 찾아야 어미가 나올 것이며, 그 빌어먹을 자식에게 가장 좋은 것은 황금뿐이라는 결론에 도달했다. 그들은 땅속에 들어간 아들이나 아지를 찾아오는 사람에게 황금으로 만든 돼지 다섯 마리를 현상금으로 걸었다.

현상금에 관한 보도가 나가고 나서 땅굴은 경향 각지에서 모여든 사람들로 메워질 지경이 되었다. 아침마다 땅굴로 들어가 어미에게 음식을 전하던 금룡마저 줄을 서야 할 지경이었다. 금룡은 모자만이 아는 신호를 통해 으슥한 땅굴 속에서 만났다. 금룡은 어미에게 음식을 떠먹이며 일러두었다.

"조금만 더 버티시우. 현상금이 몇 곱은 뛸 테니…."

현상금을 노리고 몰려든 사람들은 다양했다. 청진기를 땅에 대고 지하의 동정을 살피는 이가 있는가 하면, 심금을 울리는 사모곡을 노래하는 트로트 가수가 등장하더니, 급기야 오소리 사냥개를 끌고 땅굴 속을 뒤지는 사냥꾼까지 등장했다. 사냥개는 온갖 사람들에 둘러싸인 좁은 땅굴을 기어 들어가다가 사람들에게 발을 밟힌 뒤로 다시는 굴로 들어가려 하지 않았다.

수많은 사람들의 노력에도 불구하고, 땅굴 수색은 별다른 수확이 없었다. 하루가 다르게 올라가는 현상금은 드디어 황금 돼지 열 마리에 이르렀다. 황금에 눈이 먼 수색대 동지회원들이 땅굴 깊숙이 들어갔지만, 길을 잃고 이틀을 헤매다가 겨우 돌아온 뒤로는 누구도 그 속으로 들어갈 엄두를 내지 않았다.

게다가 몰려든 사람들로 인해 땅굴이 무너질 위험이 있다는 경고로 수색 작업은 종료가 되고 말았다.

　땅굴 앞에 세워둔 굴삭기는 비에 젖어 녹슬어갔지만, 이 기묘한 가족을 둘러싼 이야기는 끝없이 이어졌다.
　쌀과 소금과 북어 다섯 쾌를 지고 땅굴로 들어간 건 금룡이 아니라 말 못 하는 동생이었다든가, 생김새가 닮아 어미도 분간을 못 하는 형제가 요즘도 밤낮으로 옷을 바꿔 입으며 한집에서 지내고 있다든가, 대개 술병을 앞에 놓고 나누던 이야기는 누구의 의도도 아니게 엉뚱한 결말로 이어졌다. 금이냐 은이냐를 놓고 말다툼을 벌이다가, "금이든 은이든 그게 우리와 무슨 상관이기에 술맛 떨어지게 그런 이야기를 하느냐"라고 비난했다. 그러면 수세에 몰린 최초의 발설자가 "그게 왜 술맛 떨어지는 이야기냐"라며 따지고, 그러면 비난자는 "아니면 아니라는 객관적인 근거를 대라"고 종주먹을 쥐었다. 그러면 상대는 "담벼락에 붙은 밥알을 뜯어 먹지 할 일 없이 왜 그런 근거를 대야 하느냐"라고 둘러댔다. 그럴 즈음에, 아까부터 팔짱을 끼고 그들의 이야기를 묵묵히 듣고만 있던 방관자가 끼어들어, "겸이라면 몰라도 담벼락에 어떻게 밥알이 붙을 수 있느냐? 그 말에 어폐가 있다"라고 지적하고 나섰다. 멀쑥해진 발설자가 "어패란 말은 비린내 나는 수산시장의 플라스틱 간판에나 적혀 있는 말이다"라며 빈정거렸다. 그때, 다른 좌석에 앉아 술을 마시던 이가 참다못해, "외람되지만 한마디 올리겠다"라고 자리에서 일어서고, 이쪽에서는 "심하게 외람되니 제삼자는 그냥 앉으라"고 했다. 자리에서 일어서던 제삼자는 그냥 주저앉기가 무안하여 엉거주춤한 자세로, "모처럼 조용히 술 마시러 왔는데, 인간 같지 않은 종자들이 개 풀 뜯어 먹는 소리로 짖어대는 통에 술맛이 떨어졌다"라고 항의를 할 수밖에 없었다. 발설자와 비난자와 방관자가 함께 입을 모아, "그게 왜 술맛 떨어지는 이야기냐"라며 따지고, 그러면 제삼자 측은 함께 손가락을 모아 "아니면 아니라는 객관적인 근거를 대라"고 삿대질을 했다. 그러면 "담벼락에 붙은 밥알을 뜯어 먹지 할 일 없이 왜 그런 근거를 대야 하느냐"라고 둘러대며… 대개는 그렇게 끝없이 돌고 돌다가 지쳐서 술집 탁자에 엎드려 곯아떨어졌지만, 일부 과격한 성정을 지닌 사람들은 다 마신 술병만 골라 상대에게 던지거나, 멱살을 잡고 주먹다짐을 벌이기도 했다. 이런 일이 잦아지며 수시로 50시시 스쿠터를 타고 출동해야 하던 파출소장은 급기야 텍사스촌의 모든 술집마다 2인 이상이 모여 이야기를 나누는 걸(묵언 상태에서 술 마시는 것은 무방함) 금지한다는 경고문을 붙여놓았다. 그로부터 며칠 지나지 않아, 그 밑에 누군가 붉은 볼펜으로 선명하게 적은 말이 있었다. 독재 타도!

뜻하지 않은 일로 공사가 늦어지자 애가 탄 왕의 친척들은 왕을 찾아가 호소했다. 왕명을 받은 고관대작들은 머리를 맞대고 고심한 끝에 땅굴로 들어간 그 골칫덩어리를 조사했던 케이를 불러들였다. 그리고 케이에게 어떻게든 땅굴에 머무르고 있는 모자를 설득하여 밖으로 나오게 하라고 지시했다.

난데없이 왕실로 불려 들어간 케이는 여러모로 심기가 불편했다.

꽤 오랜 시간이 지나고 나서야 케이는 금룡을 둘러싸고 벌어졌던 일의 내막을 알게 되었다. 정부의 구조조정 시책으로 임기를 못 채우고 중도에 명예로운 퇴직을 당한 연구원장이 송별식에서 귀띔해준 바로는, 일찌감치 나라에서는 짭짤하게 돈이 되는 피 장사에 눈독을 들이고 있었다고 했다. 그런데 난데없이 나타난 금룡의 가짜 피가 걸림돌이 되었던 것이다. 정부에서는 금룡이 만들어내는 가짜 피의 제조법을 알고 싶을뿐더러, 특히 중독 증상을 완화시키는 성분에 주목했다.

더욱 케이를 경악하게 한 것은 황금알을 낳는 피 장사에 나선 정부가 싼값으로 파는 상대를 없애기 위해 애꿎은 금룡에게 온갖 혐의를 씌워 잡아들였다는 사실이었다. 뭣도 모른 채 그 하수인 노릇을 했다는 사실이 케이는 부끄럽고 화가 났다.

연구원장의 말로는, 그동안 혈액을 공급해오던 '피의 젖소'들이 날이 갈수록 줄어들고 있다는 점도 정부가 피 장사에 나선 명분이라고 했다. 언제부턴가 사람들은 아이를 낳지 않았다. 아이가 18세가 될 때까지 기르는 데 들어가는 양육비는 3억 896만 4000원♦이라고 한다. 자신도 먹고살기 힘든 결혼 적령기의 젊은이들은 아예 결혼을 회피했다. 심지어 상대를 책임질 형편이 되지 못하는 젊은이들 사이에서 '사랑해'라는 말은 금기어가 되어버렸다. 사랑은 눈물의 씨앗이기 때문이었다. 그들은 사랑의 고백도 없이 하룻밤을 동침하는 걸로 만족해야 했다. 그건 사랑도 아니고, 그렇다고 밀고 당기는 연애의 과정도 아니었다. 무어라 말하기 애매한 관계였는데, 전문용어로는 '썸'을 탄다고 했다.

왕과 그 측근들의 입장에서 보자면, 이건 국가적인 위기에 해당했다. 정부에서는 당장 급증하는 혈액의 공급을 해결하는 한편, 장차 신선한 피를 제공할 젖소들의 사육에도 팔을 걷어붙이고 나서게 되었다.

당장 '아들딸 구별 말고 하나만 낳아 잘 기르자'던 표어는 금

♦ 보건사회연구원의 「전국 출산력 및 가족 보건 및 복지 실태 조사」 2012년 자료 참고.

지되었다. 거울왕과 심복들은 이러다간 허드렛일을 할 일손들이 모자라 자신들이 나서서 쓰레기를 치우고, 화장실 바닥을 걸레질하고, 공장에서 쇳가루를 마시며 온종일 일하게 될지도 모르는 상황에 경악했다. 왕은 당장 콘돔을 비롯한 피임 기구들의 생산과 수입을 금지시키는 한편, 포르노를 비롯한 온갖 선정적 영화의 심의 등급을 완화했다. 심지어 청소년들을 대상으로 다양한 성교의 체위와 성희를 높이는 성교육 교재들을 개발하여 학교에 보급하는 데 힘썼다. 사람들은 이러다가 삽을 든 왕이 집집마다 돌아다니며 '내가 해봐서 안다'며 직접 다양한 체위를 시범 보이지나 않을까 심히 걱정했다.

정부는 점점 줄어드는 '피의 젖소'들을 대체하기 위해 인공혈액을 대량생산하는 방법을 필사적으로 찾아내려 했던 것이다. 정부는 가짜 피의 제조를 금지하는 한편, 거울왕의 특별 지시로 비밀리에 연구를 진행한 끝에 중독성은 더욱 강해지면서도 사람의 피와 다를 바가 없는 인공혈액을 만들어냈다. 그것은 외국에서 — 대개는 아시아나 아프리카의 빈국이나 분쟁 국가 — 사들여 온 사람의 피에 몇 가지 화학물질을 섞어 만든 것인데, 예전에 비할 바 없이 저렴한 비용으로 대량생산해낼 수 있었다. 정부는 곧바로 혈액전매청을 신설하여 본격적으로 피 장사에 나섰던 것이다.

케이는 얼마 전, 혈액전매청에서 출시한 신제품이 화제가 된 걸 알고 있었다. 마시기만 하면 얼굴에 발그레하게 홍조가 비치는 신제품의 값은 일반 제품의 곱절이 넘는 고가였다. 예상과 달리 그 고가 제품은 날개 돋친 듯이 팔려 나갔다. 사람들은 그걸 마시고 제 얼굴에 감도는 홍조를 과시하며 즐거워했다. 가격이 비쌀수록 구매자들의 만족도는 높아갔다. 주머니가 가벼운 청소년들 사이에는 얼굴에 붉은 색조화장품을 짙게 바르고 다니는 게 유행이 되었다.

한 가지 개운치 않은 게 있다면, 중독성을 완화하는 가짜 피의 제조법을 끝내 알아내지 못한 것이었다. 그러나 정부에서는 애당초 그런 걸 알고 싶지가 않았다. 솔직히 까놓고 말하자면, 중독성이 없는 피야말로 어떻게든 막아야 할 대상이었다. 한창 피 장사에 재미를 들인 왕의 입장에서 가장 우려되는 것은, 중독성 없는 피의 제조법이 국민들에게 알려지는 것이었다. 왕은 그런 피를 만들지 못하게 단속하는 한편, 그들의 입을 틀어막도록 지시했다. 금룡이 풀려난 뒤에도 정부에서는 비밀 경관들을 시켜 감시하게 했다. 그리고 얼마 지나지 않아 금룡이 제 발로 땅굴로 기어들어 가 사라졌다는 소식을 접한 그들은 앓던 이가 빠진 듯 속이 시원했을 것이다.

그건 음혈이 아니라 엄연히 흡혈이라 해야 했다. 케이는 '조용한 금룡'이 음혈이라는 말에 고개를 젓던 게 이해가 되었다. 지금 벌어지고 있는 일들은 누군가의 피를 빨아 먹는 흡혈이었다. 그렇다면 흡혈귀는 누구인가.

케이는 자신이 상담했던 사람이 쌍둥이 형제였다는 이야기를 뒤늦게 전해 들었다. 이따금 피를 얻으러 들르는 배관공의 말로는 그들의 생김새가 너무 닮아서 그 어미도 구별을 못 할 지경이라고 했다. 그 형제를 한자리에서 본 적이 있느냐고 묻자, 그는 고개를 가로저었다. 옷이 한 벌이라 번갈아 입기 때문에 누구도 그들이 함께 있는 걸 본 적이 없다고 했다. 벌거벗고 돌아다닐 수는 없잖아요. 배관공이 정색을 하며 덧붙였다. 그 어미도 두 아들을 한자리에서 만난 적이 없대요. 그 말에 케이는 기어코 소리를 내어 웃음을 터뜨리고 말았다.

떠돌아다니는 이야기를 믿을 수는 없었다. 그러면서도 그는 지금 집에 남아 있는 이가 누구인지 궁금하기도 했다. 옷이 없어서 번갈아 세상 밖으로 나온다는 형제, 하나이든 하나 같은 둘이든, 그들은 결국 결핍된 존재였다. 서로의 눈과 이를 주고받으며 살아가는 신화 속의 노파들처럼◆ 그들은 서로를 나누며 살아가는 존재였다. 케이는 그들이야말로 완전한 합일체라는 생각이 들었다. 지금 세상의 불행은 그들처럼 결핍된 존재보다는, 결핍을 부정하는 사람들에게서 만들어지는 것인지도 몰랐다. 사람은 원래 완전하지 못한 존재였다.

케이는 '조용한 금룡'의 마지막 말을 아직도 선명히 기억하고 있었다. "나는 화가 났소." 굳이 말하자면, 그의 분노가 정체불명의 피를 만들어냈는지도 모른다. 굳이 사례를 찾자면, 그건 일종의 '라드에라큐엘라노스증후군'에 가까웠다. '라드에라큐엘라노스'는 남미 아마존 밀림 지역에 백오십 명쯤 남아 있다고 전해지는 식인종 호트족의 말로 '성난 피'라는 뜻이다. 하늘의 노여움을 풀기 위해 제물로 바친 사람의 심장에 고여 있는 피를 뜻한다. 1879년 단신으로 호트족의 마을에 들어가 삼 년이나 붙잡혀 있다가 악어 사냥꾼들에 의해 극적으로 구조된 독일의 탐험가 레벤흐트 박사의 기록[◆◆]에 따르면, 어떤 심장의 피는 하늘로 이십오 미터나 솟구쳐 올랐다고 한다. 이는 하늘의 노여움을 뜻하며, 이러한 제의를 통해 신과 호트족 사이의 화해가 이뤄진다고 했다.

그는 자신의 피로 무얼 하고자 했을까. 어찌하였든 그의 피는 끝 모르게 퍼져나가는 흡혈 중독의 유일한 대안인지도 몰

◆ 그리스 신화에 등장하는, 눈 하나와 이빨 하나를 함께 사용하는 세 자매 괴물인 그라이아이를 말한다.

◆◆ 레벤흐트, 『식인종과 함께한 삼 년의 기록』 Leibniz Bücherei, 1835, pp. 189~190.

랐다. 왕의 입장에서 보자면, 바로 그게 문제인 셈이었다. 케이는, 금룡인지 은룡인지는 모르지만 호수 같은 눈으로 자신에게 건네던 말을 기억해냈다. 그건 흑인 노예들의 담배 노래에 관한 이야기였다. 그도 피를 통해 이 세상에 복수를 꿈꾸던 것은 아닐까.

케이는 차분한 눈의 이면에 깃든 분노를 보았다. 그건 실로 오랜만에 만나는 분노의 표정이었다. 사람들은 언제부턴가 분노를 잃어버렸다. 온갖 고통에 시달리면서도 분노하지 않았다. 『아프니까 사람이다』라는 책이 베스트셀러가 될 정도였다. 아파도 분노하지 않는 사람들은 어느덧 아픔도 느끼지 못하게 되었다. 적어도 그는 분노하는 사람이었다.

케이는 왕실의 성화에 못 이겨 제의를 받아들였다. 우선 그는 집에 남은 아지의 자식을 만나보기로 했다. 부서진 집들과 굴삭기들이 여기저기 파헤쳐놓은 기지촌의 풍경은 포격을 당한 전쟁터와 같았다.

집은 주변을 깎은 언덕 위에 동그마니 얹혀 있었다. 케이가 문을 두드리자, 아지의 자식은 ― 그가 누구인지 밝혀지지 않아 어쩔 수 없이 사용하는 이런 표현을 이해해달라 ― 마뜩잖은 얼굴로 맞아들였다. 그는 심기가 몹시 불편해 보였다.

케이는 얼마 전에 금룡이 방송에 나와 한 이야기가 논란이 된 걸 알고 있었다. 붕괴 위험으로 땅굴의 수색 작업이 중단되자, 시공사에서 내건 현상금을 둘러싸고 논란이 일었다. 공사가 중단되고, 현상금도 취소된다는 말이 나돌았다. 그럴 즈음 방송에 나온 금룡은 자신이 소금과 북어를 지고 땅굴로 들어갔던 당사자이며, 하루 만에 스스로 땅굴에서 나왔다고 선언했다. 심각한 얼굴로 그는 애초에 시공사가 약속한 현상금을 제게 지급해야 한다고 주장했다.

그러나 여론은 자식을 찾기 위해 어두운 땅굴에서 버티고 있는 어미에게 기울어져 있었다. 설령 금룡의 말이 사실이라 할지라도, 그 기구한 어미를 산 채로 파묻을 수는 없다는 생각이 지배적이었다. 그러자 스스로 땅굴에서 나와도 준다고 약조했으니 현상금의 반만이라도 달라고 시공사에 졸랐다는 말이 알려지며, 금룡은 돈에 미쳐 어미도 파묻으려는 자식이라는 비난에 시달려야 했다. 어미가 무사히 나오기 전에는 한 푼도 주어서는 안 된다는 의견이 대부분이었다. 욕만 먹고 한 푼도 받지 못할 상황에 처한 금룡이 턱이 반질반질 윤이 나도록 땅굴을 드나들며 어미를 설득했지만 소용이 없었다.

방 안에 쭈그리고 앉아 발톱을 깎고 있는 아들은 영락없는 금룡이었다. 들리는 소문처럼 아지에게 두 아들이 있다면 그것은 수다스럽고, 난잡하며, 성기가 두 개나 달렸다는 맏아들이 틀림없었다.

그는 시공사에서 내건 현상금의 향방에 대해 물었다. 아는 바가 없다고 하자 낙심한 얼굴로 이내 입을 다물었다. 케이가 전에 상담하며 나누던 이야기를 내어놓았지만 건성으로 들었다.

그동안 상담을 받으러 온 게 쌍둥이 형제였다는데 어찌 된 일이냐고 묻자 그는 피식 웃었다.

"내가 들려준 담배 이야기는 기억하시오?"

어느새 그의 앞에는 은룡이 앉아 있었다. 머릿속이 혼란스러워졌다. 그는 자신이 땅굴에 들어갔고, 며칠 만에 제 발로 걸어 나왔다고 했다. 그렇다면 늙은 어미가 어두운 땅굴에서 찾고 있는 자식은 누구인가를 묻자 그는 손가락으로 자신을 가리켰다.

"나는 나요."

그러곤 그의 입은 열리지 않았다. 대화가 무의미하다는 걸 케이는 직감했다. 자리에서 일어서려던 케이는 그에게 아지를 만나러 갈 때 동행하게 해달라고 부탁했다. 잠시 생각에 잠긴 듯하던 그가 고개를 끄덕였다.

"아마 쉽게 나오지 않을 것이우."

땅굴 속에서 만난 아지는 의외로 담담했다. 그녀의 눈에선 끝없이 눈물이 흘러나왔다. 그건 거의 강물처럼 흐른다는 표현이 맞았다. 아들이 가져온 반찬이 짜다고 불평하는 중에도 그녀의 눈에선 눈물이 멈추지 않고 흘러내렸다. 케이는 무심한 얼굴 위로 끝없이 흐르는 그녀의 눈물에 당황했다. 낯선 사람의 등장에도 아지는 그다지 놀라워하지 않았다. 그만 집으로 돌아가자는 말에 그녀는 단호하게 고개를 저었다. 그녀는 자신이 밖으로 나가는 순간 땅굴을 메꿀 것이라고 말했다. 그건 그다지 그른 말이 아니었다. 왕실의 변호사도 땅굴에 있다는 자식에 대해서는 언급도 하지 않았다. 어떻게든 그녀를 설득하여 땅굴 밖으로 데리고 나오라는 말뿐이었다. 아들이 집에 돌아와 있다고 그녀를 꾀어내라고 했지만 케이는 그럴 생각이 없었다.

케이는 두 아들에 대한 이야기를 들려달라고 요청했다. 아까부터 현상금 걱정만 늘어놓고 있는 아들의 뒷머리를 쓰다듬던 노인이 한숨을 길게 내쉬었다.

"그 이야기를 하자면 소설책 열 권으로도 모자를 거요."

그러면서 노인은 자신이 살아온 이야기들을 내어놓기 시작했다. 금빛 비늘에 덮인 용과, 하늘에서 떨어진 미꾸라지들, 그리고 엄청나게 퍼부은 비와, 힘이 장사였던 남편과의 만남을 담담히 들려주던 노인은 두 아들을 얻는 대목에서 목소리가 흔들렸다. 케이는 그녀의 눈빛이 땅굴보다 깊은 과거 속으로 연기처럼 빨려 들어가는 걸 느낄 수 있었다. 눈길을 더듬어 찾아온 방물장수 부녀… 그녀는 손등으로 끝없이 흘러내리는 눈물을 닦기 바빴다.

"슬퍼서 우는 게 아니니 오해 마우. 늙으면 눈물이 시도 때도 없이 나온다우."

아지는 귀찮다는 듯이 이마를 찡그리며 투덜거렸다. 그때 어디선가 노랫소리가 들려왔다. 그 소리는 어두운 땅굴에 이리저리 부딪치며 울려 퍼졌다. 그리고 어디서 나타났는지 쥐방울만한 계집아이가 달려와 그녀의 품에 안겼다. 아지의 얼굴이 봄볕을 맞은 꽃처럼 화사하게 피어났다. 집에 있으라니 왜 따라왔느냐고 금룡이 야단을 치자, 아이는 입을 비죽거리며 금방 울음을 터뜨렸다. 아지는 아들을 야단치고는 계집아이를 부둥켜안고 볼을 비벼댔다. 기분이 좋아진 계집아이는 아지의 무릎에 앉아 다시 노래를 부르기 시작했다.

"아이구, 우리 딸 노래두 잘하시네."

머리를 쓰다듬어주자 코를 벌름거리며 아이는 돼지 멱따는 소리로 노래를 다섯 번이나 불러댔다.

깊고 깊은 산골짝에 오막살이 집 한 채
금을 캐는 아버지와 예쁜 딸이 살았네
내 사랑아 내 사랑아 나의 사랑 클레멘타인
늙은 아비 혼자 두고 영영 어디 갔느냐

노래는 아지의 가슴을 헤집어 그 안에 묻혀 있던 것들을 차곡차곡 끌어냈다. 그녀의 눈에서는 여전히 눈물이 흘러나오고 있었다. 아이가 거울을 꺼내 그녀의 얼굴을 비추었다. 그건 아이의 목에 걸려 있던 동전이었다. 동전은 아이의 손에 문질러져 문양이 지워진 채, 구리거울처럼 맨들거리는 광채를 발했다. 아지는 빨려들 듯 그 구리거울에 비친 여인을 들여다보았다. 거기에는 머리를 흐트러트리고 눈물을 흘리는 한 여인이 있었다.

어딘지 낯이 익은 여자가 방 안에 쓰러져 울부짖고 있었다. 뿌옇게 흐려진 눈앞으로 갓난아이의 모습이 얼비쳤다. 흘러내리는 눈물을 손등으로 닦는 여인의 입에서 신음 소리가 새어 나왔다. 그건 차가운 윗목에 밀어두었던 작은아들이었다. 아이는 냉골에 버려진 채 굶어 죽었다. 눈이 하얗게 세상의 길들을 다 지워버리고, 죽은 아이는 방물장수 아비의 지게에 실려 산중에 묻혔다. 어미는 방문을 걸어 잠그고 제 머리를 쥐어뜯으며 울부짖었다. 아이는 어미가 알지 못할 곳에 묻힌 채 평장되었다.

자식을 잃은 어미를 위해 만들어진 세상의 습속이었다. 자식은 어미의 가슴에 묻는 법이었다. 그건 세상의 어떤 빛도 다다를 수 없는 골짜기였고, 가시덤불로 가득 찬 숲이었다. 그리고 아이는 모두가 잠든 시각이면 가슴을 헤치고 맨발로 걸어 나왔다. 차가운 아이의 발을 부둥켜안고, 어미는 눈물의 젖을 물렸다. 오른쪽 젖꼭지는 맏아들에게 내주었고, 왼쪽의 것은 달처럼 고요한 눈을 가진 아이에게 물렸다. 은룡은 그렇게 어미의 가슴속에서 제 형의 그림자로 살아왔다. 이름도 없이, 목소리도 없이 그는 제 형이 벗어놓은 그림자를 걸치고 달빛 속을 서성였다.

아지는 끝없이 흘러내리는 슬픔의 정체를 알게 되었다. 그녀는 앙상하게 마르고 주름진 자신의 두 손을 내려다보았다. 갈퀴처럼 마르고 마디가 구부러진 손이었다. 그녀의 가슴에 괴었던 눈물들이 악을 쓰며 쏟아졌다. 무얼 얻으려고 이 손으로 자식을 묻었단 말인가. 그녀는 제 가슴을 할퀴며 외쳐댔다. 그리고 그 물음에 답이라도 하듯, 깊은 땅속에서 웅얼거리는 소리가 들려왔다.

사람들은 용이 되기를 꿈꿨다. 그러나 그들은 자신이 하늘에서 떨어진 미꾸라지라는 걸 알지 못했다. 그들에겐 이미 기어 올라갈 하늘이 없었다. 하늘을 바라보기보다 땅에 떨어진 동전이나 빈 종이 박스를 줍기 바빴다. 하늘이 사라지자 용도 사라졌다. 있다 해도 올라갈 하늘이 없어졌기 때문이다. 혹시 어딘가에서 용을 본 사람이 있다면 연락하시우. 현상금을 드리리다!

작가의 말

요즘 내 눈은 보이지 않는 것들을 향하고 있다.

사막을 건너던 대상들이 낙타 냄새 나는 천막에 둘러앉아 나
누던 이야기나, 오래된 기억들에 붙들려 지낸다. 우리는 어떻
게 살아왔을까. 근대사에 관한 책이나 이야기들이 적지 않지
만, 조부가 등잔불 아래서 들려주던 이야기의 가락으로 담아보
고 싶었다. 역사나 학문이 아니라, 까막눈인 조부가 줄줄 외던
그 이야기의 즐거움을 만나고 싶었다.

이야기 보부상을 자처하며 앞으로도 이어나갈 천일야화 가
운데, 첫날밤의 이야기라고 생각하면 될 듯하다. 이야기가 주

는 즐거움에 의지하여 즐겁게 썼다. 이 즐거움이 독자들에게도 온전히 전해지기를 바란다.

어려움 속에서도 흔쾌히 책을 펴낸 삶창과, 격려 글을 얹어준 유용주 작가, 바쁜 중에도 긴 글을 읽고 조언을 해준 지상의 벗들에게 감사를 드린다.

가랑잎 굴러다니는 광대울에서

2020년 12월

용은 없다

초판 1쇄 발행 2021년 1월 11일

지은이 이시백
펴낸이 황규관

펴낸곳 (주)삶창
출판등록 2010년 11월 30일 제2010-000168호
주소 04149 서울시 마포구 대흥로 84-6, 302호
전화 02-848-3097
팩스 02-848-3094
전자우편 samchang06@samchang.or.kr

종이 대현지류
인쇄제책 스크린그래픽

ISBN 978-89-6655-129-3 03810